家書中的百年史

萧功秦 著

产品合格证

检验员：009
厂 名：山西人民印刷有限责任公司
厂 址：山西省孝义市新义街 525 号
特合格证及问题反馈质量问题，请
查找产品者发现反馈我公司，以便
联系电话：0358-7641044
此产品如因装质问题，及时处理。

山西出版传媒集团

山西人民出版社

图书在版编目（CIP）数据

家书中的百年史 / 萧功秦著. -- 太原：山西人民
出版社，2024.9
ISBN 978-7-203-13424-4

Ⅰ. ①家… Ⅱ. ①萧… Ⅲ. ①回忆录 – 作品集 – 中国
– 当代 Ⅳ. ①I251

中国国家版本馆 CIP 数据核字 (2024) 第 101944 号

家书中的百年史

著　　者：萧功秦
责任编辑：李　鑫
复　　审：傅晓红
终　　审：梁晋华
装帧设计：阎宏睿

出 版 者：山西出版传媒集团·山西人民出版社
地　　址：太原市建设南路21号
邮　　编：030012
发行营销：0351-4922220　4955996　4956039　4922127（传真）
天猫官网：https://sxrmcbs.tmall.com　电话：0351-4922159
E – mail：sxskcb@163.com　发行部
　　　　　sxskcb@126.com　总编室
网　　址：www.sxskcb.com

经 销 者：山西出版传媒集团·山西人民出版社
承 印 厂：山西出版传媒集团·山西人民印刷有限责任公司

开　　本：890mm×1240mm　1/32
印　　张：8.875
字　　数：220千字
版　　次：2024年9月　第1版
印　　次：2024年9月　第1次印刷
书　　号：ISBN 978-7-203-13424-4
定　　价：69.00元

如有印装质量问题请与本社联系调换

增订版自序

这本书是我多年来写的回忆录与思想随笔的合集。首篇《家书中的百年史》是我的家史回忆，也用来作为全书的书名。我们家是受左翼思潮影响很深的湖南衡阳士绅之家，家族文化潜移默化地影响了我的人生价值观，当我越来越多地意识到这一点以后，写起了家史来，就有了新的感觉。

其中，我的父亲是家史中的主线，他是黄埔六期生，国民党将军，在成都起义后不久，就参加了朝鲜战争，他从朝鲜战场上写回来的家信，反映出左翼理想主义对20世纪中国人的强大魅力。理解这种理想主义，应该是21世纪中国人走向成熟理性的起点。

本书初版以后，我偶然发现了多年前出版的全国政协《文史资料存稿选编》中，刊载了父亲的《成都起义实录》。这份《实录》是父亲在起义两个月以后，花三天时间，直抒胸襟，一气呵成的，内容生动而珍贵。父亲在起义前的思想状态，起义时面临的矛盾——鲁军长为了自保准备对父亲以军法论处，生死关头的紧张与机敏应对，当时参加起义的国民党军官们各自的精神状态，都在父亲笔端自然流出。我把这些内容都补充到增订版中，这样全文的内容就更加鲜活、丰满了。

第一辑收入的几篇文章，都是自己生长与治学经历的回忆。

"文革"时期，我是上海郊区一家机械厂的装配工人，由于历史的机缘，有幸成了南京大学改革开放后的第一届研究生。在这些文章里，我回忆了我如何度过了天真无邪的少年时代；如何在工厂苦读中获得自得之乐；如何在进入大学后，从激烈的传统文化批判者，变为务实的、以批判左与右的浪漫主义为己任的历史学者。用我自己的话来说，我是一个"有方向感的"经验主义者，一个中道理性主义者。这些文字涉及我的小学生活、中学时代、工厂十二年生活、研究生时期的学术追求，以及在上海任教以来几十年的学术思想历程，合在一起，相当于散论式的学术自传了。

我希望，我的治学与思想经历，能给青年朋友提供一些治学上与思想上的参照与启示。我希望这些文字，能让年青一代的知识分子，理解我们这一代人经历的苦难与追求。如果我们能超越世俗，在精神自由，完全可以获得一种更充实、更有意义的生活。

第二辑是对几位师友与亲人的回忆。

一位是我在南京大学的研究生导师韩儒林先生，正是他的宽容，让我能在自由思考中没有丧失自我，而是保持并发挥了自己的学术特长。我在文章里说，"我并不是他最满意的学生，但却是最受惠于他的学生"。这是发自内心的话。我实践着自己的诺言：要像他当年对待我一样，对待自己的学生，尊重他们的学术个性。

另一位恩师是南开大学的郑天挺教授，他曾经是西南联大的教务长与北京大学副校长，他同样是我命运的改变者，我至今仍然清楚地记得，1978年，南开大学研究生笔试临考以前，白发苍苍的他，挂着拐杖，特地进入南开大学研究生招考的现场，用眼光无声地勉励我。后来，我因阅卷人的差错，总分被少算了50分，从而失去了在南开大学读研的机会，他特地给我来信，勉励我，并对我说，需要什么参考书，他都可以寄给我。关于他的回忆，记述在《回忆我的青年时代》一文中。

一位是林毓生先生。我是改革开放以后最早认识美籍学者林毓生的青年学子之一，正是我在南京大学读研期间，聆听他的多次讲学，受到他思想的启示，让我对什么是激进反传统主义有了新的认识，并对以现实关怀为基础的思想史，产生了深厚的兴趣，从此走上了自己独立治学之路。一个时代流行的思想与观念，对于这个时代人们历史选择的影响，始终是我主要的学术关注点与兴趣所在。这一点特别受惠于林先生。

一位是我四十年的挚友，已故的留美博士陈文乔，他是我当年同厂同宿舍的好朋友。他是清代大儒陈沆的后代，出身于士绅与贵族世家。可以说，这样的人在当今已经很少了，他在精神情趣上，是一个纯粹的理想主义者，是我们生活中的"最后贵族"。

一位是我的堂兄萧功伟。他是一位具有强烈事业心的科学家，经历千辛万苦，放弃已经获得的斯坦福大学博士生入学通知，久经磨难从台湾回到大陆……平反后，这个悲剧人物却患上了精神病症。这位老交大人的人生悲剧，也是极"左"时代知识分子的共同悲剧，只不过在他身上体现得更为典型。我们可以从他身上看到一个离科学殿堂那么近的人，是如何一步一步地离他的理想渐行渐远，如流星一般消失。

一位是我的二哥萧默（功汉），他是清华的高材生，也是梁思成的弟子，当年我在读小学的时候，他就用自己卖血的钱，为我购了一套十六册的《安徒生童话集》，并在六一儿童节时寄给了我。我至今不会忘记，收到他的礼物时，我喜悦的心情。他在敦煌莫高窟潜心研究古建筑十多年。我正是在他的影响下，从小产生了对历史与文化的兴趣。在我的心目中，他不但是一个学者，同时也是知识分子中的一个"侠士"。

　　我平时很少写回忆文字，我情不自禁地动笔去写这些逝去的亲友，是因为他们在我的生活中，占据了太重要的地位。当我把这些二十多年来陆续写成的文字集合起来时，我这才发现，这些人既是我们生活中的普通人，也是我们社会真正的秀异人士。我们都经历了"文化大革命"的极"左"苦难时代，并迎来了共和国的大变革。在他们身上，有着一些共同的东西，例如，他们习惯于在人生苦难中执着地追求真善美，有着在"黄莲树下弹琴，苦中作乐"的达观与执着。

　　处于"文革"到改革的过渡时代，我能在生活中遇到他们，也是我的幸运。他们中大多数人已经远离我，走进了天国。写下他们，既是对他们的纪念，也是对那个时代的一份精神记录。

　　在第三辑中，收入了我的思想日记中记录下来的一些思想片断。多年来，我有每天记思想日记的习惯，我摘选了这些日记中一些有关历史研究的随感。例如，史学家为什么大器晚成，历史学家与孤独感，历史学为什么具有独特的知识魅力；丘吉尔在第二次世界大战时的"自私"如何在客观上推进了战争的胜利，并改变了人类的命运；一些杰出历史人物的人生哲学，对于我们当代人有什么启示；从二战战争片中，如何感受到一个民族的审美意识与民族性格，等等。这涉及诸多方面的思想片断与随感录，都反映了自己的生活场景中油然而生的对历史的思考。

在第四辑中，则收入了我在日常生活中有关人生哲学的随想，对读书、治学，对文学、美术、音乐的一些感想。

最后，我要向读者介绍一下我的人生哲学。回想起来，我的思想受西方人文主义、俄罗斯知识分子传统与浪漫主义、儒家思想文化的多重影响。从小我生活在上海虹口区，在这个曾经产生白莽的小阁楼文化的地方，是有着深厚的文化积淀的，我本人也受惠于此。中国南方地区，确实有着一种不同于北方胡同文化与大院文化的另一种人文传统，它确实也是潜移默化中影响中国当代知识分子的多元文化资源之一。

记得有一次，我的一位学生说，我更像是一个"儒家知识分子"，不是个人自由至上的那种人。这一说法我还是第一次听到。但想想也不是没有道理。20世纪80年代初期，有朋友推荐我看米兰·昆德拉的《生命中不可承受之轻》，许多人读得津津有味，爱不释手，我却并无感觉，始终不得其门而入。想来想去，我觉得我大概不属于那种现代意义上以个性自由为人生追求的知识分子，而是一个儒家式的知识人。

我所理解的儒家知识分子，他们追求的境界是，超越功利，执着于自己"以天下为己任"的社会责任。君子之交淡如水，以仁为己任，为仁由己，具有甘于清贫、贵在自得之乐的君子性格。其最高的境界是，用出世精神，去做自己认为有利于社会与民族的入世事业。

在我看来，虽然我们早已远离了儒家时代，而我的这些亲友与师长都仍然具有儒家的人文气质，儒家文化其实也渗透于我们的无意识之中。儒家人生哲学最突出的特点，就是"发愤忘食，乐以忘忧"，就是"一箪食，一瓢饮，在陋巷，人不堪其忧，回也不改其乐"，就是"智者不惑，仁者不忧，勇者不惧"。

儒者总是通过内在的精神资源，去克服外在的压力与恶势力，并从中获得一种精神自由。当我们总是在追求一个好的目标时，这个过程本身，就会使我们的生活变得很丰富，很充实，很快乐，也很有意义。由此，我们就会摆脱个人生命的渺小。儒家要启迪我们的，就是要进入这样一个境界。

大体上，我可以这样来概括自己的人生追求。

——作为知识人，我的人生追求可以概括为三个词："好奇心，陶醉感，思想力。"爱因斯坦说过，"每个人都有知识好奇心，当一个人在饱经沧桑之后，仍然保留着这种纯粹的知识好奇心，他就会成为科学家，思想家，艺术家。"

知识的好奇心在于，世上有那么多你所不知道的东西，人生那么奇妙。当你运用自己的心智，运用自己的知识资源，对生活世界作出自己的独立解释时，由于自我价值的实现，从而进入了一种陶醉感的状态。这是一种比好奇心更高的境界。当你的知识改变环境，改善社会，作出贡献时，这种知识的陶醉感，就会进一步上升为思想力。所谓思想力，就是一种可以改变人类自身环境的力量。

多少年来，我认为，对知识的好奇心，在纯粹求知中获得的陶醉感，以及由此积累而形成的用来认识与解释生活世界的思想力，这是读书人的人生三宝，也是知识分子的三重境界，是我们在世俗生活中获得精神上自得之乐的关键因素。

——仅仅知识上的自得之乐，只可以保持困苦环境中的学习动力，但仍然不能完全保证自我内心的充实与幸福。个体的生命不能仅仅满足于个体的自我完善，他还必须有一个外在的支点，一条能与外在的源头连接起来的通道，否则他的内心资源也会像古井水一样渐渐枯竭，这样的人也很难避免内心的空虚。当你把这种对知识的超功利追求，与一个社会理想目标的追求结合起来，那就有了双重的抗衡生活无意义感的力量。

这种思想观念其实来源于儒家，在儒家看来，外在的"道"与内在的"性"（良知）是合而为一的，这种天人合一，正是个人短暂渺小的生命避免虚无主义的关键所在，也是理解儒家人文精神的关键。

因为我们这一代人亲眼看到过中国如何从灾难中重生，并走向改革开放之路，我们经历过民族的苦难与复兴，做出过自己的牺牲或努力。当你觉得自己的生命存在并非无关紧要，你的反思，你的参与，就是有意的。这就是知识分子的自我担当。这是一种很强的，难以摆脱的责任感，这就会让你的生命变得充实。

——这种以责任感为中心的乐观主义，会不断地转化为使事物向好的方向发展的积极动力。一个人会由于不停地努力行动，从而改变事物变化的原本轨迹。这也就是儒家的事功精神吧。

乐天知命，为仁由己，己欲仁，斯仁至矣，达观而执着于自己体认的责任感。这种责任感是一种儒家式的对先人、对后代的纵向责任，把外在的天道与内心的良知看作统一体，这种天人合一观，与现代个人主义完全不同。它恰恰是中国传统文明的精髓。

人生一世，要保持特立独行的人生态度，始终有一种在追求知识与真善美过程的自乐之乐，这也是儒家文明给我们的精神遗产。

有一次，与美国老朋友墨子刻（Metzger）教授谈了好几个小时，临分手时，我对这位热爱中国文化的老朋友说，我还希望自己能再活二百年。我说我的藏书中还有一万本没有来得及读，即使每周读一本，至少还要花我二百年的时间。他笑着说："你会的。"

我当然知道这不可能，但我却相信，我们仍然可以使现在的有限生命过得更充实。

（作者自序写于2014年6月，2024年5月增补修改。）

目录

...动，挤来挤动，成千上齐的黑别霹雳响
散，一列钟之后，连司令台上的灯也熄灭了
...下於一个人，刚才还变到无穷的人说，和
亮得刺眼之烟一样消走了。人声的鼎沸，
...和锣鼓的轰鸣，都说散了，代替它们
是黑洞洞广场上无也的大雨的滂沱。三
...褪，我忍刺一阵彻寒。

雨停了之后，我回到码头附近的小巷，
...依旧是古老的昏黄的街灯，它照亮了谭
...的鹅卵石路石。我沿着码头石阶独自
...舱石，船舱里的人们早已入睡了，那儿是一片
...的呼吸声。

...至今不会忘怀那种谋说的飘荡之近
...褪，地许是灯火尽头的稼想，和更无的

第一辑

家书中的百年史

每部家史都是活的近现代史

多年来，我一直想写自己家庭的历史，但千头万绪，总找不到下笔的感觉。前些日子与毕业研究生聚餐，席间我又谈到了自己的家庭历史。一位研究生说，看来萧老师从家族史来看近现代史肯定会很有感觉。他这么一说，我好像觉得捕捉到写家史的着眼点了。随着自己人生经验的增加，近现代史料与知识的渐渐积累，常常能把自己家史中的一些片断，先辈谈的一些感受与人生体验，与近现代史研究心得联系起来，近现代史在我头脑中也变得更加鲜活起来了。欧洲有一位诗人留下这样的诗句：从一滴水珠中可以看到整个太阳，从一颗沙粒里可以看到整个宇宙。我想，从每个家族的历史都可以看到20世纪大历史的缩影。

我对历史的兴趣，也许来自家族的传承。我祖父是衡阳的开明士绅，生前藏书万卷。据说，在抗战前家中还有王船山的手写遗稿，可惜抗战逃难中散失殆尽。生活在这个家庭，可以感觉到历史的厚重感。小时候每次从上海回衡阳常胜路老家过年，就可以听到大人围着火盆讲家史，讲历史，听他们叙说自己的人生经历。小学时的我，听得似懂非懂，会在一旁迷迷糊糊地睡去，醒来时，常常发现大人们还在火盆边不停地谈着，用很低沉的衡阳家乡话。他们回忆着抗战时全家逃难到桂林翻船时的险境，谈论着现在还在台湾的某个萧姓亲戚。火盆边的大人们总有着谈不完的话题，常常是通宵达旦，不知东方之既白。我也在似懂非懂之中，潜移默化地承继着家庭中那种特殊的文化意识。我总是在想，我成年后保持下来的许多人文爱好、价值取向，例如对历史的热爱，对政治的兴趣，对家国命运的关注，很可能与小时候的耳濡目染有关。这些家庭文化因子，往往是无心插柳地播种在我的心里，只不过后来要到一定时候才会被激活而已。

湖南地处南北要冲，加上曾国藩、左宗棠、谭嗣同、张之洞这类近代精英的惨淡经营或思想影响，近代以来就是保守的士绅文化与激进的农民文化势力冲突最激烈的地区，也是近代以来社会阶层变动最剧烈的地区。其实，我们家的历史就是一部国共互动的历史。这百年里，我们家有过太平天国反叛者，有老共产党人，有国民党将军，有浪漫气息的文学青年……所有这些人的活动与经历，既构成了我们自己家族的历史，同时也构成了我们民族历史画卷的一部分。

我们家可以说是一个与近现代史密切关联的家庭，由于过去只能从长辈那里知道一些家史，现在自己已在从事近现代史研究，就会把这方面的专业知识与家史拼接起来，以家史来证百年史，用百年史的眼光来理解家史，把一个历史学者的专业知识与对历史的感悟结合起来，解读自己从小从先辈那里听来的有关家史的信息，实在是一件很有趣味的事。

从参加太平天国的高祖说起

我们家世代务农，萧族在衡阳是大姓，从家谱记载可知，萧族是几百年前从江西移居到衡阳来的，话就先从我高祖谈起。他的情况我知道很少，我只知道，高祖是咸丰年间发了点小财的前太平天国小军官，后来激流勇退，回家务农。我的伯父在给家人的书信中曾写过一首纪事诗，其中有一句讲我们家高祖的诗句是"洪杨时代叙蓝翎"。我曾问过伯父，诗里的"叙蓝翎"是什么意思，他说指的是高祖在太平军里当过"营排级干部"吧。

不过到了后来，他就很破落了。我一直很想知道，当太平军在湖南被镇压以后，他是如何逃脱清政府的清查与追究的。据我所知，当时清查得很严，可惜没有人能告诉我这些故事了。

我的曾祖是个瘸子，出生时家庭已经破落，在农村又缺乏劳动能力，跌入了社会最底层。他在衡阳乡下无法谋生，据说被一个讨饭的流浪汉背到三十里外的衡阳城里，以做鞋为生。后来他开了家小书铺，在衡阳城里站住了脚跟。

到了我祖父时，家业开始兴盛起来。祖父毕业于湖南高等学堂，民国初年曾在广东文昌县与广西某地当县知事，回乡后从事慈善公益，一直担任衡阳的图书馆馆长。他还集资办萧族学堂，凡是萧族子弟都免费入学，据说深得乡民尊敬。他是个思想"左"倾的开明士绅，年轻时与徐特立、谢觉哉还是至交，有《忆秋簃文存》《艺兰馆联话》《湘影诗草》等诗文集传世。

关于他有许多故事，其中有一个传说是，在20世纪40年代后期，他因受诬告被国民党党痞关入牢中，当地农民数百人集会到衡阳县政府请愿。他们还编成歌谣来唱，我只记得其中有一句是"我公萧企云，儿子当将军（指我父亲）"。后来县政府迫于农民请愿的压力，才把祖父放了出来。建国后他应邀作为湖南省代表，参加了在北京召开的第一届全国政协会议。他写的诗中有一句

"他年相思忘不得，怀仁堂里过生日"，表达的就是自己在怀仁堂见到毛主席的心情。他生前一直担任衡阳市人民法院院长。小时候，我在衡阳跟着祖父去参加衡阳抗美援朝动员大会，我亲见爷爷在千人大会上慷慨陈词，声泪俱下地号召市民捐钱出力，这一情景我至今仍然还有印象。

不过，他只是思想"左"倾、同情共产党的开明士绅。他填写表格时，把宗教信仰填写为"儒教"，这件事被我七哥私下里当作笑谈。七哥萧功汉（萧默）说，儒家怎么变成了宗教？

一个以儒家为信仰的士绅，处于这样的激进革命时代，他内心肯定是充满矛盾的。据家人说，50年代初期，衡阳肃反运动时，死刑判决都要经由他这个人民法院院长之手来批准。在当时的形势下，他别无选择，他这个法院院长也没有不用朱笔打红钩的理由。据说，那时他经常一个人在夜里喝得酩酊大醉，借着发酒疯，到某些死刑犯家门口，流着泪，长跪不起。当然，后来组织上也知道这些，不过当时好像也没有后来那么多的政治原则性，出于统一战线的需要，只是对他做了批评而已。直到1959年逝世前，他一直是衡阳市的人民法院院长。

伯父是湘字七十七号党员

我祖父有三个子女，伯父、我父亲与我姑母。我的伯父是1923年的中共党员，他告诉我，他在大革命时的党证号是湘字七十七号。也就是说，他是湖南省的中共第七十七位入党的党员。在20世纪20年代中期，他办的开明书局销售左翼进步书籍，也是中共地下的党支部与秘密联络站，他本人当时就是地下党支部书记。他告诉我，那是一个很重要的支部，这个支部是专门与党的

20世纪50年代初,摄于衡阳家中,左一为作者,中间为祖父,右为伯父

重要人物联系的,来家的共产党人还有毛泽东的兄弟。衡阳的开明书局就是我们家办的,中共党史上的许多重要人物,都到过家中。

伯父还告诉我,他还是革命烈士夏明翰的入团介绍人。夏是当年衡阳第五中学的进步学生。我们这一代人从中学起就对夏明翰的"砍头不要紧,只要主义真。杀了夏明翰,还有后来人"的绝命诗耳熟能详,而伯父正是把他引上革命道路的人。不过伯父在马日事变发生时,作为当地中共党组织派往长沙去的交通员,在找中共负责人滕代远时被捕，关进死牢。后来，伯父被乡亲邻舍联名担保，才得免死，他出狱以后一生再也不问政治，做点小生意，默默无闻于世。

在"文革"初期，他与伯母曾来上海避难。我与他有过长谈，得知家史中许多事情，后来他回到衡阳后，就被遣送下放，回到衡阳县的松山农村老家。记得那是1973年冬天，我在敦煌之行完成后，从大西北转到桂林，再转车到衡阳，赶到乡下的松山老家看他。那是我与他第二次长谈家史，再次从他那里知道了父亲的许多往事。

至今我还清楚地记得，在冬日的阳光下，他半躺在乡间屋前的竹椅上说过的那段话。大意是，现在他那么大一把年纪了，"文革"初期，来找他外调的解放军一批又一批。他说："现在想起来，当年大革命时的人物，无论是参加革命的人，还是参加反革命的人，没有一个活到今天的，我现在能这样躺在这里晒太阳，就很不错了。"

不知是出于对自己人生失败的自我解嘲，还是对一生一事无成的心理安慰，他的一生可以用"达观"二字来概括。他一辈子与世无争，几十年来，一直甘于做衡阳一家文具店默默无闻的营业员。他的性格无论如何无法与大革命时代共产党支部书记那激烈慷慨的人生理想联系起来。记得那一次我离开松山老家回上海时，他一直从乡间家门口，默默地送我到开往市里的汽车站。我在汽车上望着他，他穿的是黑色的大棉袄，这个年近八十岁的老人站在冬天枯黄色的田埂边一动也不动，特别醒目。这是我最后一次与他见面。两年后，由于在乡下营养不良，他患上了黄疸而逝世。

1973年那次回乡，我只住了三天。那时我也只有二十来岁，在上海郊区机械厂里当工人，"文革"初我是一个有巴黎公社理想的工厂造反派，那时私下里刚刚开始对"文革"有所反思，而对近代中国的历史还没有什么感觉，对于家史也没有多问。其实伯父是很愿意讲家庭历史的。只要我愿意问，他可以不停地讲，直到现在，我对大革命历史的兴趣与日俱增，但现在再想听到这位大革命时代的当事人对那段历史的看法，已经不可能了。如果他还活着，我一定会问他，他与大革命时代的重要领导人物有些什么交往，对毛泽民的印象如何？当时乡下农民运动如此激烈，到底是什么原因？你当年对农村的"痞子革命"是怎么看的，现在看法有什么改变？我还想问他，像他这样的活跃人物，被捕后为什么能逃离死刑的命运，难道一张"退党声明书"加上邻居集体作保就可以了吗？当时反革命的镇压到底到什么程度？如此等等。伯父已经作古多年，所有这些问题已经没有人能回答了。

我们家的左翼政治倾向还直接影响到我的母亲与姑母。她们在大革命时还是十四五岁的小姑娘，居然都参加了衡阳的共青团。1952年母亲在我五岁时过世，我与姑母在上海共同生活三十多年，老人家对于自己过去的历史却从来闭口不谈。我怎么知道她们曾经是小革命党这件事的呢？那还是在我读小学的时候，偶然好奇地翻到过姑母的一本旧笔记本，上面写有交给组织的自传摘要。其中有一段记述令我印象很深：她们这两个小姑娘被迫站在衡阳市的菜市场里，向居民表示由于自己年幼无知，参加了共青团，从此以后，保证好好读书，不再参加共产党组织……可能是由于她们两个小姑娘年纪太小，当地政府没有怎么追究。后来大了以后，我才知道那指的是1927年马日事变后，大革命失败后的事。

我的父亲：走向国民党军人之路

下面就要讲我的父亲，我父亲是家族里的重要人物，他走的是与伯父不同的政治道路。很小的时候，我就知道他是起义的原国民党将军，黄埔六期毕业的，担任过国民党的军参谋长。1949年底，他与军长鲁崇义一起，率所部三十军在成都起义，并参加了解放军。在历史节骨眼上的这一大转变，使我们家逃脱了反动军官家属的命运，一变而为革命军人家属。小时候，我回到衡阳家中过春节，还看到门口有"光荣人家"的红纸。1952年冬，我父亲从朝鲜战场回国，回到衡阳探亲时，穿着黄呢制服，身边还带着一位解放军警卫员。我就生活在这样一个具有强烈反差的双重身份的家庭。

我1946年出生在西安，西安古称为秦，我是萧家的功字辈，于是由此而取名。那时正值他在西安胡宗南总部。我两岁多时，他在石家庄被任命为国民党第三军的参谋长，从石家庄战役中逃出来以后，又改任三十军参谋长。当我三岁多时，他在成都起义，其他军官起义后不久就解甲归田，而他却由于有军事指挥业务上的专长，被编入解放军第三兵团第十二军，再后来两次赴朝鲜参加抗美援朝战争。我此后就在重庆郊外的青木关部队幼儿园生活。1953年，我七岁时被姑母接到上海生活。第二年，我父亲在南京军事学院逝世，那时我只有八岁。此后，我就在姑母抚育下长大成人。

我对父亲的了解并不多。很小的时候，我就有一个疑问，为什么我们家不少人参加过共产党，在国民党统治时期，属于政治上的异己家庭，但为什么家族的亲共历史并没有影响父亲在国民党军队里步步升迁？我想，一定是国民党在政治上比较粗放，它比较看重

父亲萧健

个人的能力，不太关注家庭背景与成分。

其实父亲走上国民党军人之路，也是命运的偶然。父亲从小痴迷于科学救国，心里就是想做工程师。他从衡阳以优异成绩考进了上海交通大学预科，就是想实现这个梦想。他的命运转折也与1927年大革命失败密切相关。马日事变发生后，家中遭大难，开明书局被迫关闭，伯父被捕，被关进死牢，父亲在上海失去了家庭接济，就成了失学青年，读交通大学做工程师的美梦被打碎了。失学之后，他偶然看到有个无线电学校在招收新学员，不但可以免去学杂费，而且还有生活津贴，于是他去投考并被录取。

据伯父说，父亲一生最大的遗憾是没有当上工程师。父亲在国民党军队中总是能得到上峰赏识，又是黄埔嫡系，抗战中期，三十四岁就当上了将军，但他总是以没有实现当工程师的愿望而抱憾。伯父告诉我，多年以来，父亲行军时，简单的行装里总还要带上一些化学烧瓶之类的东西，一有空闲，就会自己做化学实验。他逝世后，从南京军事学院寄回来的遗物不多，而他手写的密密麻麻的化学笔记本却占了相当一部分。

凡萧姓家族中读工科的年轻大学生，有经济困难的，他都会去资助，即使我们家的经济常常陷入困境，也是如此。许多年以后，到了"文革"初期，伯父与伯母来上海避难，文化程度不高的伯母提到我父亲时，实在想不出用什么话来说明父亲的乐善好施，她总会用很浓重的衡阳话说，"你爸爸是解放前的雷锋"。一位生活在四川崇庆（现为崇州市）的远亲，当年就是由于得到父亲接济，读完大学建筑系后成为路桥工程师的。这位老人今年已经八十多岁了，一直到现在，他还把父亲视为自己的恩人。建国以后，他一直在寻找我们兄弟三人，打听我们的下落，总希望通过帮助我们，来报答当年父亲接济他读完大学之恩。

其实，当年父亲之所以这样乐于助人，用伯父的话来说，或许还是为了在萧族子弟身上，了却自己当不了化学工程师的心愿。

父亲考无线电学校，本意还是想实现自己做工程师的梦，后来入学后，他才知道这是军事学校，容不得他有那么多自由。由于成绩优秀，他转入黄埔六期，从此就进入军界，离国民党的政治中心越来越近，离他的工程师梦越来越远。

我有时在想，由于我们家的左翼思想传统，如果他失学之后，当时接触到上海的党组织，说不定他还真可能去参加共产党，不过，他走的将是一条九死一生的路。他很可能活不到1949年，而且肯定也不会有后来的我。由于种种因缘，历史让他走上的是另一条路。

不久前我读到军统大特务沈醉的回忆录才得知，沈醉在抗战初期，他的女友执意要去延安，也要他一起去，他为了爱情纠结了很久，最终由于一念之差而没去延安，后来进了军统，成了共产党最凶悍的敌人，走上了一条完全相反的路。另一位国民党的军政要人的回忆录更有意思，大意是他那天早上起床起晚了，约定好去延安抗大的汽车已经开走了，下一部车是去西安国民党黄埔第七军校的，于是这位青年学生就上了车，人生之旅的剪刀差由此而开始。在当时这些青年人看来，现在是国共合作，反正去哪里都一样，都是去抗日。所以，在个人命运的一些节骨眼上，偶然性会起很大作用。

由于勤奋加上毅力，成绩不错，父亲从此成为国民党军队中嫡系精英中的一员。20世纪30年代初期，他当过清华大学军事训练部教官兼主任。这件事我们家的人谁也没有说起过，还是我七哥萧默在"文革"结束后，录取为清华大学建筑系的研究生以后，在参观校史展览时偶然发现的。父亲的相片，赫然放在校史馆陈列的当年报纸上，发黄的报纸上还有一篇以父亲名义发表的《告清华大学全校师生书》。那是在1935年6月《何梅协定》签署后，国民党的中央军训团不得不奉命撤出已经被划为非军事区的北平，他就以军训部主任的名义，向师生告别，要大家勿忘国耻。这张从校报上翻拍下来的相片，现在还保留在我的书房里。那时他二十七岁。

从他后来的简历中知道，他在1939年进了陆军大学特五期，以第一名成绩毕业，受到蒋介石的赏识。伯父曾告诉我，将介石要他留在身边，但他希望去前线，后来就分配到了胡宗南的第一

父亲任清华大学军事教官

战区长官司令部，得到胡宗南的赏识。根据我在网上搜到的信息，父亲在1943年任第一战区少将高参兼参谋处长，当时他三十四岁。1946年任第一战区司令长官部军务处长。有一次在网上偶然读到黄埔同学会会员的一篇抗战史回忆录，里面提到我父亲是胡宗南的"三个亲信之一"。

近几年来，我读了好几本从台湾购来的旧人回忆录，胡宗南当师长、军长与战区司令不同时期的三位参谋长的回忆录我都读过了，他们似乎都一致认为，胡宗南在军事上难以担当大任，因愚忠于蒋介石，因此深得蒋介石信任。一位说，依胡本人的才能，最多只是个当师长的料儿，却当上战区司令，志大而才疏；另一位说得比较客气，只是说胡在师长任上的时间太长，突然时来运转，当上指挥二十万大军的司令，而整个考虑问题的方式还是师长时形成的，所以指挥不好。不过他们都认为，胡为人刻苦俭朴，个人品德很好，蒋介石对他很放心。

我父亲与胡宗南朝夕相处，我不知道胡宗南为什么赏识我父亲。过去读中共潜伏在胡宗南身边的机要秘书熊向晖的回忆录，其中有一段给我印象很深，说的是要派地下工作者潜伏到胡身边并能取得胡宗南真正信任的人，周恩来要求必须符合三个条件，这三条是完全出乎我们一般人想象的。这三个条件居然是，一是必须是小康家庭出身的（家境不可太穷，也不可太富有），二是思想必须左一点（要有对底层的同情心），三是长得要英俊帅气一些。熊向晖就是由于符合这三个条件被选中，后来为中共立下了不世之功。我不知道父亲是不是也是因此而得到胡宗南信任的，好像这三条他都具备。

由我父亲这样的人来谈胡宗南，一定很有意思。不过，父亲健在时，我还处于孩提时代，什么也不懂。现在我非常希望听听他对胡宗南的看法，但已经不可能了。我又想到熊向晖先生，我父亲与他都在胡宗南身边，朝夕相处，彼此一定都很熟悉，可惜熊先生已经于2005年逝世。

石家庄战役与第三军的命运

抗战结束后不久，内战爆发，父亲时任国民党第三军参谋长，驻守在石家庄。第三军原属朱培德的云南部队，在国民党军队中，可以算得上是准嫡系。1941年时，该军在晋南战役中失利，原因是何应钦中了日本人的声东击西之计，在战区军事会议上错误判断日本人要进攻洛阳，于是把中条山一个主力军抽调去守洛阳，这样就造成中条山战线防守空虚，留守的第三军面对日本人的进攻寡不敌众，军长唐淮源上将殉国。

在抗战结束时，该军进驻石家庄。到了1947年10月，聂荣臻领导的解放军晋察冀野战军在河北徐水包围了国民党第三军的一个师，这时第三军的另外两个师还在石家庄。根据《耿飚回忆录》可知，这时蒋介石错判了解放军主力的位置，以为可以来个反包围，于是通过孙连仲，命令第三军派军队前去救援。

根据文史资料上的记载，当时父亲作为军参谋长，在军事会议上曾坦言，一旦出击，第三军的三个师就极有可能被解放军分割包围，且京汉铁路沿线是解放军游击队最活跃的地区，解放军肯定会通过引蛇出洞与围点打援，来实现各个击破。但军令如山，第三军军长罗历戎在蒋介石的严令下别无选择，不得不亲自带第三军主力第七师北上增援。第三军内部的地下党很快就把情报送到华北野战军。根据历史记载，华北野战军的杨得志、杨成武、罗瑞卿率领的第二、三、四纵队抽出主力，一昼夜奔赴二百多里，在清风店附近形成口袋阵。结果当然是没有什么悬念，国民党军第三军主力第七师与军部共一万七千人被围歼，军长罗历戎被俘。军参谋长的预见不幸被言中。

我看到过聂荣臻召见被俘的第三军军长罗历戎的相片，从杨成武写的回忆录可知，这张著名的历史照片就是在聂荣臻当时的住所摄的。聂荣臻坐在圆椅上，以胜利者的优雅姿态打量着罗军长，罗瑞卿、耿飚、杨得志这些纵队级高级指挥员坐在前排，他们比我们想象得更年轻，他们黝黑的脸上各自的表情也十分丰富。罗瑞卿的表情中带着胜利者对战败者宽容的微笑，耿飚的眼光中则充满对罗历戎的好奇感，杨得志只露出半个脸，他与右边的杨成武严肃表情相比，更多的是一种战役后的深思。靠墙边坐得更远的一些人，可能是军阶更低一级的旅团级的指挥员，他们有的以好奇的眼光，有的以警惕的眼光，打量着这个重量级俘虏。当时是1947年10月下旬，是在辽沈战役的前一年，罗中将毕竟是解放战争开战以来在战场上被俘获的职位最高的对手之一。此刻，穿着打扮如同伙夫的罗军长因为受到胜利者的优待与尊重，已经从紧张状态中缓过神来，虽然我们看不到他的正面表情，但可以从他手握香烟的状态中，看到一种些微的轻松感。丰富的历史信息定格在这张相片中，这张相片也以其捕捉了清风店战役后历史参与者们那生动的一瞬间，而具有很高的史料价值。

清风店战役结束以后，石家庄只剩下第三军士气低落的第三十二师与两个保安团。虽然蒋介石空运了一些地方部队进入石家庄城里，但国民党军势态十分孤立，在孤城中等待着解放军瓮中捉鳖。处于其中的我父亲，作为这个军的参谋长，这些日子肯定是在焦虑中度过的，他的霉运似乎就要这样注定了。

在清风店战役结束二十天以后，1947年11月，华北解放军对石家庄的总攻即将开始，然而，我父亲的命运却在此时突然发生了戏剧性的改变。他意外收到了胡宗南的加急电报，要他立刻乘军用飞机从石家庄重围中，飞往北平去汇报军情。据说，等他起飞时，解放军进攻机场的炮声已经打响。父亲飞到北平之后，才知道这是胡宗南为了救他而特地发出的电报，其实大局已定，并无什么特别的军情需要他汇报了。胡宗南之所以这样做，显然是认为这个第三军已经没有指望了，但父亲这个心腹爱将还是要救出来的。

父亲跳出石家庄这个火坑实在太突然了，这一信息完全不在解放军情报人员的掌控之中，以至于解放军拿着父亲的相片在俘虏群中一一对照，却没有找到，后来才得知父亲在最后时刻飞离了石家庄。我从伯父那里知道的这个生动的细节，是父亲起义以后从解放军方面获得的。原来战场上的敌人如今成了自己人，把这段轶事说给当年的对手听，说者与听者一定都是别有趣味的。

根据解放战争史记载，石家庄战役中三十二师师长刘英被俘，解放军围歼国民党军二万四千人，这场战役首创了人民解放军夺取重要城市的先例，这也是解放军从战略防御到战略反攻的里程碑式的转折点，从此，晋察冀与晋冀鲁豫两大解放区连成了一片。

我父亲逃过了一难。胡宗南让父亲从即将成为战犯的厄运中逃脱出来。父亲对胡宗南的感恩之心是可以想象的，这种感恩之心还很不合时宜地一直保留到他在成都起义以后。当时，解放军要求所有的起义人员都要向组织填写自己的简历，当父亲写简历提到胡宗南时，他居然这样写道："请原谅，我在这里提到胡宗南时，还是要称他胡先生，因为习惯了……"这是我伯父后来告诉我的轶事。

国民党与共产党两支军队，他们各自的内在聚合力是完全不同的，共产党靠的是强大的意识形态信仰与精神，以及组织内部的凝聚力，而国民党靠的是上下级之间的私人恩庇与效忠关系。胡宗南对父亲的恩庇，以及我父亲对胡宗南的愚忠，看上去经历了考验，但这却是以牺牲整体利益为代价的。可以想象，父亲作为当时石家庄城里军衔最高者之一，由于胡宗南的一纸电报而脱身，三十二师师长刘英与其他军官作何感想？这样的军队能打仗吗，会有士气吗？

三十军与太原战役：父亲又逃过一劫

父亲从北平回到西安胡宗南总部，他肯定向胡宗南表明，自己对于石家庄战役失败不应负什么责任。不久，他就被任命为第三十军参谋长。这个第三十军，要比第三军的故事更多。这个军的战斗力更强，个性上更具有张力，也更富有戏剧性，它后来的命运也更悲惨。

三十军原属于冯玉祥的西北军。20世纪30年代初的中原大战后，隶属于中央军。将士大多是河南人。后来，蒋介石命三十军去攻打鄂西的贺龙红军二六军团，三十军作战不力，军长彭振山于1935年被蒋介石枪毙。

不过，到了抗战初期，三十军在娘子关战役中打得颇为出色，积累了与日军实战的可贵经验，不久被派到台儿庄防守主要阵地。面对日军强悍的第六师团与第十师团的正面进攻，这个军开始展示了其生命史中最光辉的一页。在极端困难的情况下，三十军以血肉之躯来抵抗强敌，打到连伙夫都打光的地步，二十七师师长池峰城电话里请求第二集团军司令、老上司孙连仲让他撤退，为三十军留一点种子，却被孙严令坚守。池在最后一分钟的坚持，让汤恩伯军主力及时赶到，才换来了台儿庄战役的最后胜利。池师长的事迹通过电影《血战台儿庄》而广为世人所知。下文将要提到的仵德厚师长，在台儿庄战役时还是个营长，任三十军的敢死队长，这个陕西汉子在关键时刻冲上去，打得只剩下三个人活下来。三人中，除他本人以外的另外两个人还都受了重伤。仵德厚的事迹还上了《中央日报》。

这个名气不大的杂牌军由于自己的超常发挥，而一举成名，成为全国妇孺皆知的抗战英雄部队。后来三十军还参加了武汉会战、1939年冬季攻势、枣宜会战、豫南会战、第二次长沙会战、豫西会战和常德会战，八年抗战与日本人交兵，基本是没有停过。这是一支从血战中一路打下来的劲旅。可以说，三十军为中国人争了光。1945年后，三十军划归西北王胡宗南指挥。该军辖第二十七师、第三十师、第三十一师，系美式机械化的主力部队，驻陕西，隶属西安绥靖公署。在国民党军队系统中，杂牌军成为主力军的为数不多，三十军就是其中的佼佼者。

很不幸的是，这支军队在内战中，被推到风口浪尖，处于战争急流的漩涡中心，这是大多数非嫡系劲旅难以避免的命运。三十军的悲剧命运也由此开始。

1948年初，蒋介石视察太原，阎锡山因山西防守力量不足，请求蒋介石给他多增加些军队。蒋也意识到太原的重要性，以及山西的孤立无援，难以应对石家庄战役后中共在华北崛起的新局面，遂冒着倾盆大雨亲赴西安，要胡宗南空运军队支持太原，胡宗南不愿把中央军嫡系割出来，于是就把三十军推了出去。三十军军长鲁崇义不愿意去太原，因为他已经意识到太原在军事上已经是一盘死棋，他坚持要让称病住院的二十七师师长兼副军长的黄樵松出征。妥协的结果是，鲁崇义把三十军分出一半，让其中的主力二十七师加上三十师的一个团前往太原。黄樵松升为代军长。1948年8月，三十军紧急空运太原。原军长鲁崇义与我父亲则留在西安，把剩下的三十一师与三十师余部，再加上地方部队，整编成番号为一一三的一个军，以此来保存实力。由此，我父亲逃过了以后的劫难。

黄樵松被迫出征，不想打内战，且全军官兵家属大多数在陕西，全军作战意志消沉，恰好徐向前派第八纵队敌工处前来太原秘密联络起义，还带来了黄的老上级、西北军起义将领高树勋的密信。黄樵松则派参谋王震中前去八纵秘密联络。一来一往，双方谈妥后，黄樵松决定立即在太原发动起义，但不幸的是，1948年年中本来可以作为解放战争史上具有重大历史意义而载入史册的太原起义，并没有成功。

我父亲是三十军参谋长，命运之神再次让他与厄运失之交臂。由于原三十军军长鲁崇义的坚持，也由于胡宗南要保存自己实力的私心，父亲与军长鲁崇义均被允许留在西安，没有参与到太原起义的流血悲剧中来，也没有在后来的太原战役中成为内战漩涡中的牺牲者。如果父亲去了太原，作为一个军的参谋长，黄樵松的起义计划不可能不让他提前知道，他当时只有两条路可以选择，以他的思想与个性而言，他接受起义的可能性很大，那么，他将与黄樵松一样成为雨花台烈士。如果他拒绝黄的计划，而去效忠蒋介石的党国，等待他的命运，绝不会比戴炳南与仵德厚更好。当时只有两种选择，而这两种选择的结果都是没有任何悬念的。我父亲去与不去，对共和国的历史可以说毫无影响，但对我们家却关系甚大。

成都起义：父亲人生的转折

1949年4月，太原战役中的三十军全军覆没，蒋介石与胡宗南为了安抚尚留在陕西的原三十军的另一部分官兵，把番号已经改为一一三军的那个军，再改回到三十军的番号。新三十军先是驻西安附近，后来退到汉中，再后来退到成都东郊，此时已经是1949年12月了。

新中国已经宣布成立，全国大势已经相当明朗，胡宗南部从成都向东突围已无可能，因为四川以东地区大多数已经解放，胡部向南走也不行，重庆也已经在刘邓大军手中，且从成都通往云南与缅甸边境的路已经被二野堵死。现在只剩下唯一的路，那就是往西昌与西藏走。但西昌如此荒僻，根本养不了那么多的兵，即使没有追兵，由于一路上缺乏足够的给养供给，从那条路走下去会有什么结果也是可想而知的。胡宗南部的困境之深由此可以想见了。

12月初，当时，蒋介石还在成都，他把划归胡宗南指挥的十八兵团司令李振找去谈话，据李振事后的回忆，当时的蒋介石给李振的第一感觉是，这位委员长沉浸在忧虑神伤之中，由于睡眠不足而显得很疲倦。蒋介石说的大意是，西昌是复兴基地，到了西昌以后还可以步步向云南、缅甸转移，等待"第三次世界大战"爆发。李振回忆说，如果是一两年前受到蒋介石的单独召见，他肯定会受宠若惊，但这次召见却使他哭笑不得。他觉得，军队上下离心离德，士无斗志，全国只剩下西昌与云南一角，想通过"第三次世界大战"来翻盘，更是如同说梦一般。回驻地后，他把蒋召见时说的话说给参谋长听，彼此都沉默良久，若有所失，大家都感到前途茫茫。这就是当时国民党军官们的普遍状态。

可以说，此时在四川的胡宗南所属各部几乎到了兵临绝境的地步。国民党军内部弥漫着悲观的气氛，高级军官中都有大势已去的感觉。尤其是，原先在成都压阵的蒋介石本人也飞往了台湾。

我父亲在1950年2月20日写成了他的《成都起义实录》（以下简称《实录》），用纯蓝墨水写在黄色的毛边纸信笺上，订成厚厚的一本，全文约三万字，我小时候在衡阳老家见到过。我原以为这部《实录》早已经在"文革"浩劫中遗失，再也没有机会见到它了。但没有想到，我在网络资料上偶然发现有人提起过这篇《实录》，这让我十分欣喜。再细查后才得知，父亲这篇文章已经收入到二十六卷本的《文史资料存稿选编》中①。我又惊又喜，立即从旧书网上找到此书并购了下来。原来，伯父在"文化大革命"前已经把这篇文章的副本投寄给全国政协文史资料委员会保存了。

父亲的《成都起义实录》详细地记述了1949年12月月初到26日起义这二十几天的个人经历。《实录》与一般回忆录不同，是父亲在起义两个月以后，花了整整三天时间一气写成的，内容颇为鲜活而自然。1950年初，当时国内还没有开展大规模的政治运动，故父亲写作时全是直抒胸臆，以下的内容，主要根据这篇《实录》，以及起义后父亲在家信中提供的材料整理而成。

父亲在《实录》中开门见山地叙述了他们三十军从陕南撤向成都的过程中面临的种种困境——兵员不足，缺军服，缺被服。新兵尤其苦，每五六个人共用一条破毯。四千名新兵还没有到营，就病倒了一大堆。队伍进入市区，景状全非，家家都关上铺门，什么东西都买不到。两旁的老百姓对这支部队，表现出一种特别的表情，过去的繁华气象一变而为混乱、凄凉，一点生气也没有。三十军军长鲁崇义告诉父亲，总署（胡宗南总部）已经决定在岷江西岸全线固守……

处于困境之中，父亲有一个癖习，好独自深思，尤其每当一件大事发生的时候，总想追究它发生的根源和它将来的发展趋势。

---

① 萧健：《成都起义实录》，全国政协文史与学习委员会编《文史资料存稿选编·全面内战》下，北京：文史出版社2002年版，第904—916页。

夜阑人静之时，正是他思考的最佳机会。宿营好了以后，父亲就把近年来的种种情况，作为状况判断的材料，并推测以后的演变。

父亲在床上反复想，"过去国民政府控制着很大的地方，为什么会弄到一年不如一年？国民政府号召种种改革，如金圆券政策，勤俭运动，革新运动，……这一连串的方案和计划没有丝毫效果，这到底是什么原因呢？……政府宣传说，解放区的民众，土地都荒芜着，海岸封锁三个月以后，就可使沿海大都市经济崩溃。结果他们的区域，不但没有崩溃，反而天天巩固，我们打不进去。崩溃和恐慌的不是他们，反而是我们自己。这是什么原因呢？"

他起义以后在给伯父的信中也写到，当时他想的是，"全国被国民党统治二十多年，愈来愈糟，在解放区里，据说路不拾遗，夜不闭户，乞丐绝迹，共产党亦是中国人，他们在战争环境中，能有这样的成就，如在和平建设环境中，那该有多么大的成就？为什么不可以由共产党来统治？清朝统治中国不好，我们打倒它。拥护国民党来统治，现在国民党统治得很糟，我们为什么不能让共产党来统治呢？况且我既无地，也无房，大多数官兵，也是贫寒出身，为什么要怕共产党呢？我越想越觉得这个战争没有前途，更不值得一死。听说北平解放了，新疆及湖南部队也起义了，军队都得到优待，这些事实，指了我一条新生道路，我决心争取这条道路而努力。"①

父亲在床上经过一夜的思考，得出了他的结论和决心，那就是策动三十军起义，舍此可以说没有其他出路。这一天晚上他想

---

① 引自萧伯麟：《关于〈成都起义实录〉的补充》，全国政协文史资料与学习委员会编《文史资料存稿选编·全面内战》下，北京：文史出版社2002年出版，第917-919页。

了很久，什么时候睡觉了，他也不知道。第二天早上起来，父亲就决定按这样想的去做。但是像这样的问题，怎好对军长说呢？

第二天，父亲把应该策动起义的想法告诉了军长，当时的说法是"应该与解放军和平谈判"，军长也表示同意，但是顾虑重重，下不了决心，还说"我们不必想这么远，这不是一个人的事，那时自然会有人出来，现在不必急"。父亲接下来又写了一封长信，把军长的顾虑一一加以解析，希望军长能听进去。

——军长担心去年三十军在太原作战，与共产党结下深仇，认为"我们想变，他们也不会要我们"。父亲在信中说："太原与临汾的战事，并非军长亲自指挥，不会牵涉到军长身上来，事实证明，军长之于太原、临汾战事，比不上陈明仁对四平街战事的责任。今日陈明仁能自由地在中共政府中工作，可知战犯问题不必顾虑。"

——军长说过，与解放军作战，实在不行，可以上山打游击。父亲在信中写道："打游击可以实施于过去时代，而不能实施于将来时代。第一，解放军靠游击战起家，我们不可能用游击战与他们争胜。第二，我们初到四川，人生地不熟，不可能实施游击战。第三，大局如已安定，游击战也不过是苟延两三个月的时间而已。第四，关于气节问题，对日作战，死了可以成名，总还有个代价，今日我们在进行绝望的战争，眼看解放军必将成功。如果他们成功，则历史必将改造，我们死了，不但是和蚂蚁一样无价值，反要背上一个罪名。"

军长看完这封密信以后，又亲自将信交还父亲，说道："你所说的都有道理，可是这个事情太大，容我再详细考虑，这封信最好是烧掉，免惹是非。"父亲只好把这封长信烧了，他认为，军长犹豫不决是可以理解的，胡宗南有五个主力军都已经开到成都附近，稍有不慎，露此马脚，不但于事无补，反而有害。

但这种情况没有持续多久，四五天后，解放军主力渡过岷江，迂回到成都西北的新津一带，而北方的广元、剑门均已经失守。这样，解放军实际上已经形成了对成都国民党军的夹击之势。看来，成都的命运就在这几天里要决定了，局势的突变，进一步增加了父亲的紧迫感。

父亲于是在1949年12月20日，再写了一封信给军长。他在信中判断胡宗南总部很可能带一些要员直飞台湾，让留下的人打游击，与其如此，不如及时行事，建议务必派遣联络人员与解放军早点联络。他还说："钧座如能随胡宗南主任飞台，与家属团聚，何不让三十军与中共谈判和平，这样也是对一万余官兵留一恩德。"

这封信交上以后，军长约父亲去谈话，父亲乘这个机会，极力鼓动："现在时机十分迫切，要立刻下决心！现在要与各方面联络，要与川军联络，要与地方民军领袖联络，要与东面联络。"军长故意反问一句："东面与谁联络？"父亲说："与简阳解放军联络！"

这时军长立刻严肃起来，直接谈"与解放军联络"，对于他来说还是很受刺激的，他说："（胡宗南）主任没有走，我的家眷在台湾，孙（连仲）长官也在台湾，我能干这种事吗？"父亲知道军长意志一时不能转回，只好说道："对东虽一时不能派（员）联络，对北方的川军，对地方派联络也是好的。"于是军长采取了折中的办法，同意先对成都北部的友军联络，并且说："我已与孙震部队军长联络了，他也是老西北军的人，互相约定，将来有事，大家依靠在一起。"

12月23日拂晓，军长到父亲住的房子里来，说是绥署（胡宗南总部）的参谋长请他去谈话，要父亲等他回来后，再去广汉联系友军，说完即匆匆出去了。父亲觉得事情相当紧迫，没有耐心等军长回来，也忘了吃饭，就直接驱车去成都某地点见中共密使郭勋祺。

郭勋祺是前国民党属于川军系统的第五十军军长，郭与刘伯承有袍泽之谊，又是我父亲1939年陆军大学特五期的同班同学。他在1948年7月在安徽被人民解放军俘获，后来，他欣然接受了刘伯承让他回四川联系策动国民党军队起义的工作，他返回成都后与我父亲秘密联系上了。

父亲到郭勋祺所在的公馆，不意之中遇见了陆军大学的两位同学，现在他们各自在某军任要职。这两位同学在陆军大学时就是父亲至交，平时嬉戏，无所不至。虽然隔别了八年，中间也没有通过信，但是今日一见，还是一见如故。

父亲就首先提议，现在时间宝贵，要谈正经话，每人限制五分钟，报告各自八年来的经过，以后再研究详细问题，他们同意父亲的话，各自报告。父亲也把自己这些年的经历和对时局的看法说了一遍。这两位同学听他说出了对大局的看法以后，就跳了起来，拍着父亲的肩说道："老萧，你赶快去向军长建议。你们的出路，一定有办法！现在郭同学在西南负有重要使命，只要你们军长发表一个通电，保证可以取得番号，取得补给，保证可以维持建制，希望你明天就要回信。"父亲听了狂喜，但慎重地补充一句："这不是儿戏，会不会将来兑不了现？"两个同学拍着胸膛说："我们以生命担保！"但是他们两个人也反问父亲一句："你也不要弄圈套来卖我们！"急得父亲只好发誓，以明心迹。

等到天黑，军长才回到军部。军长立刻召集高级人员宣布开会经过。军长说："今日早上，并不知道是去开会，到了绥署以后才被拉到新津去，胡（宗南）主任亲自主持。下半天继续开会。勉强得出一个结论，就是大军撤离成都，集结于康、滇边区，建立新根据地。离开成都的行动时间定于25日拂晓。"

父亲没有等军长讲完，就递了小纸条，说是有要事报告军长，请军长退席。父亲对开会的人说，暂时散会，并将刚才军长所宣布的情况保守秘密，不得泄露，一切行动听以后命令。

接下来，父亲随军长到他的房子里去，毫无顾忌地慷慨陈词："这个战略撤退命令，绝对行不通。第一是部队走不了。部队撤下了车辆、弹药、器材，一定走不了。四川遍地自卫队，多为解放军做耳目，解放军主力均在我军进路之两侧，如此演变下去，很可能造成'莱芜歼灭战第二'，所以绝对走不了。第二，过不了江，长江天险，大军渡江，事先毫无准备，谈何容易！第三，即使渡江，到不了泸州和叙州（今宜宾）。泸、叙军事重地，解放军岂有不守之理？第四，即使通过了泸州、叙州，也到不了目的地。第五，即使到了目的地，两三个月以后又将如何？所以这条路是死路。"

父亲还说，现在只有一条生路。他把当天如何去会郭勋祺，如何与陆大两位同学的谈话，都详细报告了，最后说："时机紧迫，稍纵即逝，请军长立刻决断。"父亲以为这番话足以打动军长，但没有料到军长仍然不慌不忙地说："你不要急，现在走不了，总有人会出头领导的。用不着我们出头，况且这个事也不能由我一个人决定呀。我如同意，下面的师（长）不同意，又怎么办呢？"

第二天，即12月24日，天刚亮，军长就到父亲房间来，态度却有了明显的变化。他说："昨天总署开会，大家都不作声，散会以后，又都说不能，胡先生今晨上飞机走了，在走的时候，部队情绪非常不好，嫡系部队的两个军长说是要截留胡先生的飞机。十八兵团李振司令也坚决不同意移军西南边陲的计划。昨天你所说的联络办法，你今天可以再去联络一下。"

直到这时，父亲总算得到了军长的一个明确指示，于是欣然决定再与中共密使郭勋祺进一步联络具体起义事宜，但郭的行踪是非常秘密的，每天要换好几个地方，一时还联系不上。父亲在《实录》中写道："为了多救几位朋友跳出火坑，使部队少受些无谓的牺牲，同时也认为他们一定会感觉苦恼与焦闷，若指示一条生路，相信必定会得到同意的。"因此，父亲就决定在见到郭勋祺以前，再多策动几个部队，共同起义。父亲几年前曾做过胡宗南总部的参谋处长与军务处长，是胡宗南第一战区的幕僚长，高级军官中的大多数人都是熟人。他决定先去策动与三十军驻地距离较近的某军。

父亲差一点酿出大祸来

父亲去了那个军，不料那个军的军长不在，说是已经去参加某一个重要会议了。父亲于是接通开会地点的兵团吴参谋长的电话，吴参谋长告诉他说："现在正在这里开会，马上就要散了。你有什么高见?"

父亲在电话里问他："哪些人在开会?"他说："有很多人，你都认得的。"父亲说："我意见是有的，我能来吗?"他说："欢迎你来!我们已经散会了，现在等着你，你快点来吧!"

这个会是胡宗南飞往台湾以后，国民党西北绥靖公署召开的高级别的军事首长会议，父亲作为三十军的参谋长，本来并没有被邀请参加这个主要是由嫡系部队主官参加的会议。没有料到，由于会议上众人实在拿不出主意，大家听说父亲有新想法，很愿意听听他怎么说，于是就等待他的到来。

父亲在《实录》中说："哪知道这一去，后来几乎酿出大事情来。"他进门以后，见有五兵团与十八兵团两位兵团司令、一位兵团部参谋长、两位军长、六七位嫡系师长在座，都是老长官或熟人。坐下以后，吴参谋长首先发言，问父亲到底有何意见？父亲说："我意见是有一点的，但是我先要知道，刚才会议如何决定，我才好说。"

这时室内稍稍沉默一下，结果由第五兵团司令李文中将打破沉默，说道："你先别管会议如何决定，你把你的意思说出来吧。"

于是父亲说："司令要我说，我就很坦白地说，现在的情况，各位都是知道的，解放军的主力都在我们进路的两侧。遍地是民众自卫队，实在是为解放军做耳目，妨害我们的作战。大江横在我们的前面，道路又是小路，车辆、骡马都要抛弃。大兵都是四川人，容易逃散，官长眷属带不走，大部心里不安，故依我的看法，我们大军走不了。即使能走，也走不到大江边；即使能到大江边，也过不了江；即使能过了江，也到不了泸州和叙州；即使到达泸、叙两州，也到达不了目的地，试问以后情形又将如何呢？"

他还说，现在军队面临着困局，向东、向南、向北突围均无可能，唯一可走的只能到西昌了，即使去了那里，连军需供给都会成问题，前景很是渺茫。李文将军问道："依你的意见，应当如何办呢？你直说吧！"父亲说："我们今日只有一条道路，就是局部和平！"他还说："如果要和，我这里倒有一条路。"不过他没有说下去是什么路，因为当时气氛凝重，会议室里鸦雀无声。

谁也想不到，一个军参谋长，在最高军事长官的会议上直截了当地说与解放军联络，说出这样的扰乱军心的"出格"话来。事后，许多军官都说父亲太孟浪了。

父亲说完了这句话后，大家你看我一眼，我看你一眼，沉着脸色，都不发言，沉默了好一会儿。这时有位军长和两位师长挨近父亲的座位，轻声问道："你说有一条路，是怎样的路线呢?"看来，父亲的提议实际上已经说到许多人的心里去了。他们心里的想法与父亲一样，只是没有父亲与解放军联络的办法与线索。

父亲说："我现在不能说出，要大家同意，可以讨论时，我才说出!"这时大家都不敢发言，只有十八兵团司令李振很激烈地说："反正我们不能离开成都。"但是，他并没有提出不走的办法，大家也没有反应。问题讨论不下去了。有些人说："现在局部和平太晚了，他们也不会理我们了。"父亲在这样的气氛中也不好向他们解说。

12月24日，最高会议的主持者是第五兵团司令李文，胡宗南临行前把总署军权交给了他。此时，李文神色严肃起来，他与三十六军朱军长、九十军周军长三人到另一个房间谈话去了。

我父亲立刻感觉到，他刚才这句话可能说得太突兀了。这样的话，只能在密室里对最亲近的人说，他却鲁莽地在最高军事会议上，面对最高指挥官公开说了出来，所谓的"局部和平"，其实就是向解放军投诚，在当时绝对是属于反叛言论。他已经感觉到气氛不对头。父亲后来告诉伯父，如果这时，这三个最高指挥官从小房间里出来，李文以"扰乱军心"的罪名，把他逮捕交宪兵法办——拖出去处决，那也是完全可能的。此时，可能是父亲一生中最危险的时刻。

不一会儿，第五兵团司令、临时总指挥官李文与二位军长从小房间里出来了。他们明确表示反对和谈，说"战到最后一个人也要打"。父亲在《实录》中记述道，当时李文将军正色道："现在谈局部和平太迟了。今天只有一条路，就是走，走不了，就死。没有其他的路！各位赶快回家准备，照着刚才决定去做。"

　　此刻，刚才还在会上旁敲侧击地支持父亲看法的十八兵团司令李振中将，一看形势不对，自己参加会议时带来的随行人员也并不多（用他后来的话说，"好汉不吃眼前亏"），于是就顺水推舟地改口说："既然你们讨论的结果如此，本人也放弃刚才的看法，与大家一起行动。"接着悄悄不辞而别，立刻驱车回自己部队去了。

　　他们并没有对父亲采取行动。李文司令接着就催促大家赶快回去做撤离的准备，父亲也随着大家出来。在出来的途中，李文严肃地对父亲说："你刚才的话，不要乱说，在这个时候说出来是动摇军心的。"父亲唯有称是。就这样离开了。

　　父亲心里也在回想，当时也真有危险。如果当时李文态度坚决一点，决绝一点，牺牲父亲性命，来杀一儆百，以防军心大乱，也是完全可能的。如果是那样，我们家的历史可就要重写了。父亲后来在《实录》中写道："因为愈想愈危险，所以我愈是感激李文先生的宏量。"

　　父亲在散会后，回到自己房间里，一晚没有睡着。他后来对伯父回忆说，那一晚上随时担心宪兵得到指令，会来敲门，然后把自己押出去枪毙。

　　后来，我常想这件事，据家人说，父亲是一个沉默寡言、出言极为谨慎的人，为什么他会一反常态，在这个会议上去讲这样危险的话？我想，在这危急的关键时刻，他的湖南人性格一定使他无法控制住自己不说出这样的话来。

晚上确实有人来找父亲了，不过站在门口的，并不是父亲担心的宪兵，而是上午开会时暗中支持他建议的十八兵团司令李振中将。李司令问："你昨天在会上说有一条路，是什么路？"父亲如实回答，他与原五十军军长郭勋祺是陆军大学特五期的同学，郭勋祺现在就在成都，与二野有联系。父亲与郭将军一直保持着联系。

就这样，一心想起义又联系不上解放军的李振，经我父亲介绍，决定用我父亲提供的这条线与解放军联系，走上起义的路。

然而，真正的危险还没有过去，军长鲁崇义并没有参加昨天最高层的会议，事后他从其他方面得知父亲在这次会议上放了一炮，十分恼火，他还进而把许多新发生的情况联系了起来，例如，"某某军临时决定不走，是不是要将我们三十军这个军解决了以后才走"？军长因而更加小心起来，当天晚上亲自查夜，并且不再回到军部睡觉，而在下面部队里面住着，任何人也不知道军长的去向。

军长的强烈不满对父亲是很不利的，但父亲却没有意识到危险。他在参加李文召开的会议回来后，得知原先联络郭勋祺的事有消息了，对方的联系人告知，郭勋祺已经约定立刻在某处见面。父亲立即驱车过去。他代表三十军在成都著名的望江楼与郭勋祺进行秘密会谈。

父亲代表鲁军长提出条件：一，我们军长在起义宣言上不列名（这是考虑鲁军长的家属都在台湾）；二，请解放军颁布番号；二，衔接补给；四，保证部队不拆散；五，要求东西解放军撤退三十里。中共方面都答应了，并答应是某某番号，只要求先发布宣言，宣言发表后，其余依次照办。

父亲在做出这重大的一步后，匆匆赶回军部，想把全部经过立即报告军长，并请军长到他的房子来，说有要事报告。但是，过了许久，军长仍然没有出来。

军长终于从自己房间里出来了，见到迎面而来的父亲，也没有打招呼，像陌生人一样，径直向警卫营方向走去，脸色非常难看。父亲就一直跟在军长后面，父亲心想，看样子，似乎要到警卫营指挥卫士，要捕人的样子。过了好一会儿，军长自警卫营出来，可能是一时下不了决心。不过他脸色还是很难看，这可能是父亲一生中十分危险的时刻。父亲知道，鲁军长一怒之下，就会杀人，他毕竟是旧式的军人出身。

在这关键时刻，父亲做出了一生中作为军人的一个重要行动，他把军长直接拦在路上，请军长在路旁小菜园子谈话。

在小菜园里，父亲说了这样一段话："我有几句简单的话要报告，军长现在心里难过，我是知道的！军长在目前有两个办法，第一个办法是，请军长把我关起来，或者把我枪毙，再打电报报告台湾的胡主任，说是我阴谋叛变，军中一切，听从胡主任的命令。这样做，军长对我昨天在会上的发言就没有了一点责任，李文先生也不会对军长怀疑。第二个办法是，把我先关起来，禁止到外面联络和乱跑，我甘心受处分，不再问事！如果军长不愿意采取上面两个办法，那么，在今日这样的生死关头，就在目前，我还是要请军长从容考虑，为了全军一万多子弟的生命与前途，采纳我提出的与解放军和平谈判的意见。"

父亲主动建议军长把自己抓起来枪毙，说得如此淋漓痛快。父亲在关键时刻说出了这样一句话，这句话太重要了，鲁军长是出身行伍的西北汉子，用这样的话来刺激这位老军人，可以说是起到了作用。

军长见父亲这样说，颜色稍为和悦点，并且说："你昨日开会说的话实在太冒昧了。"军长的意思是，父亲这样的发言，让人家觉得是代表三十军的意见，那他就成了"叛变党国"的主谋者，第五兵团李文完全有理由以强势武力解决掉三十军。

父亲于是只得顺着军长的意思，满口承认错误，并且说："这已经过去了，无法追回，现在不必去计较，现在最要紧的，就是今后的办法和对策。"接下来，他把今日与郭勋祺在望江楼联络的经过，简单报告一遍。军长说："我对于番号，冷淡得很。将来干与不干，还不一定，只要求通电上不要列名就够了。"

第五兵团离开成都：三十军起义

至于昨天进小房间密商后决定反对起义的第五兵团司令李文与两个嫡系军长，他们虽然反对起义，但他们都已经没有了坚持"效忠党国"立场的底气，毕竟大势已去。昨天下午会议结束后，他们就带着自己的军队向西康方向开拔了。

既然他们反对起义，那么他们为什么没有在会上直接对父亲采取"杀一儆百"的行动？因为形势比人强，大势已变，他们内心真实的想法是，即使自己要为胡宗南打下去，也不要得罪太多的人，因为当时像我父亲这样想法的人，实在太多了。事实上，在父亲发言后，就有好几个军长、师长直接凑到父亲身边，打听电话，如何与他联系，事后还有几个师长找上门来。看来，与解放军和谈是人心所向。在他们看来，把这个三十军参谋长拖出去杀掉，不但于事无补，而且还有了血债，也让自己以后没有了退路，而他们骨子里也并没有破釜沉舟、背水一战的思想准备。正因为如此，这也让我父亲有幸度过了因自己的孟浪而造成的危急时刻。

父亲的幸运，与其说是出于偶然，不如说是时势所赐。当然，也正是因为他的发言，后来却意外地促成了第十八兵团司令李振找上门来，与三十军联合起义。在此前，这两支军队分属不同派系，很少来往。

武力强大的第五兵团主力开拔以后，第十八兵团李振司令真正松了口气，他本来就想起义，就是担心受到人多势众的第五兵团精锐部队的夹击，因而不敢有所动作，现在他就不再担心了，他立即把军队向三十军驻地靠拢。李振的积极态度，也影响了鲁军长。鲁崇义本来就对胡宗南极为不满，如今有了志同道合的友军商量共同起义的事，当然也更积极起来。

父亲把与郭联系的情况详细报告给了十八兵团的李振司令，李司令问父亲："这是否靠得住？是不是一个骗局？"父亲说："我生命虽不值钱，但我愿以生命担保，决不是一个骗局！"于是李将军完全答应了，只要求与郭勋祺尽快直接见面，到时候将会把起义宣言当面交给郭看。

父亲在《实录》里记述了12月26日这个重要日子的事，"李振先生真勇敢，真是一个人，不带枪支、不带卫士，同我们两个人，一位是M同学，一个是我，在距戒严区域不到两公里的危险地带，去见一个陌生的危险人物。我们将车辆停在远远的地方，徒步走到约定会面的山地去。到了目的地，发现有十几个便衣，在四周瞭望和警戒，郭先生及罗先生出来迎接李振将军，他们三人相会，一见如故。这位十八兵团司令说：'我们部队是处处被压迫的。现在人民真是太苦了，国家元气大伤，我们应该缩短战争，促成统一，走上新中国建设的道路。'"郭勋祺也表达了对李司令及鲁军长的景仰，告知了刘伯承司令员给他的任务，并推崇李将军、鲁军长此举对四川人民的功绩。

鲁军长前不久透露给父亲，他知道有一个中共联络人"但先生"。父亲也乘这个机会询问罗同志是否知道有此人。郭、罗两同志同时说，确实有这样一个人。"不过，谁真代表，当然你们现在也分不清。只看谁能得到刘伯承司令员的复电，谁能与解放军发生联络反应，谁就是真代表，你们请看事实证明吧。"

李振从口袋里拿出一张起义通电稿子，上面写道："毛主席、朱总司令、西南军政委员会刘主席钧鉴：吾国久罹兵祸，生民涂炭，不独元气消磨，抑且生机斩绝，今为促进和平，从事建设，振等谨率所部，掬诚拥护人民政府，效命解放事业，化干戈为玉帛，特此宣告，幸垂察焉。"

解放军代表郭、罗两同志看了通电文稿，欣然同意了，李振与父亲驱车返回驻地。12月26日，隶属于第七兵团的三十军与李振的第十八兵团联合起来，合计二万四千多人，在成都东郊向全国发出起义通电，发动了成都起义，父亲是通电的签字人之一。

26日的起义宣言发表时，成都附近的军队，如邓锡侯部、刘文辉部、王缵绪部、罗广文部、董宋珩部、裴昌会部等部队都在此先后起义，成都的几十万人民就这样安全顺利地迎来了解放。

关于这份回忆录——《成都起义实录》，父亲在1950年2月15日，即手稿完成的前五天，从四川垫江给伯父的信中有这样一段话：

这次我军在成都起义，是弟首先促成的，后与十八兵团

成都起义后的父亲

的二个师联合行动，因此成都人民未遭受战争的惊恐。公共财产，未遭受丝毫破坏。全军官兵，没有一人伤亡。这次事件，是弟生命史中最可纪念的一页。虽然在很短的时间顺利的完成了，可是也经过多次的冒险。最近想抽出一部分时间，来记载这一二十日的经过，将来完成以后，会抄一份与兄看的。我们军是封建思想最深的一个集团，事件之前，犹豫不决，事变后，见着人家个个被俘虏，本军却安全无恙，且受优待，又喜不自胜。

1950 年 2 月 15 日垫江

五天以后，父亲就进入了写作状态，用了三天时间写成《成都起义实录》。写成此文后不久，父亲于四川垫江在写给爷爷与伯父的信中，谈到写回忆录的动机：

我受了旧道德——"不矜不伐"的影响，又受了新道德"革除个人英雄主义"的影响，所以不愿将这番事实，自己宣传出来。这番事实，军里只有三四个人知道，我花了整整三天工夫，把它详细记载下来，寄送你老人家一阅，知道我在最近曾经做过一件什么样事情，知道你老人家的儿子孙子，都在追随者（着）你老人家，向着新中国光明道路上前进。

……成都起义，是我生平一件大事，我不愿淹没下去，故写了后寄回来，使家中知道我曾经做过一件小小的对人民有贡献的事情，我希望我以这个贡献，来洗刷我过去走错道路的污点。

我们部队开始学习了，解放军派来了一百二十位同志来帮助我们学习，军的军事代表是第二野第十一军第三十一师政治部主任刘瑄同志。预定学习三个月，三个月以后，部队的前途，总可以明朗起来……①

朝鲜战争中的两封家书

父亲参加了解放军，他的人生道路发生了重大的转折，他被分配到二野三兵团十二军，一面进行思想学习，一面从事参谋指挥与团级指挥员短训工作。1950年12月，即起义一年后，父亲随部队从四川垫江出发北上，不久开赴朝鲜战场。

---

①以上两封信引自萧伯麟：《关于〈成都起义实录〉的补充》，全国政协文史资料与学习委员会编《文史资料存稿选编·全面内战》下，北京：文史出版社2002年版，第917—919页。

正是这个十二军，接替秦基伟的十五军，担任上甘岭战役后半段的坚守任务，直到上甘岭战役胜利结束。上甘岭战役中父亲的情况，我知道的不多，只知道他担任第十二军的教导大队长并从事军部参谋工作。父亲曾向上海姑母提到过上甘岭战役，她回忆说，父亲告诉她，前线坑道战极端艰苦，最困难时，阵亡战士的遗体根本无法运出坑道，发出阵阵异味，烈士身上长出了蛆，看来，这是为了避免暴露目标，死者不得不陪着活人战斗。据说，当年，十二军军长王近山看电影《上甘岭》看到一半就不忍心看下去，流着泪离开，他只说了一句话：当年的战争残酷，比电影中的还要严重一百倍。正是在这样的战争环境中，父亲的思想发生了很大的变化。

家里一直珍藏着两封1952年的家书。一封是重庆巴蜀中学读

父亲赴朝鲜战场之前

初中的大哥萧功平从四川重庆给正在朝鲜的父亲写的信，另一封是父亲从朝鲜战场发来的回信。大哥在给父亲的信中，谈到自己的进步，还提到当时五岁的我：

父亲：

接到你从朝鲜寄回祖国的第一封信，这不但使我高兴而且使我们本班的同学也和我一样高兴。他们知道这是祖国最可爱的人来的信，我在班上读到你的来信的第一段时，他们觉得很骄傲，我们读到这句话："我们的部队越打越进步，越打越强。"这两句话大大鼓舞了我们。自从你1950年12月13日走了之后，你在汉口、宜昌、辛集均来了信。去年11月，我们学校全体师生听志愿军战斗英雄的报告，其中一位是你军战斗英雄邹良诚同志，我当时写了封信请他带给你，不知收到了没有。

当我刚进西南军区干部子弟学校不久，我是班上最落后的一个，不爱发言，不爱看报，不参加各种活动，后来开展了反对不过问政治的运动，听了志愿军归国代表的报告，学习了文件，经过学习，我自问自己，我这样能对得起志愿军吗，能对得起在前线作战的父亲吗？我简直没话能回答，我一直想了几天，决心改掉这一系列坏毛病，决心要求进步。这学期我被评上了模范，全校共十八个模范，我是乙等，在那天贺模大会上我还在大会上发了言。

去年八月，我到过青木关看过弟弟（功秦），他比以前更胖，更好耍。他的衣服穿得很干净，保姆很喜欢他，给他做了鞋子，对他特别的好，对别的孩子不怎么样，这样这位保姆还受到批评。去年功秦是五岁，应该是乙组，但他的记忆力较强，先生把他编到甲组，先生带我去看他的图画，他画的是一个志愿军用枪对着美国兵，先生说他画的意义很好，并且是他自己想着画的，画好了还能把意思讲出来，他们小孩间还有检讨会，他们都知道他们的父亲都在打美国兵，他们也知道为什么打美国兵，我觉得从小向他们灌输爱国主义教育是很好的。我去的时候，他好像是有点羞羞答答，但后来和我亲近了，最后他问我母亲的病好了没有，在什么地方，我告诉了他，他好像是很高兴，在八一那天，他们还跳了舞，演了儿童剧。……

上午刚把上面的信写完，下午我们几个同学到第二招待所去看望志愿军归国代表，有一个叫崔明礼的同志，他给我签了名之后，我请他写了他的通讯地址，他写了他是22部的，我说，我父亲也是22部的，他问我是谁，我说出了你的名字，他听了大笑，热情地紧握了我的手。他说，你和他在一起一年多一起吃饭，你的身体比过去好些了，还能自己背毯子。我当时把我的奖章取下来交给他，请他带给你。又，昨天我们到汪山旅行，我顺便去看了一下鲁崇义副司令员（时任川东军区副司令员）。他要我写信向你问好，假如你有空也可写信给他，不久后他要写信给你。

预祝朝鲜停战谈判胜利。

功平于巴蜀 1952 年 2 月 21 日

下面是我父亲在朝鲜读了上面这封信后给伯父与全家的信。

大哥：

据功平来信，似乎进步很快，无论在他写的信，作的诗，都非常有思想，有战斗性，这出乎我的意料之外，据现在看来，我们认为功平落后的，现在已经赶过功汉了。上次功伟（指堂哥，伯父长子）来信说，老二（伯父次子）进步很快，几乎要成为他的学习榜样了，我也同意他的说法。在这人民世纪进步一定也是很大的，好像长江的波浪，在滚滚激流中不前进是不可能的，青年们真是可畏啊。过去我们家庭分散各地，我提议每个人的信都要相互转阅，这样一来则对个人的生活情况、工作情况、学习情况，大家都可了解了，大家都可帮助了，谁人进步得快就向谁看齐，这样就可以无形中收到相互鼓励、相互教育之效。

现在政府在搞三反，社会在搞五反，这次运动是广大的，意义是深刻的，不少人是有痛苦。我们要打通思想，打通思想首先能争取主动，要明了事物发展的规律和社会发展的趋势，以后做小生意的要根绝暴利思想，要根绝发展成私人资本家的思想。小本经营可能比较长期存在，能维持两三个人的衣食住就适可而止，好在现在不需要为儿女筹教育费了，只要能解决两三个人的衣食住，不会有大困难的。

如能按革命的人生观，革命的意义是牺牲小我，完成大我，是以新事物代替旧事物，而不是改良旧事物，以保存旧事物。而新社会的形成，要以革命手段实现之。想通了这些问题，则一切问题都可想通了。生活刻苦是有好处的，态度老实一点是有好处的。

听说亲戚店中有些问题，最好设法帮助，讲清道理，改变作风，但他那里的情况我一点也不清楚，但首先也要打通思想，眼光向前看，向将来看，不要向后看，向过去看。敬礼并请父亲福安。

萧健1952年3月6日

在父亲的这封信中，他要全家自觉进步，"谁人进步得快就向谁看齐"。他要大家根绝私人资本家的暴利思想，能维持一家几口的衣食住就可以了，信中充满着自觉改造的热忱。前面提到过，起义初期，他还是把胡宗南称为"胡先生"的，我不知道为什么父亲的思想在起义两年多的时间里变化会如此之大。也许我们家庭中的左翼基因，在新生活中重新被激活了，也许，朝鲜战争中军队的集体生活，志愿军的勇敢献身，让他发现了集体的生命力与凝聚力。组织力量与意识形态教化的结合，往往是改造人心的巨大力量。

从这两封家书中可以看出，在1952年，家中洋溢着对革命新秩序高度拥护的气氛，家人怀着新生活即将开始的欣快心情，盼望着一个新世界，一个与百年屈辱即将告别的新时代的到来。

父亲信中最重要的一句话是，"革命的意义是牺牲小我，完成大我，以新事物代替旧事物，而不是改良旧事物，以保存旧事物。而新社会的形成，要以革命手段实现之。想通了这些问题，则一切问题都可想通了"。看来，父亲已经对左翼革命意识形态的强大思想力心悦诚服，这种话语的核心就是，只有通过革命手段砸烂旧世界，才能迎来新世界。个人是小我，在伟大的革命面前，小我要牺牲，只有这样才能完成集体这个大我。

1952年父亲信中的这段话，恰恰是五四激进反传统主义运动以来的左翼革命的价值核心。20世纪50年代以后的好几代中国人，都是把这种激进的革命理念当作不证自明的真理并无条件接受。我们从小受到的也正是这样的教育，这种理念在20世纪中国人心中渐渐具有了不受挑战的合法性。

　　然而，站在新世纪来重新反思的话，这里面确实有着值得警醒的地方，所谓的"新"，如果是脱离了，甚至摧毁了千百年来人类的共同集体经验，如果仅凭一种想当然的价值理性，作为什么是"新"、什么是"旧"的标准，并把这种价值理性论证为"历史规律"，那么，这种我们所崇尚的"新社会"会不会变成一种想当然的乌托邦？当人们用乌托邦的理想标准来改造社会，摧毁旧世界，重建新世界，会不会变成另一种灾难？

　　其次，要建设新社会，要砸掉旧社会，需要的是集体的"大我"，集体的"大我"总要有代表者，但谁来作为集体"大我"的代表者？谁能全知全能地代表集体？这个全知全能的集权者，会不会受权力本身的毒害，而变成以集体名义行个人之私？

　　如果我们把思想与理念看作改造世界的软件系统，那么，这里就存在着思想上的一些"程序漏洞"。20世纪50年代初期的中国人很少会想这些问题。父亲是个军人，他更想不到这些，即使是当时那么多的大学者、大专家，他们也都在真诚地洗心革面，重新做人。巴金、曹禺、傅雷、周培源、金岳霖、梁思成、陈垣、钱伟长、华罗庚，还有好多其他的大师们，都发表过同样观点的文章，都曾在这种革命大逻辑面前心悦诚服。

　　西方有句谚语，一个人三十岁以前不是左派，就是没有良心，一个人三十岁以后还是左派，就是没有头脑。这句话固然说得过于绝对，因为，在一个正常的社会里，左派作为多元社会的价值追求，永远有其合理性，左派对社会公平的追求，对底层权利的保护，永远是人性中最可贵的东西。

然而，如果谚语中所指的左派，是追求建构理性主义乌托邦那种意义上的左派，那么，这句谚语就具有很强的警示性。它以一种形象的方式表达了左派浪漫革命理想所具有的两重性：一方面，它代表着一种社会良心，人类正是凭这种良心来批判现实、改变现实的，正是凭借这种良心，作为对批判不公平社会的参照坐标；另一方面，左的浪漫主义，以乌托邦与"集体淹没个人"的革命手段来创建"新社会"，这就与我们所谓的"左祸"有了不解之缘。当一个民族处于脱胎换骨的新时期，左的东西天然具有吸引力，这是可以理解的，因为它提供了改造的动力与充沛的激情，但正如一个人总要长大一样，一个民族终究要成熟，不可能永远停留在三十岁以前。

1954年是共和国历史上最平静的一年，父亲在这一年逝世，他没有看到革命的巨大车轮在此后是如何一步一步滚滚向前推进的，他也没有看到，他信中所拥护的那些理念，包括"小我为大我牺牲"，包括"必须以革命手段改造旧社会"，后来带来了多么大的灾难与悲剧。

许多家人都说，父亲一辈子洁身自好，刻苦自律，有很强的、有时是过分的自尊心，旧军人的习气很重，以他的个性，他肯定过不了后来的思想改造这一关，更过不了"文化大革命"这一关。历史变化太快，他肯定会跟不上这个他想跟上的时代。

结束语

这篇回忆写得够长了，该结束了。

英国哲学家奥克索特有一句名言，"人没有本质，只有历史。"（The man has no nature, but history.）人是适应历史环境过程的产物，本质主义者把所有的具体的个人，定性为是具有阶级本性的；历史主义是把所有的人放在其所处的历史具体环境中，去理解其行动与思想选择。作为历史学者，我更倾向于历史主义，而不是本质主义。

其实，书读多了，阅历多了，原来小时候的卡通片式的好人坏人的简单化界限就模糊了。我自己的藏书中最多的是回忆录，最喜欢收集的也是回忆录，这些回忆录读得越多，就越认识到这样一个道理：人们总是在自己面对的环境中，适应着这个环境，并根据自己的思想与价值观，来追求他所认为的正确目标，人们总是以此来自认为体现了个人的社会责任。只不过历史中的具体的人，被不同的坐标定义为君子或恶人。当我们脱离了好人与坏人的两极分类，我们面对的，是一个一个活生生的、有血有肉的、可以被我们理解的具体的人，这就让我们可以带着同情心进入他们的内心世界，从他们的经历中，从他们与环境的互动与影响中，找出意义来。

也许，多一点历史感，多一点环境对人的塑造与约束的观念，多一点思想对人的行动的支配角度，少一点脸谱化，少一些教条与政治标签，我们看出来的历史，就会比我们头脑中灌输的历史观念丰富得多。当历史摆脱了刻板教条而变得更有趣味时，它所提供的智慧将更加丰富，我们从中获得的教益也会更多。而所有这些教益，都会转化为我们争取更美好生活的经验资源。

在百余年的苦难时代，我们这个民族有过许多求索者，在我们民族为美好未来所做的所有努力中，也包括所有失败者的求索与努力。当我们更加心平气和地看待过去的历史时，我们反而会变得更加聪明而睿智。

附记：关于我的母亲

《家书中的百年史》完稿后，我把它分别发给几位研究生。他们都问，这篇回忆录中为什么没有写到自己的母亲。我当时的回答是，我要在文章中突出父亲建国初重新认同左翼思想以及左翼思想的变异问题这条主线，担心过于枝蔓，所以没有把母亲的情况写出来。

父亲起义后，母亲就进了解放军卫校，我在幼儿园寄宿，母亲过世时，我只有五岁。在她去世前不久，有一次，她来幼儿园看我，当阿姨把我从教室引到操场上去见她时，由于我怕生，赶紧回过头来扑到阿姨怀里，不愿认她。我记得，她坐在幼儿园的儿童转椅上，离我有几步路的距离，当她见到这情景，就伤心地掩面哭了起来……也许是由于她患肺病，怕引起传染，也没有过来亲近我，她只是远远地望着我。这个印象如同黑白电影镜头一样，一直保留在我的记忆中，这也是我此生对她的唯一印象。

她临终前一直住在四川长寿县的野战医院里。关于她的逝世，大哥萧功平给在朝鲜的父亲写的信中有一段记载：

父亲：

　　告诉你一个不幸的消息，希望你不要过分难过。就是我

父母合影

们已经没有我亲爱的母亲了，她已经于上月二十日晚十二时
与我们永别了。

在去年十一月的时候，她从长寿的军区直属医院来了一
封信，说她的病已经好得多了，也不出汗了，所以我很放心。

元旦的时候，她要我去医院看她，但是元旦只放一天假，
所以我没有去。我当时的想法是，学校考完了以后，再从重庆
到长寿，痛痛快快在她那里住几天。当她后来病情转危时，她
便要李东云医生赶紧写信给我，但后来她改变了主意，让李医
生不要写信。她当时的想法是，怕我看到她生病的样子难过。

直到临终前，她很想与我们见一面，便下定决心要我们
去看她。当我收到李医生的信时，已经是二十日晚上八时
（那时离她去世只剩四个小时了）。那时我正在上自习课，我
很着急，同学都来安慰我，有的为我借钱，有的打电话到民
生公司问船期，有的帮我去请假，整个班都行动起来了。

次日一早我就和功汉（萧默，我二哥）一起乘船。当船还没有到达长寿的时候，我还怀着希望。当我们下船的时候，我问一个解放军同志，直属医院在哪里。他问我找哪位，我说找我母亲。他说你母亲叫什么名字，我说叫万先逸。他显出一副忧愁的样子，轻轻说，她昨天晚上牺牲了。我听了这话，好像冬天一盆冰水往身上倒下来一样。功汉很惊讶，他想哭，解放军说完了，立即指路，我们便默默向医院走去，一路上我希望那解放军说的不是真的，或者我希望自己是在做梦。

到了医院见到李医生，他对我说："你母亲的病是很严重的，复杂的，我们用了最大的力量，但还是不行。"他又带我去看了母亲的坟墓。

在许多坟墓中，找到了一个新坟，上面插着一块牌子，"十二军卫校学员万先逸烈士之墓"。我真想不到，这坟墓底下躺着的就是我的母亲……

晚上院里的政委找我们谈话，问我有什么困难，有什么要求，我说没有。这晚我又没有睡着，想了一夜。次晨我带着母亲的遗物搭了船回到重庆，我想这些东西伴着我们走了好多路，但结果却少了一人。今后我会照顾好两个弟弟，我们会更好地学习，报答母亲一生对我们的抚养……

以下是父亲在朝鲜读了上面这封信后，给伯父与全家的信，其中谈到母亲病故的事：

大哥：

昨夜得到功平一信，才确实知道先逸已于一月二十日晚上病逝于长寿医院。

　　她的病是不可能治愈的，思想上我早已经作好了准备，尽管如此，可是接了功平的信，不禁大哭一场。我悲痛她，我怜惜她，尤其是她离世时没有一个亲人在旁边，没有一个最接近的同志在旁，就这样凄凉地死去了。

　　临终时她只说了几件事，一是写信通知我，二是将行李交组织，作功平、功汉教育费，最后说对不起父亲，没有照顾好他。我想她一定还有很多话要说，但是没有亲人在旁，都藏在心里，没有说出来，这是我最难过的地方。

　　我与她结婚二十多年，实际在一起的时间不过四五年。在我过去困难的时候，她能自食其力，并抚育了孩子，减轻了我不少顾虑。前年离川赴朝时，她病在床上不能坐起来，尚极力压抑她的感情鼓励我出征、求进步，极力减少我的顾虑。但是我知道她内心是非常痛苦的，我知道她在暗地里不知要流多少泪的。

　　毕竟她是离去了，她那样的身体，既不能劳动也不能工作，拖在床上活活受罪，早死也少受一天罪。现在功平、功汉已经慢慢能自立了，小秦日前也有依托之所，她所最疼爱的人均已有了依托，她应该没有挂虑了，倒是未死的人对她不能忘怀。

本文写于2013年仲夏
2014年6月第一次增补
2016年12月26日第二次增补修改

我们的田野，美丽的田野[①]
——小学生活的回忆

一

我是1953年进上海昆山路小学的，小学紧依着昆山路上的一个小教堂"景林堂"。我们学校的礼堂就是景林堂的布道大厅的底楼改建而成的，建国前它就叫景林小学。我们就在这个用教堂的底楼分隔开的教室上课。

直到半个世纪以后的2006年，我在台北"国史馆"阅读蒋介石档案时，才十分偶然地从档案中得知，1927年11月某日，蒋介石就在昆山路上的这个景林堂的礼堂做过礼拜。十几天以后他与宋美龄在上海成婚。不久前，我回到虹口区旧居故地重游时，才注意到景林堂门口的墙上已经嵌上了一块大理石板，上面介绍说，宋氏兄妹的父亲宋耀如先生早年就是这个教堂的牧师。这时我才弄明白，当年蒋介石为什么选择到这个名不见经传的小教堂来做礼拜。这些有趣的典故都是我们过去根本不知道的。我敢说，从读这所小学开始，当时和以后的所有校友与任教老师，极少有人知道，在不同时期，蒋介石与宋美龄与我们曾经坐在同一个礼堂里。

***

[①]本文原载于《文汇报》2009年4月11日笔会版。

50年代的小学生比现在的孩子要快乐得多，学校与家庭生活中都没有多少压力，重点与非重点中学的区分，在家长、学生与教师心目中并没有占有那么严重的意义。我是在六年级毕业前填表时，才临时决定把华东师大一附中填写为中学第一志愿的，因为我的好朋友填写了这个学校，我不愿意与他分手，于是就跟着填写了这个志愿。此前也没有与家长，即我的姑姑商量过。考上了，我与姑姑也没有觉得特别兴奋，我经常开玩笑说，我是"一不留神"才考上重点中学的。当然，华东师大一附中是全市重点，对我此后的影响确实不小，但这是后话。

　　由于小学里的功课不多，我很早就喜欢上了读小说。刚开始没有识多少字，就要去读那些满页都是生字的小说，只能是半猜半读，居然也读了下去。当然，那时我心目中不知道什么叫文学，我读的第一本古典小说是《平妖传》，接着就读了《封神榜》，那还是四年级的事，这部小说的内容大多淡忘了，只记得特别羡慕那个反叛的小英雄哪吒——他有踩在脚下的风火轮。记得在读最后几章时，我就越读越慢了，因为我不想读完它，我有一种不愿意与小说中的各色人物即将分手的恋恋不舍的感觉。接下来读了《水浒传》、《说岳全传》，读这些书当然是不求甚解。五年级时，无意中被姑姑放在她自己枕头下的雨果的《死囚末日记》中的精美铜版插图所吸引，忍不住读了下去，那位死囚在生前对生活的留恋，对青年时爱情的回忆，对死亡来临的恐惧，我至今还忘记不了。这部小说让我有一种深深的窒息感，它甚至浸透着我的心身，我几次想读下去，又没有勇气往下读，最终仍然没有读完。直到很久以后，我才知道这就叫感动，这就叫文学，这就是文字的力量。但这似乎也并没有使我幼小的心灵有什么伤害，并没有

"中毒"太深，也许是现实生活本身太丰富了，也许小说的多样性，使我又被其他同样精彩的故事吸引了过去。

到了六年级，我居然还读完了屠格涅夫的长篇小说《父与子》。我当然完全不可能理解小说复杂的内容，更不理解主人公对话中的冗长辩论，但不知怎的，我觉得那种辩论似乎很美，还不求甚解地知道了一个新名词"黑格尔主义"。我问来上海探亲的正在读清华建筑系的七哥萧默，什么叫"黑格尔主义"。他说他也不知道。我不愿意放弃这个好听的名词，在与同学争辩时，就会学着小说主人公的口气，指责对方"你是黑格尔主义者"！同学从来没有听说过这个词，又不好问，怕被我笑话他无知，一时语塞，我就得意起来。不过有一次，我与一位机敏的同学缪申争论，他突然拍拍手，反问我："你说说，什么叫黑格尔主义？"这回轮到我脸红了，我确实不知道这是什么意思。我不知道，我对理论的爱好是不是在那时不知不觉中，在阅读大人的书的过程中就种下了？如果是这样的话，那么，我靠的不是别的，靠的就是我享受到的这种无拘无束的自由。

那时，我们有很多的空闲时间，老师与家长也从来没有想到对我们采取题海战术，来磨砺我们的考试竞争力。我们生活得自由而快乐，每天下午放学前，广播里就会播放一位小女孩唱的《我们的田野》：

> 我们的田野，美丽的田野，碧绿的河水，流过无边的稻田。无边的稻田，好像起伏的海面。
> 平静的湖中，开满了荷花，金色的鲤鱼，长得多么的肥大，湖边的芦苇中，藏着成群的野鸭……

那优美的旋律，那女孩舒展的、悠长的、单纯的、无忧无虑的歌声，永远地种在我的心田里。那时，至少对于我们这些小学生来说，我们生活中并没有政治，没有革命，没有阶级斗争，没有后来我们民族经历的种种苦难，我们天真无邪，只知道生活就是这么样的，正像《我们的田野》中歌唱的那样。

二

那时我们的个性发展得很自由。有一次，我心血来潮，在上课时直呼一位教地理的女教师的姓名："张婉英老师！我要发言！"而且声音很响，于是老师让我发言了。不过下课时她把我叫了过去，问我为什么不称她张老师，而是直呼其名，我说，我是在读苏联小说时得知苏联的学生都是这样直接称呼老师名字的。这位地理老师也没有批评我，只是说，以后还是要称她张老师，不要称她名字。

还有一次，也许是三年级，我突然在上课开始以前，要求班主任经广雪老师让我发言。经老师允许了，我兴致勃勃地上到讲台，向全班同学说，我现在每天早上用的是儿童牙膏，这种牙膏是专门为我们儿童生产的，甜甜的，香香的，大家都可以让爸爸妈妈去买来用，真的非常好！于是全班同学都兴奋起来了，好些同学都举手要求发言，一位姓李的同学争取到了机会，也上台介绍他所知道的什么东西，但他说的是什么我忘记了。那时的老师很宽容，也没有想到要压抑我们这些小学生的表现欲，一切都那么自然。

到了五六年级时，我们的表现欲就越发强烈了。我与好朋友缪申决定要比试一下我们的辩论能力，于是我们决定上街去找人辩论。具体沿街找人辩论的过程都忘记了，但却记得我们最成功的辩论，发生在离学校不远的百官街上的"少年之家"（当时区少年宫都称为"少年之家"）。我们要进"少年之家"去，但这一天不是活动日，并不对外开放。我们一定要进去，看门房的老伯伯只好去把"少年之家"的主任找了过来，我还记得那是一位高个子的男老师。他问我们进去有什么事？我说："我们要回家。"我们的理由是："既然这里是'少年之家'，我们是少年，为什么不能让我们回到自己家里来？"没有想到的是，这位高个子老师并没有训斥我们，只是说你们要进来就进来吧。我们两人胜利了，高兴地进了空无一人的"少年之家"，看了一圈，觉得索然无味，就出去了，其实我们只是想证明自己的辩论水平而已。

我要说一说我在小学生活中记忆最深的一件事。那是1956年春天，我在读三年级，被学校推选为上海少年儿童的代表，与其他上百个小学生一起，登上了停泊在黄浦江上的正在上海友好访问的苏联太平洋舰队的巡洋舰，在军舰上与苏联海军叔叔联欢。我记得我们这些小朋友被苏联海军士兵们包围着，一个叫鲍里斯的军人从我身后把我高高地举起。不知谁塞给我一束鲜花，我举起花束使劲地摇晃着，引来了许多闪光灯。我们在军舰上跑来跑去，兴奋极了。鲍里斯还带着我参观了他的卧室，他在自己的床前做了一个睡觉的手势，我却误以为他要我睡觉，忙着摇手。他反复地做睡觉的手势，我反复地摇手。他还带我去了舰上的司令部办公室，我记得那个大堂里坐着一群穿白制服的、佩带金色肩章的光头老将军。我戴着鲍里斯的海军军帽，进门向他们敬军礼，他们也高兴地把我这个中国小朋友抱了起来。两小时很快要过去了，我不愿意与鲍里斯分手，不愿让他看到我在伤心地流泪。分手的时间到了，鲍里斯向一位军官讲了几句话，军官简单回答了几句，鲍里斯就把他那顶帽子送给了我，我流着泪与他告别。这顶有着烫金俄文"苏联太平洋舰队"字样的海军无沿帽，成为令全体中国上舰小朋友最令人羡慕的纪念物，一直被我珍藏着。

回到学校后，校长让我在全校大会上介绍我在军舰联欢的经历，我讲得是眉飞色舞，同学们听得是津津有味。尤其讲到我害怕鲍里斯让我上床睡觉的事，全场的老师与同学都大笑起来。现在想起来，当时我只是一个十岁的孩子，没有发言稿，也没有做什么准备，当然，也更不懂得讲什么套话，能在同学老师面前，几百人的场面，滔滔不绝一口气讲上半个多小时，靠的是什么？靠的是自由自在，无拘束，没有条条框框，一切都顺其自然，按一个孩子的天性，把他自己眼睛里看到的新鲜的东西，原原本本地告诉人们，就像和弄堂里的小朋友说话那样自然。现在想来，一个小学三年级学生的这种胆量与自信，也是当时更为宽松开放的教育环境所赐。它给予了我这样的孩子以充分表达自己所见所闻的机会与可能性。

三

许多年过去了，小时候的生活已经淡出记忆，然而，小学生活却给予了我一生受用不尽的东西，那就是在一种自由的环境中，我获得了培养与选择符合自己个性的兴趣与爱好的机缘，养成了对未知世界与知识的好奇。我相信，每个人的童年时代都有一个在性格与知识方向上的可塑时期，只要我们不要用功利的竞争心去压抑它，摧残它，它就会在园丁的呵护下，自然地生长出来，就像是春天花园的小苗一样。

记得歌德说过，"每一个人身上都有一颗勇敢的种子，没有它，就不能想象什么是才能"。一个好的教育制度，是一个能把孩子身上勇敢的种子发掘出来的制度，是一个能把每个孩子身上各自的特殊潜能自然激活的制度。在我们共和国的历史上，在"反右"斗争与"大跃进"之前的50年代中前期，曾经有过一个时期，孩子们就生活在这样的文化环境中，我就是那个时代的幸运儿之一。（当然，必须指出的是，虽然在进入高年级时，社会上发生了"反右"斗争与"大跃进"的悲剧，但这种浪潮当时还没有直接波及到我们上海大多数小学生的学习生活中。）

现实生活中，人们对当下教育困境有着种种抱怨，这会使我不知不觉地把自己小时候的经历拿来与现实对比。两年前，我曾收到四川亲戚一个孩子的信，他正处于读小学的年龄，我就这样写了一封给他的回信：

> 我们家的人就是很特别，不爱钱，不要享受，只追求知识，并以自己的知识服务于社会。一定要把这个好传统继承下来。要喜欢读书，最重要的是要培养对知识的兴趣。我们在小学时功课没有那么多，大人也管得没有像现在这样紧，这样死板，所以我能从小就发展出自己的兴趣。好多书我在中学以前都读过了。这时就会产生对知识与世界的好奇心，并把这种好奇心带到了青年时期，一直保持到现在。后来，我在工厂里当了十二年工人，生活虽然苦，但始终充满乐趣，就是有那么多书陪伴着我。只有真正对知识有了兴趣，你才会觉得读书是多么有乐趣，才会理解运用知识可以使自己心

胸与视野扩展得越来越远。说实在话，现在我们一些学校的教育是很失败的，老师早就把孩子们的求知欲与创造力都扼杀了，希望你能在小时多少知道这一点，并一直把对知识的兴趣保持下去。

虽然信发出去了，但我确实对这封信能否启发他、影响他缺乏信心。后来我寄给他一些童话故事书，不过他太忙了，无穷无尽的作业压得他连给我写信的时间都没有，更可悲的是，我后来还得知，他们四川那个地方的孩子，每学期都要交数百元的课外辅导费给学校，才有可能参加假日或晚上举办的各类学科辅导班，没完没了地从这个教室赶到那个教室，只有这样，才被允许听老师在正课上有意省略不说的知识要点，并获得分数合格！（据说，他们那里每个任课老师用这个办法一年可挣到两三万元。）没有想到，现在的这些孩子不但成为老师的家长式权威下的驯服工具，而且进而成为某些老师敛财的方便工具，实在令人悲哀。如果这些孩子知道半个世纪以前，我们这一代人曾经有过与他们如此不同的童年，他们真会羡慕死了。即使听到当年那个小女孩用童稚的嗓音唱出《我们的田野》，他们也不可能有我们那种亲切的感受。

四

我们社会的教育体制已经变成了一种谁也奈何它不得的巨无霸，我们的教育能不能返璞归真？令人忧虑的是，一代又一代老师在他们自己的童年时代，就生活于这种不正常的教育体制的束缚之中，而"不识庐山真面目，只缘身在此山中"。连他们自己都不能体味自由的教育是怎么一回事了。什么时候我们才能跳出这个教育陷阱?

我现在能做到的,只能是把自己的经历写出来。我想告诉人们的是,并不是只有发达的西方国家才有比较宽松自由的教育文化,在我们共和国的教育历史上,曾经有过一个宽松自由的时期,一个能让孩子们享受生活并发展自己个性的时期。在那个时期,孩子们的好奇心,自信心,对生活的自主感知,对未知世界体验的乐趣,都如同雨后春笋一样茁壮地生长出来。

我曾在不久前,给某中学的同学做过一次历史讲座。我在开场白里说,根据我多年的体会,对一个学生最重要的是,要在知识领域达到三种境界。第一境界,是对知识的好奇心,这是人皆有之的,只要诱导它,就会自然发出来。第二境界,是从知识中获得的陶醉感,这就是孔子所说的"知之者不如好之者,好之者不如乐之者"。知识中的陶醉是人生中最美的陶醉。第三,由此而上升到更高的层次,那就是思想力,那是一种经由知识与经验相结合而形成的理解事物的能力,一种应对挑战的能力。每个孩子身上都有一种天生的、朴素的好奇心,好的教育会呵护它,使它上升为陶醉感,并使它向思想力发展。我们民族能不能在文化上真正走向复兴,就要看我们的教育制度在多大程度上能为学生创造实现这一目标的环境了。

什么时候,我们能再回到那里,无忧无虑地歌唱着:我们的田野,美丽的田野……

回忆我的青年时代①

——从工厂到大学

> 一箪食，一瓢饮，在陋巷，
>
> 人不堪其忧，回也不改其乐。
>
> ——《论语》

与同龄的其他学者一样，作为在"文革"那个特殊时代度过青春的人，我们走向学术的道路虽然各有不同，但同样都充满艰难曲折，当年每个人都有自己特殊的困难处境，每个人都必须把握稍纵即逝的机遇。不过，对于我来说，最重要的是，从青少年时代起，即使在那漫漫的文化冬夜，我已经感受到在读书的愉悦中获得精神的自由，并总是尝试运用心智与知识来理解现实困惑。在那些似乎看不到希望的岁月中，这种精神状态一直伴随着我，支持着我。多少年来，它对于发展我的个性，对于我后来的学术事业，可以说至关重要。

我的小学与中学时代

我祖籍湖南衡阳，1946年生在西安，这是我的名字中"秦"的由来。我的童年时代是在重庆与河北邢台部队幼儿园里度过的，

---

①本文是作者《反思的年代》(复旦大学出版社2010年版)一书的附录。原标题是"在精神自由中反思"。

父亲起义以后，1950年年底赴朝鲜参战，我就被送到重庆附近的青木关部队子弟小学，那个小学的全称是"中国人民志愿军第三兵团第十二军育才子弟小学附属托儿所"。直到多年以后我才知道，第十二军就是曾参加上甘岭后半段战役的英雄部队。不过，这种干部子弟大院的环境没有给我的人生留下任何烙印。七岁以后，在上海当银行职员的姑母，把我接到上海生活。从此，我走上的是另一条完全不同的人生道路。

姑母后来转行当了中学美术老师，特别庆幸的是，姑母为了使我在家里静得下心来，不到弄堂里去染上大孩子的"坏品行"，每周总会从单位图书馆借回一捆书。虽然我对弄堂里的自由十分向往，但关在家里，时间一长，我真的就"被迫地"喜欢上了看书。最初看的都是些童话故事与连环画，后来就看古典章回小说、欧洲与俄国小说。我相信，大多数孩子都可能有某种程度的对书本的本能排拒与逆反心理，但一旦他及早地克服了这种心理，并爱上看书，他的精神生活仿佛从此就有了源源不断的活水滋育。

小学毕业后，我"一不留神"考上了华东师大附中，那是一所市级重点中学。我天生不喜欢数理化，理科成绩很一般，但作文与写诗比赛却能两次获得全年级或初中组第一名。十分庆幸的是，那时中学生并没有现在的学生那样沉重的功课负担。一个初中生也能从容地发展自己的业余爱好，而不致受到来自学校或家长的压力，我每天放学回家，路过四川中路上的一家很大的旧书店，凡是有兴趣的书我都会去翻一翻。久而久之，兴趣也就无形中越来越广泛。到了初中二年级时，我的理想是当个作曲家。音乐老师同意让我每天中午在音乐教室里练习钢琴，我甚至好高骛远地购来五线谱，像作曲家那样谱写"协奏曲"。我居然还无师自通地学起了和声学、配器学、曲式学、赋格曲原理，读的都是从旧书店里购来的建国前出版的音乐教材。有一次在地理课上，我看马可写的《生活中可以缺少音乐么》的小册子，看得入了迷，被地理老师发现。下课后，他温和地批评了我一顿。我至今记得他当时批评我的原话："你不懂得各地的物产与地理环境，怎么能够写好歌曲呢？"

虽然，我对音乐的爱好并没有使我以后有任何音乐方面的成就，但至今我还能很容易地区别出交响乐中的长笛、双簧管与单簧管的音色。我现在还能哼得出几首初二时自己谱写的、投给《歌曲》杂志，却从来没有获得发表机会的歌曲作品。那年，在北京读大学的哥哥到上海看我，知道这个小弟弟对音乐如此着迷，那一定是个可造之才，于是有一天晚上带着我到东平路音乐学院附中去了解招生情况。只是因为人家当年不招收作曲系新生，我才断了考音院附中的想法。

其实，初三时我对音乐的热爱已经开始退潮，不知怎么的，我开始对美学发生兴趣，引起我兴趣的，居然是一本现在看来很僵化、很教条的蔡仪著的《新美学》，这是我平生读到的第一本学术理论书，我至今还保留着那时记下的密密麻麻的美学笔记。《新美学》这本书上说，美是客观事物的属性，如果客观事物并不美，你怎么会从中获得美感呢？我想想也对，于是我成了"唯物主义美学"的信奉者。毕竟是小孩子，我对此没什么批判反省能力。现在想来，至少那时我已经朴素地感受到学术理论本身所具有的"美感"或吸引力，否则决不会去看这样的书。当时并没有任何人在这方面影响过我。

临到初中毕业时，我已经对数理化厌烦到了极点，以至于计

作者13岁时的习作

划考一所纪律松懈散漫的非重点中学，这样就可以在课外无拘无束地读自己喜欢的书。我甚至专门去虹口区最差的一所中学（在一条弄堂里）踩点，打算考到那个学校去。不过，从名校去考差校，也是需要勇气的，我终于还是没有那么大的勇气。我考上的虹口中学高中也是一所重点，它之所以吸引我，原因仅仅是，那是个以文科为主的区重点中学，相对而言，理工科目也许比较容易应付。

进高中后不久，我有幸结识了一位比我大好几岁的大学生，他可以说是我此生中最早的思想启蒙者，他是我小学要好的一个同班同学的哥哥。由于出身不好，这个当年上海中学的优等生考大学时，只能选择对出身要求并不高的印染专业。这位很有才气而又怀才不遇的大学生，戴着一副深度眼镜，气质有些忧郁，思想很超前。用现在的话来说，他是一个自由主义者。我记得他第一次来我家，就建议我不要读什么苏联哲学，而应该直接去阅读西方哲学家的译著。他向我介绍了王阳明、陆象山，这是我这一辈子第一次听到这两个人的名字。他还提到康德、尼采与叔本华。他很喜欢写诗，大多数是自

由体，但他的诗过于悲观，似
乎还缺乏一点形象思维。但他
确实有理论才能，什么难懂的
书他都能轻松地看完，他把我
当作他唯一能倾吐心声的忘年
交朋友。他是一位已故的上海
史学家亲戚的学生，他可以在
这位已故史学家的藏书中，源
源不断地借出许多1949年以前
出版的、发黄发脆的旧平装学
术书。他读完以后又借给我读，
于是我就陆陆续续看了不少此

1964年，作者上高中二年级

类的书。我记得当时给我印象最深的一本小册子——40年代出版
的《红毛长谈》，讲的是一个外国人50年以后再度访问20世纪90
年代的中国，那时的中国已经实现了民主政治。这个洋人在电影
院门口，见到前来看电影的上海的平民市长，谈得甚欢。这本书
的其他内容大多忘记了，这个细节仍然记得很清楚。

这位大学生朋友还把他抄录的许多自由主义大师的名言警句
笔记借给我。我们还一起在虹口公园里讨论美学，讨论美国诗人
朗费罗色调沉郁的诗，但当时我最喜欢的还是俄罗斯文学，我记
得我用原先准备购一条长裤的四元钱，在福州路外文旧书店把
《高尔基全集》的前十卷俄文版购到（这十本书每本都有五六百
页，平均四角钱一本），在以后多年这套书一直伴随着我。除了哲
学外，我对欧洲与俄罗斯文学也很有兴趣，我读了罗曼·罗兰、
泰戈尔、托尔斯泰、屠格涅夫的大量作品。谁也不会想到，作为

后来的新权威主义者，我恰恰是从人文主义的西方自由主义价值传统中获得启蒙的。其实这两者之间并不矛盾。

在他的影响下，我开始读西方古典哲学，从费尔巴赫的《幸福论》、《基督教的本质》，到黑格尔的《历史哲学》，还有柏克莱唯心主义的作品《人类知识原理》。我写的一些读后感，曾使我高中的一位复旦毕业的历史老师大加称赞，并介绍给校长，校长还在广播里表扬了我的独立思考能力。

由于我对西方哲学的理论过于投入，对书中的深奥学理苦思冥想，又不得其门而入，我甚至有一个时期患了严重的神经衰弱。现在想来，我真的很庆幸自己那么早就接触了西方古典哲学，虽然我自己都很难说到底从中真正学到了多少东西，我也很难概括这些哲学大师的哲学观念，但在高中思辨能力最需要培养的时期，我确实是受到了概念的组织、抽象与思辨能力实实在在的自我训练，收获了思辨本身给我的快乐。这种思辨能力，这种思维之乐，恰恰是我们现在教育中最为缺乏的，也是国人的学术文化传统中最不发达的。高中时，抽象思维的自我训练对我一生都大有裨益。在政治学与历史学领域，现在我能比较从容地创造自己的概念，来表达自己发现的东西，这种能力也许与这种哲学训练有关。

最值得庆幸的是，我从这种自由的阅读中培养了对知识的热爱，在书本与知识中遨游，你会忘记一切。你会有一种古人说的"贵在自得"，这种自得之乐就是一种精神自由，是一切独立反思的基础。它是任何外力无法从你内心夺走的。我当时特别喜欢纪伯伦的一首诗：

　　一杯美酒，

一本诗集，

即使在沙漠呵，

那也是天堂。

那时我常常天真地想，只要给我书，即使在失去自由的情况下，一个人也不失为一个幸福的人。我曾经在写给高中班主任的周记中，表达了自己这样一个天真的想法：只要允许我每天在灯塔里自由自在地读书，我宁愿做一个坐拥书城的灯塔守夜人。这位班主任老师立刻发现了我的思想是多么的不合时宜，后来我也就被归入在"白专道路"的苗子之列，并时时受到教育。

到了1965年高中毕业时，那时的教育方针已经很讲"左"的政治表现与阶级出身了。我的高考志愿是北京大学历史系，多年后有位教师告诉我，我是当年全校的高分，但我还是没有考上大学。其实，此前我已经有了思想准备：除了社会关系比较复杂，肯定也与我受"西方资产阶级思想"影响太深有关，虽然高考没有录取的原因从来没有人告诉我。所幸的是，1965年中国的国民经济开始有了新的发展，失学的我并没有如前几届毕业生那样，成为社会青年，或被送到新疆的兵团农场，我被分配到上海郊区的一家机械厂当了学徒。

十二年的工厂自学生活

好多人都为我这个"读书种子"没有考上大学而惋惜，但我自己在难受与失落之余，却又油然有了一种"解放了"的感觉。因为从此以后我不必再为枯燥的物理与数学公式而烦心了，可以自由支配自己业余时间去读书了。我准备要像高尔基那样，把工厂当作大学，来实现自己的人生理想。中学时代，我获得的最大财富，就是对知识的强烈好奇心与求知欲。这可以说是一种超越实利的知识审美追求。这种对知识的兴趣，在许多人那里，早在学生时期往往就被无情地扼杀了，而我却由于自己与主流保持距离的"精神自由状态"，有幸保留了下来。车尔尼雪夫斯基在颠沛流离中为了追求理想而奋斗的故事，也鼓励着我去应对即将到来的人生挑战。这些想法对于许多后辈来说，一定会觉得我怎么这么天真，然而，对于当时的我来说，文学作品与哲学有时会相当于宗教信仰一样，对人的精神起到鼓励作用。

工厂生活是枯燥而艰苦的。一开始，我被分配到农机修理车间做内燃机修理工，但不久以后，工厂生活对于我来说已经是因祸得福了，我被调到农机车间的电镀间。它设在离车间很远的角落里，那里也只有我一个人操作。只要把电镀产品放进铬液中，至少要好几个小时后才能拿出来。这样，我甚至在上班的时候也可以看书。"文革"开始后，大学中的知识分子是批判改造对象，然而，工人却是领导阶级，我们这个上海远郊的工厂反而变成了可以自由读书的宁静港湾，享受到远比大学更多的自由。在十二年里，在没有考试压力，没有实利目标的情况下，我每天至少有五个小时在看书。我完全相信，在这整整十二年中，我读的书比大多数大学生要多，我写下的近百万字的读书笔记可以为证，这种记笔记的习惯无形中提高了自己的分析概括与学术表达能力。更重要的是，由于读什么书完全是凭自己的兴趣爱好，不必为考试而死记硬背，从《资治通鉴》、《唐五代词》、《德国诗选》，到俄文版的《高尔基小说集》，再从苏联小说《多雪的冬天》，到《饮冰室文集》、《中世纪美术史》、《政治经济学教科书》，凡是可以借

1968年,作者在上海汽车齿轮厂

到，自己又觉得有兴趣的，我都会边读边在活页纸上记笔记，久
而久之，无形中形成了一个跨越专业的综合性的文科知识结构。
这是一种自然形成的、与自己个性与思维特长相吻合的知识结构，
机械刻板的应试教育是无法产生它的，只有在一种"为而不有"
"贵在自得"的从容心态和精神自由的心态中，经由我所说的"知
识审美主义"的多年滋养，它才会自然地呈现出来。多年后，我
的一位研究生好奇地问我，为什么我能每次在数小时的畅谈中，
能在哲学、历史学、社会学、政治学与文化艺术的不同领域的话
题之间从容地"跳来跳去"。我告诉他，这与我当年这种"为而不
有"的学习经历有关。

我爱学习已经在全厂出了名，人们称我为"萧克思"，在工厂里，人们还以讹传讹地说我"懂好几国语言"。那时在朴质的工人眼中，那些有知识追求的青年人，倒并不是什么臭读书人，相反还是很受尊重的，连电工师傅到我的宿舍检查违规私装的电灯，总会特意把我读书用的灯头保留下来，并没有剪去。

在困苦中沉思

"文革"开始了，1966年冬，我怀着一个书生的理想主义激情，在全厂写下了第一张大字报——《十问厂党委》，怀疑厂党委执行的是"资产阶级反动路线"。"一月革命"中，我参加了造反派，还被推选为厂造反大队的队委与车间副队长。然而，随着"文革"的深入，我渐渐发现"文化大革命"运动并不是要让中国进入"巴黎公社式"的民主世界。"揪'五一六'分子"运动与"一打三反"运动，对一切与极"左"思潮不同的多元思想均予以残酷镇压，表明一个更加严酷的时代似乎正在来临，于是我又渐渐退出，成为逍遥派。此后，我这个老造反派又回到电镀间开始闭门读书。这时的"灰皮书"，尤其是《南斯拉夫修正主义批判资料》和路易斯·斯特朗的《斯大林时代》，给我的思想以巨大的冲击。我私下里觉得，南斯拉夫实行的"工人自治"才是真正的工人当家作主的"社会主义"。我开始对政治学与思想史发生越来越大的兴趣，并带着这种从书中获得的"反动观点"来理解"文革"。我深知这种思想在当时暴露出来是十分危险的，但在私下里又无法克制这种思想。这时，我已经从单纯的、非政治的"知识审美主义"，逐渐自觉地运用自己学到的理论与各种知识，来理解、追究，进而解释这场"文革"的大变局，默默地重新思考中国的命运。

70年代初，我终于还是为此付出了代价，我作为一个"妄想创造自己的哲学体系"的"修正主义的小爬虫"还是被揪了出来，接受批判，好在此事已经到了"一打三反"运动的后期，由于我的"反动思想"罪证不足，此事后来不了了之。但我已经不能在电镀间工作了，我被调离电镀间，分配在劳动强度更大的装配组当钳工。那是一段十分艰苦的时期，有时，哪怕是半小时停电，我也会小跑到宿舍里去读十几分钟的书，直到六年后考上研究生。由于篇幅有限，我不可能详细叙述这段同样充满戏剧性的个人经历了。

到了"文革"后期，高尔基早期的浪漫主义小说如此深深地影响了我，我决定进行一次全国性的旅行。促成我下决心实现这次不顾一切后果的旅行的，是高尔基的处女作《马卡尔·楚得拉》中老牧人说的一句话，它表达了一种对人生的浪漫理解：

　　人活着要像天空中那只鹰一样，到处看看，看完了，就躺下死掉……

我至今记得当时我躺在宿舍帐子里读到小说里的这段话时是何等的激动，几乎夜不能寐。工厂生活是如此单调乏味，而一种浪漫的生活就在眼前等着你，为什么不努力去追求？为了实现这一目标有什么不能牺牲？1973年秋天，我以探望在敦煌文物研究所工作的哥哥为理由，请假去西北。我带着从两年微薄工资中省下来的二百多元钱和一架从工厂同事那里借来的八元钱的破相机，作为一个青年漂泊者，一路上省吃俭用，在中国大地上漫游了三

1973年,游历西北所摄,柴达木盆地的骆驼

个月。我的旅行远远超出厂里给我的两周假期,全程合计两万里,旅行了十二个省,四十一个城市。我到过中国最大的寺院开封相国寺,到过中国最古老的寺院洛阳白马寺,攀上了陕西乾陵的陵顶——想象着就在我脚底下埋着女皇帝武则天,远望着雨雾蒙蒙中的永泰公主墓,仿佛听到那被害死的公主的轻声抽泣,我到了敦煌莫高窟,聆听着那沙山上孤独的铃声,我走进沙漠中的阳关故址,搭乘运输汽车越过寸草不生的阿尔金山,进入柴达木盆地浩瀚的戈壁草原,我躺在青海湖边的草地上,望着那蓝天白云……我还越过一千多年前文成公主远嫁西藏时经过的日月山山巅,还一个人独自爬上了大雪纷扬的峨眉山,与金顶上的一位老和尚谈人生,直到深夜……这是我一生都难忘的经历,沿途我还摄了两百多张相片,记下了七万字的旅行日记。

作者的一页旅行日记

多年以后，我读到罗素《西方哲学史》中的一句话，"浪漫主义者在推开对人性的种种约束时，往往会获得一种新的元气，权能感和登仙般的飞扬感，这会使他觉得即使为此遭到巨大的不幸也在所不惜。"在旅途中，我有时在想，谁知道我回到厂里会怎么样，说不定要除我名，管它呢。

浪漫主义对人的吸引力，再也没有谁比我更能理解的了。那是一种对世俗平庸生活的叛逆，一种对登仙般的飞扬感的追求，一种为了短暂的、自由的高峰体验而宁愿牺牲一切的激情，一种被长期压抑的生命力的激活与提升……在旅行中，我把历史、人生哲理与现实生活联系在一起。大好的河山与大自然的生命力，使沉闷、单调、灰色的世俗生活再现出一种内心中才能体悟的人生诗意。在那时，苏联作家巴乌斯朵夫斯基的《金蔷薇》也给予我很大的精神鼓励，"他（格林）每天总是在垃圾堆上看着美丽的太阳升起"成了我的座右铭。

我一直在想，对于有限的人生来说，对生活诗意的理解，永远保持一个赤子的情怀，保持挑战世俗的、超越功利的人生态度，就会获得一种内在的精神自由，我之所以称它为内在的自由，是因为人的形骸是受制于环境的，但人的精神却有着相对自主性，精神自由不可能被别人剥夺，除非你自己心灵同意。而这种内在的精神自由是人生最重要的价值，是抵抗世俗平庸的隔离带，是获得真正幸福的首要条件。

回到工厂时，出乎意料的是，虽然我的旅行时间远远超过厂里批准的两周时间，但厂里并没有怎么处分我，只是让我写了一份检查，而此前我已经做好了最坏的准备。我似乎觉得自己变了，变得更坚强，更自信，更执着。我把这种漂泊旅行看作是应对平庸生活的强心针。

从工厂到大学

1974年，经一位朋友介绍，我有幸认识了复旦大学经济系的伍丹戈教授，他是曾经参加过一二·九运动的老知识分子。我觉得他与我的心灵是相通的，每周我都要到他那里去畅叙，并在他的指导下开始系统地阅读清前期史的重要史料《东华录》。在他那里我读到了英国人马士的《中华帝国对外关系史》，才知道亚罗号事件的前因后果与我们从教科书所知的大相径庭。这是我重新认识近代史的开端。我后来写的处女作《儒家文化的困境》正是得益于此。

1976年，"四人帮"倒台。一个偶然的机会，我读到了著名清史学家郑天挺先生在《文汇报》上发表的阐述清前期史研究的重要文章。我鼓起勇气给他老人家写了一封信，述说了自己的学习心得，没有料到老人家回了信，一个在工厂苦读的青年工人，得到前辈大师的鼓励，这是何等兴奋的事。此后，我与老人家多次通信。到了1978年初，郑先生给我来了一封信，那封信只有一句话："功秦同志，你愿意报考我的研究生吗?"正是他的这封信，改变了我一生的命运。

也许是天助我也，参加南开大学研究生初试时，历史专业试卷中的四道大题目，其中三道题目居然是我一周前刚借到的胡寄窗先生的《中国经济思想史》（中册）里论述过的，并恰恰又被我注意到了。这本书躺在厂里小图书室的书架上，在不引人注目的、尘封的角落里，被我偶然发现，并在几天前借来。我这个连大学历史教科书也没有见过的青年工人，居然答得十分流畅，并顺利通过了初试。

1978年夏天，我乘火车从上海赶到天津南开大学参加复试。记得那天考试前五分钟，白发苍苍的郑先生挂着拐杖，亲自到考场，来到我的座位前看我，轻轻拍拍我的肩膀，表示对我的鼓励，然后就离开了。在口试时，记得他问我"后金"是当时人自己的称呼还是后来的称呼，我说，我想那应该是后来史家加称的，因为"后"在中国传统社会并不是吉祥的词，当时的满洲人大概不会用这个"后"字来做自己的名号。他点点头。我永远不会忘怀他那慈祥的笑容。

然而，我在南开大学的复试并没有被录取（后来从南京大学老师那里得知，落榜的一个重要原因是，南开大学历史系的阅卷老师由于粗心，竟然把我政治试卷的成绩少加了整整50分，于是我只得了35分）。当郑先生得知我没有考上南开后，写信给我，说他心里比我还要难过，勉励我明年继续努力，还在信中说，我需要什么参考书，可以来信告诉他，他可以邮寄给我。

原以为这次考试失败了，只能等到明年再试，直到有一天去上晚班，我走到厂门口，惊讶地发现，收发室里有一封来自南京大学教务处的挂号信。我打开信，才知道我已经被第二志愿南京大学历史系录取为元史专业研究生。就在那一刻，命运开始对我微笑了。直到后来入学南京大学以后，我才得知，当郑先生得知我的考卷送到第二志愿南京大学韩儒林先生的元史专业，就给这位当年燕京大学的老同学与多年至交韩先生写了一封对我的推荐信。我记得信中有一句话"这是我遇到的最有培养前途的青年"。就这样，韩儒林先生破格录取了我。正是郑先生与韩先生共同改变了我的命运。我从此就有了两个恩师。记得我成了南京大学研究生以后，成婚时，郑先生还托南开大学一位来南京大学深造的青年教师带来他送给我的珍贵礼品，那是一床被面。我回赠给他的是那块我在旅行中收集到的汉代瓦当，听那位青年教师说，郑先生一直把它放在案头。

在我有幸被录取为研究生的这件事上，我还要感谢新调任到我们工厂党委的周书记。其实，当时的党委九个委员都反对我报考研究生，他们觉得一旦我考上了，他们这些整过我的人会觉得脸上无光。他们完全有这样做的权力，然而，这位新书记则认为，现在国家需要人才，报考研究生是件好事，应该让他去试试。其他人也没话了，如果不是他，我的命运肯定是另一种样子。

后来想起来，我总觉得，像我这样一个从没有读过大学的普通工人，能考上南京大学的历史系研究生，实在有着太多的偶然因素：如果不是郑先生鼓励我，如果不是考试前偶然看到放在角落里的那本只有中册的《中国经济思想史》，如果不是把南京大学元史专业作为第二志愿，如果不是郑先生向韩先生的推荐，如果不是韩先生的破格录取，如果不是那位周书记的支持，还有许许多多其他的如果……如果所有这些连接在一起的"偶然之链"中的任何一个环节中断了，我的人生将会重新改写……我常常对人说，这一辈子即使我遇到再大的困难，也会从容淡定，因为上天

1978年,作者在南京大学读研究生期间摄于历史系元史研究室

已经给予我太多的幸运，我已经透支了一个人应该拥有的幸运机会了。

正是在这种良好的学习环境里，我发挥了自己的特长，在我研究生三年发表的论文中，《元英宗与南坡之变》是我的首创之作，它考察了元中期的一场弑君政变与过于激进的汉制改革。在《论蒙古帝国的汗位继承危机》中，我运用系统论与结构主义方法，解释了草原帝国高度的政治不稳定的结构性原因。我的学位论文《忽里台制度与元代皇位继承问题》则是通过考察蒙古帝国选汗制度的传统与农耕帝国的储君传统在元代继承制中的重叠与矛盾，来解释元代中期为什么频繁出现皇位周期性危机。我在硕士研究生期间发表的这三篇论文，后来均被《剑桥中国史·辽金夏元卷》参考书目所引用，这也是可以告慰于韩先生的。

好奇心、陶醉感、思想力

在这篇回忆录的最后一部分里，我不打算回顾自己研究生毕业后到现在这些年来的学术经历。

多少年来，我总觉得，自己注定是一个幸福感很强的人。总有一些内在的东西在支撑着我，生活世界对于我来说，总是有着无限的吸引力，我甚至能从任何电视节目的细节中，读出意义来——从电影的镜头里，从窗台上绽开的兰花中，从桌上那尊北齐佛像仿品面容的微笑中，从所阅读的回忆录当事人透露的人生经历中，我都能感到源源不断的、无穷无尽的新鲜感。我总会找到乐观的理由。这是一种命中注定非快乐不可的性格。我会对生活中的挫折与失败一笔带过，然后马上进入对新目标的求索。新的目标吸引了我，于是旧的挫折与疼痛对于我似乎不再存在了。

一位朋友曾经问过我，你从小失去双亲，又没有考上大学，在工厂里从事艰苦劳动那么多年，"文革"中还挨了整，什么不好的事都轮上了，但为什么你会如此觉得自己是世界上最幸运的人？我笑着说，这是因为，这就如同我失掉一百块钱，这留给我内心的苦恼只相当于失去了一元钱；我得到一元钱，我获得的满足感却相当于获得了一百元钱。这也就是说，我对于挫折的敏感度极低，

2019年，作者摄于贵州

对于收获的振奋感极高。可以说，我是一个不可改悔的、顽固的、带着花岗岩头脑的乐观主义者。

我不知道这种心态是不是天生的，但它却是我人生的宝贝。它帮助我渡过了不少人生的难关。例如，二十多年以前，我考研究生，在南开初试被录取，复试却没有被录取，记得当时一位朋友来家看我，见到我精神状态如此之好，说他简直不可理解，如果换了他，肯定会蒙着被子在床上睡上三天。我的乐天也许是得益于自己的基因遗传，据说我的爷爷就是这样的乐天派，很可能

我在无形中,不自觉地继承了他那种儒家式的达观的人生态度。

然而,我觉得在一切原因中,最重要的还是由于我始终处于一种被我称之为"精神自由"的状态中,我能在知识中不断获得好奇心的满足,知识领域就像是一本没有读完,也不知结果的侦探小说。我总是以欣赏的态度,去理解它,体悟它,并从这种经验中获得新鲜的、独特的感受。头脑中的思维始终处于活跃状态,这个世界真奇妙。一切永远是那么新鲜,那么有趣。

其次,当你不断调动自己已有的知识资源,尝试对你所不知道的或使你困惑的事物,作出属于你自己的理性解释时,这就进入了一种思想创造的过程,你就从超越实利的对知识的好奇心,上升到一个更高的层次,你就会领悟到知识分子实现自我价值的愉悦。到了这一步,那就是知识者的陶醉感。它如同醇美的酒滋润着你的心灵。这种陶醉是一种十分内在的东西,一旦你从知识中获得了这种由衷的欢乐与陶醉,那么谁也无法夺走它。多年前有一次与高中同学聚会,有人问我是不是羡慕下海的人,我说,我选择了历史学,即使研究历史每天要罚款,我即使认了罚,也会如此研究下去。我们知识分子的宿命就是如此。追求知识并陶醉于此,就是我们知识人的宗教。

第三,仅仅知识上的自得之乐,仍然不能完全保证我内心的充实与幸福。个体的生命不能仅仅满足于个体的自我完善,他还必须有一个外在的支点,一条能与外在的源头活水连接起来的通道,否则他的内心资源也会像古井水一样渐渐枯竭。对我而言,那个外在的源头活水,就是社会责任感。因为我们这一代人亲眼看到过那场极"左"乌托邦灾难给中国人带来的苦难,总想为最终摆脱这种苦难做出自己的努力或牺牲,这就是知识分子的自我担当。这是一种很强的，难以摆脱的责任感，当你觉得自己的生命存在并非无关紧要，你的反思，你的参与，是有意义的，这样，你就会远离虚无主义。当你把这种对知识的超实利追求，与对一个社会理想目标的追求结合起来，那就有了双重的抗衡虚无感与无意义感的力量，而且这种乐观主义，会不断地转化为使事态向好的方向发展的积极驱动力。一个人会由于不停地努力行动，从而改变事物原来的轨迹。这也就是所谓的乐天者的自我应验的预言吧。

多少年来，每一学期给大学生或研究生上第一节课，我都会告诉他们，对知识的好奇心，求知中获得的陶醉感，以及由此形成的用来认识生活世界的思想力，是我们读书人的人生三宝。我有时总觉得，人在世俗社会中需要一种类似于宗教的精神资源，他可以在外来压力下自得其乐，可以因为目标感而处于精神充实状态，外界环境再艰难，恶势力再大，他与世俗社会之间总有一层内心的铜墙。在他看来，红尘是美丽的，他热爱红尘，而红尘又由于他的热爱与不断努力，会变得更加美丽。

有一次与美国老朋友墨子刻畅谈了好几个小时，临分手时，我对这位老朋友说，我还希望自己能再活二百年。他问我为什么？我说我的藏书中还有一万本没有来得及读，即使每周读一本，至少还要花我二百年的时间。他笑着说："你会的。"

我当然知道这不可能，但我却相信，我们仍然可以使现在的有限的生命过得更充实。

2010年2月6日写于上海寓所

历史：经由我们的眼睛

　　20世纪80年代初期，我正在南京大学历史系读研究生，学的专业是元代历史。那时头脑中尽是"硕德八剌"、"爱育黎拔力八达"、"也孙帖木儿"之类的别扭古怪的蒙古皇帝名字，我绝没有想到自己的处女作是一本研究近代中西文化冲突的著作。尽管我从小酷爱历史，但却很少涉猎中国近代史。甚至可以说，长期以来，我对这一段苦难的历史记录，始终抱有一种潜意识的厌恶感。

　　记得那是在初中上近代史课的时候，老师讲到第二次鸦片战争中，英法联军火烧圆明园、屠杀中国老百姓的情景，我当时曾满怀愤恨地想：假如那时我们中国人有重机枪，多好！也许，正是不愿太多地经受那种情绪上的刺激，我很少去读中国近代史的书（尽管这类书籍很多）。这一方面知识的贫乏，对于一个历史系研究生来说，实在是很不相称的。现在想来，无论是初中时期那种用机关枪向洋鬼子扫射的幻想，还是潜意识中对中国近代史的厌恶，大概都可以算是一些不自觉的心理自卫手段。直到后来，我在写作《儒家文化的困境》一书时，接触到一些有关深层心理学的理论和方法，才发现这种愤无所泄的情绪体验和心理活动，与近代中国人的种种心理表现，居然还多少有些相似之处。

促使我踏入中国近代史研究领域的一个念头，是在讲授中国古代史课程的过程中产生的。那是1984年6月，当时，我正给大学生讲授清前期史那一段。在讲课时，我头脑中闪过这样一个问题：龚自珍在嘉庆二十年（1815）所揭示的清代士大夫在专制高压下的思想消沉和麻木，将在多大程度上影响中国应付近代西方挑战的反应能力？中国近代连续不断的挫折、失败和屈辱，在多大程度上与这种僵滞文化的反应迟钝有关？这显然是一个新的观察历史的角度。以往大量出版的中国近代史教科书和专著的基本主题，大体而言，是"侵略与反侵略"、"压迫与反压迫"这两条线索的交叉。几乎很少有人从中国传统文化本身应付外部刺激的能力上展开分析。而这一分析角度，对于正面临新外部冲击的20

作者研究生毕业后到上海师范大学历史系任教。摄于20世纪80年代初上海余杭路家中

世纪80年代的中国人来说，显然会提供更丰富的启示。那种过于简化了的"侵略—反侵略"的分析构架，似乎很难涵盖近代中国的传统文化与西方工业文化冲突的复杂内容，也很难表达同一历史现象的多义性，这种分析范式甚至还使人们削足适履地把中国近代抱残守缺的保守主义当作爱国主义来赞颂（这种学术倾向实际上我们屡见不鲜）。实际上，也会无意中助长现实生活中闭关锁国的价值观。

一旦上述研究设想油然而生，就激起我跃跃欲试的探索愿望。我甚至放弃了已经开始动笔的元代政治史写作计划，进入了这个过去完全陌生的研究领域。从1984年暑假开始，我每天骑自行车去上海图书馆古籍部阅读近代史资料。

不久，我偶尔查阅到一部对我以后写作《儒家文化的困境》有重要影响的史料，那是迄今为止很少为人们引用的《柔远新书》。该书是光绪初年由一批正统派士大夫编纂的，内容是申论如何应付西方列强侵略的问题。柔远者，怀柔安抚远夷之意也。书名本身已经透露出这些深受民族屈辱与挫折的士大夫们执着的自我中心的文化心理和信念。这些正统派人士对中国当时面临的外部危机所抱的荒谬见解，使我大为震惊。这批包括乾嘉大师俞樾在内的知识界精英人物，竟然断言，洋人在鸦片战争后入侵中国，是因为上天"可怜"这批不开化的"蛮夷"，故让他们发明船舶机械，使他们得以远渡重洋，前来中国熏沐礼乐教化。这些"泛教化论"者还乐观地预言，不出百年，全球九万里，将是"一道同风、尽遵圣教"的世界，"天下一家、中国一人之盛，必在我朝无疑"——这就是他们对未来时局的基本估计。

在此以前，我决没有料到，这批被人尊崇为"士林华选"的儒家学者们，居然对深重的民族危机抱有如此颠倒的认识。这自然进一步引起我思考这样一个问题：产生这种荒诞见解的认识心理机制是什么？西方文化的冲击和殖民主义入侵的种种信息，在这批士大夫的大脑思维中，经由怎样的处理，竟会导致这样一种荒诞错乱的判断？

随着史料阅读范围的进一步扩大，我每天几乎总可以发现过去不曾意料到的新问题。例如，为什么连戈登这样的人物，也会认为，"中国人是一个奇怪的民族，他们对一切变革都很冷漠"。在他看来，在他所认识的中国人中，唯有李鸿章，才有一点改革的愿望。又比方说，同时代的日本，把自己最优秀的青年送到欧洲去学习，这些青年返回祖国以后，几乎都成了推行明治维新的先驱人物。而当时的中国政府，只是在英国公使再三建议、敦请之下，才勉强派出一个庸碌无能的退休知府，作为官方代表前往英伦考察。而正是这样一个人物，由于讨厌蒸汽机的轰鸣，竟半途中止了前往美国的旅行，返回中国。按康有为的说法，这个庸人几乎没有给当时的中国人带来任何有价值的消息。自鸦片战争到庚子国变的六十年里，中国并不缺乏了解外部世界的机会，为什么连已经得到的机会都被当时的士大夫官绅们莫名其妙地放弃？我还从《郭嵩焘日记》中得知这样一件事：当外国人对中国所派出的外交人员素质之低劣迷惑不解时，中国总理衙门的负责官员对此的回答竟是"老马识途"，以至于外国人反唇相讥："这些人根本不是识途老马，而是害群之马！"

我们出版了那么多近代史的著作和教材，这些论著对我们理解那个动荡的时代无疑具有重要的价值，但是，它们似乎很少涉及这方面的历史事实，而这类事实，对于面对新西方挑战的当代中国人，无疑又具有重要的史鉴意义。我越来越感觉到这一新观察角度的重要性。

随着阅读史料的增多，卡片记录不断增加，于是，在我脑海中展现出中西文化近代冲突的一幅幅画面。其中有尚处于浑浑噩噩的士大夫中的少数先觉者的孤独和不祥的预感；国粹派外交官冥顽的自信和乐观；清流党人的大言高论和涕泗交颐的焦灼心态；洋务派官僚似乎总是那样欲言又止，左顾右盼；当然，还有庚子国变中饱尝屈辱冤抑的民众对于天兵神将下凡的憧憬和幻觉……

从阅读史料过程中获得的种种信息以及由此引申出来的感觉、直觉和片断的论点，一开始自然是无系统的，彼此无关联的，如散点一样，分布在大脑记忆的库存中。渐渐地，这些"游兵散勇"经由一些边缘学科方法的组织处理，终于逐渐有机结合起来。例如，分析正统士大夫的群体认识心理时，瑞士心理学家皮亚杰的发生认识论原理，日本比较思想史学者中村元有关思维方式（the way of thinking）的概念，以及语义分析的研究方法，对我认识与考察中国士大夫对西学的认识心理障碍，均提供了有益的启示。

在研究过程中，我碰到的最大难题，是一直无法成功地解释这样一个历史文化现象：对于相当大多数的正统士大夫来说，由于他们受传统自我中心的文化心理定势的影响，对西方工业文明，固然一开始即抱着一种偏执傲慢的排外主义态度，然而，奇怪的是，为什么他们在冷峻现实中屡遭屈辱和碰壁之后，没有改弦更张，相反，挫折感和屈辱感在正统士大夫中却不断激发出一种更为情绪化的、盲目的、非理性的排外心理？换言之，为什么一种由认识心理机制支配的理性层次的排外心理，在碰壁之后，反而畸变为一种非理性层次的排外心理定势？我发现，日本的开港国策，以及不失时机地仿效西方先进技术与制度，结果产生了一种不断趋向更为开放的社会心态的良性循环，而中国在应付西方挑战的历程中，正统士大夫们走的恰恰是与此相反的心理历程，即文化上的保守心态导致应付西方挑战的失败，反过来又进一步刺激出一种更为情绪化的保守心理。如此恶性循环，直至达到庚子国变和义和团运动这样一种畸形的反抗形式。这又是为什么？

这个难题，几乎成了能否写出《儒家文化的困境》这本书的关键所在。它也是近代儒家文化的困境之所以成为困境的关键所在。在整整好几个月里，我尝试用各种假设来解释这一现象，但都没有获得成功。例如，我曾试图用逻辑推导的方法，往往经过复杂的、多环节的、复合三段论的推论，似乎回答了这个问题，可是第二天早上醒来时才发现，这种纯粹的逻辑推论只不过是一场徒劳的循环论证。我原先想论证的结论不知不觉变成了论证的出发点。我几乎绞尽脑汁，不得其解。

一个偶然的机会，我从书店里购来一本新出版的《心理学辞典》，由于我习惯于利用新鲜的边缘学科新概念术语来进行侧向思维，便信手阅读起来。在该词典中，"心理自卫机制"这一术语引起了我的兴趣，这一术语告诉我们，当在现实中产生的屈辱感和挫折感无法经由正常的、合理的方式疏导、宣泄时，为了摆脱这种焦躁心理对人的精神世界的不良刺激，人们往往会不自觉地把导致心理挫折的客观现实，重新加以主观的、一厢情愿的"理解"和改变，以减轻精神上的苦痛，以此来维系心理上的平衡。这一心理学概念给予我巨大的启示，使我获得了理解正统士大夫在经受失败、屈辱刺激之后，由于缺乏合理疏导而向情绪化的排外主义转变的秘密。换言之，当人们越是在下意识中求助于心理防御

1985年,作者家中,当时正在写作《儒家文化的困境》

机制,作为摆脱精神折磨的手段时,人们思想中对客观现实不自
觉的悖离和歪曲也就越为严重。这种通过不自觉地悖离客观现实,
来寻求心理安慰和平衡的心理畸变,正是理解庚子国变和义和团
运动中群体性变态心理的钥匙。读者们可以从《儒家文化的困境》
一书的第五章里,读到我对这一历史文化现象的论证和分析。而
这一论证环节的突破,也为第六章对庚子国变中的上层顽固派、
中层的清议派士大夫与下层民众在心理防御这一点上的心理共容
性的考察,提供了必要的前提。

　　这里,值得一提的是运用多种边缘学科方法对一个复杂课题
的不同侧面进行研究的必要性。要研究近代中国正统士大夫对西

方挑战作出的反应，必然牵涉到文化心理、认识心理、社会心理的不同层次和不同侧面。原来我们所熟悉的一些研究方法、术语、手段，显然就不够用了，这就要求研究者不但要充分掌握有关的史料信息，而且还必须运用文化心理学、认识心理学和社会心理学的有关理论和方法，分别对不同层次的文化现象进行研究。例如，除了前面提到的皮亚杰的发生

2022年再版的《儒家文化的困境》

认识论方法对我的启发外，弗洛伊德关于歇斯底里病理机制的研究理论，对我研究庚子国变时期类似催眠状态的群体变态心理，也提供了某些启示。又例如，大众传播学的"顽固的受传者"的理论，对我研究天津教案中有关洋教士"挖肝剖心"、"制长生药"的谣传迅速传播的原因，也提供了研究的手段。

以上各种边缘学科方法都绝不是万能的，人们不应指望运用这些具体的研究方法应付所有的问题，但是，针对同一个历史文化现象的各个具体侧面，它们却可以发挥自己特殊的功效。在某种意义上，《儒家文化的困境》是借助于各种边缘学科的方法来理解复杂现象的一次初步尝试。

也许，人生再也没有比经过长时间的酝酿之后伏案疾书更令人快意的事了。这种写作体验固然并不常有，但一旦经历过，将使你终生难忘。我清楚地记得写作最后一章《国粹主义的最后一

战——幻觉中的胜利与现实的悲剧》时的情景。那是1985年8月的一个夜晚。经过长期的思索和探求，头脑中有关庚子国变的各种论点和信息，尽管彼此缺乏有机联系，但却处于高度的活化状态。也许是我偶然触及到一条最佳思路，于是，我思如泉涌，各种论据、论点、史料信息，在这条思路的组织下，几乎是争先恐后地从大脑记忆库中向笔端涌去。一幅幅庚子国变的巨大历史画面，在我的脑海中展现开来。我仿佛听到1900年的义民们在战场上大无畏的冲杀声与权贵们在密室中窃窃自喜的喁语交织在一起；我仿佛听到洋兵们来复枪、加农炮的轰鸣，义和团大师兄念念有词的咒语，中国婴孩的啼哭声和被抛入火中的英国妇女的号叫声交织在一起。在那仲夏的日子里，不同阶级的希望、愤怒、诅咒、欢乐与苦痛不可分割地汇合在一股清浊混杂的社会思潮的巨流之中……由于创作的紧张和亢奋，由于害怕那些源源而来的、清晰的思绪可能因为来不及被记录下来而转瞬即逝，我握笔的手微微颤抖着，几乎暂时忘记了四周的一切。我记得那天从晚上八点一直伏案写到次日五点，几乎没有休息片刻，一万多字就这样写了出来。当我停笔时，才听到寂静的弄堂里传来赶早班的人们急促的脚步声和环卫工人使用铁铲时发出的响声……我不知道这种体验是不是人们所说的灵感。也许，它还不配称为灵感，但我相信，这是人生中少有的充满欢乐激情的时刻。至少在我看来，人生的其他幸福很少能有和它相比的。也许，被压抑的愤怒感和困惑感，以及长期以来难以摆脱的苦思，经由这种对传统文化消极面的理性解剖，从而得到了解脱。

在20世纪80年代，把历史学选择为自己终生职业的人是幸运的，因为我们正处于这样一个大转折时代，新旧的交替和重叠，使人们头脑充满太多的困惑，人们要求从历史的反思中获得前进的智慧、经验和信念，而历史学者恰恰具有两把神奇的金钥匙，去满足时代的上述要求。一方面，他可以用自己的现实生活经验和智慧的钥匙，去开启历史迷宫的大锁。这一点，正如法国现代杰出的历史学家马克·布洛赫（Marc Bloch）曾经说过的那样："历史学家的匠心和才能，是对活着的事物的理解能力。"另一方面，又正是历史学家，运用从历史反思中获得的智慧的钥匙，去揭示现实矛盾的秘密。人们在变革时代面临的种种现实困难和症结，也只有通过追溯它们的历史渊源才能理解和认识。因此，我们说，一方面，人体解剖是猴体解剖的钥匙，另一方面，猴体解剖又是人体解剖的钥匙。我有时想：正是历史学者，而不是别人，不是文学家、艺术家，也不是哲学家，才能同时拥有这两把神奇的钥匙。正是他们，以这种双向的思维反馈，作为自己的基本研究手段，并以此来为社会造福。当然，我这里指的是在变革时代那些怀着社会使命感而去求索的历史学者。

对我们这个古老的民族来说，历史固然是过分沉重的负担，但它同时也是增长我们民族智慧的取之不尽的资源。历史给人以智慧，但必须经由历史学家那双敏锐的眼睛。我记得契诃夫讲过这样一段话："作家对于生活的感受，应当如同一只年轻的猎狗，始终那么好奇，那么嗅觉敏锐，那么容易激动，那么穷追不舍。"历史学者对于历史不也同样如此吗？难道不正是凭借着他那双在实际生活中经受考验的眼睛——那双曾经充满泪花，充满忧虑、辛酸，如今又充满信念和憧憬的眼睛——去审视历史的吗？不正是经由这双眼睛，透过黑洞洞的历史之窗，去发现对当代人具有示警意义的东西的吗？固然，在历史学者的书桌上，堆满了发黄的旧书，他们的工作，有时也十分枯燥，但是，正是经由他们，浩如烟海的史料才不断向人们显示出崭新的意义。正是他们，与古人进行着无声的对话，向历史发出咨询。历史学家，是人类命运和自己民族命运的职业观察家，他比别人更了解自己民族的苦难以及自己民族为求得新生而付出的巨大牺牲，所以，他更珍惜今天，也更向往未来。他比别人更冷静、更清醒、更深沉。

也许是因为我太热爱自己选择的职业了，也许是因为我从研究和探索过程本身获得了无穷的欢悦，有时，就怀着几分天真在想：假如人是有灵魂的话，假如能思想的灵魂可以自由地选择自己出生的世界，我一定会再次选中这个时代，选中这片古老美丽的土地。当我追随着恭亲王、郭嵩焘、刘锡鸿、倭仁、徐桐、曾纪泽、唐才常这些近代士大夫的思想历程，作了一次历史巡礼而返回现实生活中来的时候，我才更深刻地认识到20世纪80年代对于中国未来前途的意义。在这一次历史性的转折关头，我们又一次面对着新的机会。

与前几代中国人相比，我们更为幸运。因为，我们的方向是明确的，道路是看得见的。我们的乐观信念还基于这样一个简单的事实，自近代以来，中国从来没有一个时代像今天这样：整整活着的三代人，在中国必须变革这一点上，达到如此一致的认识。让未来的子孙们怀着崇敬的、感激的心情，回忆我们三代人在20世纪80年代——这决定未来命运的时代——所做出的贡献和牺牲。让未来的历史学家以一种新的笔触和色彩来记叙我们的事业，而不是像我们今天描述一百年以前的古人那样。

我的思想历程

——从启蒙思潮到新权威主义①

一

当我的这本论文集《历史拒绝浪漫》即将在台北出版之际，我想借此机会，向读者介绍我的新权威主义与新保守主义思想发展的过程。希望这对于读者了解本书内容的社会与思想背景，会有一些帮助。

在中国，权威政治，几乎就是专制主义的同义词。在近代以来，中国知识分子的政治文化潜意识中，它如同家长制一样，是导致中国落后、愚昧、贫弱的根本原因，尤其在中国这样一个长期受传统专制统治的国家，人们对于专制权威与家长制有一种近乎本能的反感。而保守主义，自五四以来，在中国人的日常生活中就是一个贬义词。人们自然会认为，一个知识分子主张权威主义与保守主义，如果不是由于政治上极端落后于时代，就是政治品格与动机上有问题。

然而，在中国变革过程中，出现主张新权威主义与新保守主

---

① 本文为台湾版《历史拒绝浪漫》自序，该书由台北致良出版社于1998年出版。

义的政治思潮，其原因却与中国现代化的实际情况密切相关。新保守主义是作为政治激进主义思潮与政治浪漫主义思潮的对立面而出现的。如果把政治激进主义称之为中国现代化过程中的第一思潮的话，那么，新保守主义则可以称之为第二思潮，它主张在尊重现存秩序的连续性基础上，充分运用现存体制内的制度组织资源与传统文化资源，作为推进变革的杠杆，通过渐进的方式，逐步实现中国社会经济向市场经济转变与民主政治的转型。如果说，新保守主义是从文化意义上来肯定传统资源在变迁过程中的积极价值的话，那么，新权威主义可以说是新保守主义的政治形态，是新保守主义现代化理论的重要组成部分。

新保守主义思潮在中国出现并非偶然。更具体地说，中国历史文化的沉重包袱，是激进主义思潮得以滋生的天然温床。中国的实际情况是，无论是近代变革还是20世纪80年代的当代变革，均存在着这样一些共同的历史因素：长期的文化专制，传统体制严重的内部危机，中外文化的强烈反差而导致的心理不平衡，西方文化的示范效应引起的简单仿效思维，等等。所有这些因素相结合，就使得在改革初期阶段，支配人们作出政治选择的主流观念与心态特征，不可避免地具有激进性与浪漫性。在人们看来，简单地搬用西方现成的民主制度模式，快刀斩乱麻地、毕其功于一役地破除既存秩序，把现存制度视为现代化的根本障碍加以废弃，并迅速地引入西方行之有效的体制，以为如此就能够实现中国的现代化，几乎成为天经地义的信条。根据我的研究，这种激进的、浪漫的政治选择与价值取向，在戊戌变法以来，就成为中国变革运动的思想主流。

正如20世纪初期以来的历史所表明的，这种激进主义与政治浪漫主义的直接历史后果，不是引起保守顽固派的反对，如同戊戌变法那样，就是因制度层面的"旧者已亡，新者未立"，而引发严重的政治失范或社会整合危机，如同辛亥革命后建立的议会制那样。更有甚者，在这种日益严重的变革型失范危机中，人们会进而产生一种绝望的"文化地狱心态"，即自认为生活在"文化地狱"中的人们，会对理性建构的乌托邦抱有极其强烈的浪漫渴望，人们会在这种心态的支配下，以打倒一切现存传统与制度的方式，来重建新的理想秩序。建构理性主义的乌托邦在中国20世纪后期之所以如此流行，并主宰了好几代中国人的心态，形成激进主义不断自我强化的恶性循环，均与此有关。

正是在这种条件下，中国现代化过程中，就会出现一种以批判激进主义、以主张渐进与稳定为主旨的现实主义思潮，新保守主义也就在这种背景下应运而生。我正是在对近代以来的中国现代化历史的研究过程中，在批判地反思80年代中国的激进变革思潮的过程中，逐渐形成自己的思想的。本书（指《历史拒绝浪漫》）收入的三十余篇文章，从不同角度论证了新保守主义的思想，并对中国近代以来的现代化历史与当代变革中的激进主义，进行了批判反思。

我认为，要理解当今中国的政治发展与变革过程中出现的思潮冲突，本书可以提供一个重要的视角和解释框架。有一位西方学者在与我谈话时说过，新保守主义与新权威主义作为一种政治思潮，实际上已经具有了思想史意义。我想，如果从激进主义及其对立面的思想互动与激荡的宏观角度来看，这不能说没有道理。既然一个时代的思想，是对社会困境反思的产物，在我看来，未来研究中国20世纪末的变革史的学者，将不可能绕过激进主义与新保守主义的政治论争。

二

事实上，我曾经生活在一个充满激进主义与浪漫主义的狂热时代，并深受这种思潮的影响。生活在当今中国大陆四五十岁的中国知识分子，大多是60年代中后期的学生，在"文化大革命"中度过了激进的"造反岁月"，多少还有一种反叛正统僵化的官僚体制的朦胧的理想主义。这一代人在"破四旧"的大游行中，在广场上手挽手高呼"造反有理"的口号声中，感受到长期受压抑的青春激情得到宣泄的快感。正因为如此，对于浪漫主义所赋予人们的那种冲决罗网时生命的高峰体验，是有一种切身感受的。本人就有过在广场上的政治激情的高峰体验。也许，在人类历史上，很少有整整一代人，会像中国大陆六七十年代的中国青年知识分子那样，会如此广泛地，以一种独特的方式，受到政治浪漫主义魅力的吸引。"文化大革命"的悲剧具有多义性，至少对于这些受浪漫主义诗情梦幻所支配的人们来说，这种悲剧，到了今天，使曾经经历过"文革"浪漫激进主义体验的人们，反而获有了批判地反思激进主义思潮的经验资源。

《历史拒绝浪漫》涉及的是中国20世纪80年代以后的政治激进主义，这种思潮产生于我们这个多灾多难的民族开始进入一个巨大的社会变动的新历史时期，产生于改革者在追求民主这个伟大而崇高的目标的过程中。而这种激进主义的心态基础，则与政治浪漫主义所追求的"审美体验"有关，如果我没有在"文化大革命"中作为造反派工人的切身经历，没有这样一种被学者所说的"支援意识"，作为我研究问题的基础，我也许没有足够的权利，去写出我想说的那一切。

一个曾经经历过造反浪漫主义洗礼的人，为什么会变成一个在追求现代化这一事业中的新权威主义者和新保守主义者？是什么原因使我从一个研究中国古代史的青年学者，转向当代政治思潮研究？回顾自己的学术经历，对于理解新保守主义在当代中国大陆的发展过程，也许能给读者更为具体的感受。

当我在工厂里通过十二年的自学，在1978年以同等学力者的资格，考入南京大学历史系元史专业，作研究生时，我当时的心愿，仅仅是成为一个专业的中国古代史学者。南京大学历史系元史研究室的丰富藏书与浓厚的学术气氛，实际上为实现我的期愿，提供了令人羡慕的条件。然而，我却不知不觉发现，随着改革开放在20世纪80年代的起步，近代中国的历史变动，远比古代历史对我更具吸引力。其原因也许现在很好理解，近代中国与20世纪80年代的中国，恰恰是两个具有"历史同构性"的时代：旧秩序的保守僵化对人们心灵的禁锢，西方挑战的巨大压力在人们心中产生的焦虑感，深受压抑的知识分子对自由的诗情向往，在强烈的中外文化反差和工业与民主文化的示范效应影响下，以直接仿效西方制度，来作为中国实现富强的政治选择的高度社会共识，以及大众对一切权威的警惧与厌恶心理，等等。所有这些因素的结合，可以说，是贯穿19世纪末到20世纪初，自清末到民国，中国历史思潮的主旋律。而这一切，又以惊人的相似性，在20世纪80年代中国进入新的变革时代再次重演。

我从研究中发现，近代这种导致激进主义的共同心态特征，自从戊戌变法、清末新政与辛亥革命以来，就对当时人们的政治选择产生了严重的消极影响。我又发现当代知识分子的普遍心态，与前人何其相似，但作为一个关注民族命运的中国知识分子，又怎么可能对由此引起的历史后果无动于衷？

三

现在回顾起来，我之所以萌生对新权威主义研究的兴趣，是在1987年，那时，我在研究辛亥革命以后议会政治的过程中，发现这种制度之所以失败，与这种体制无法适应中国当时的社会生态结构有关。促使我发生这一认识转变的，是严复在给他的学生熊纯如的一百多封信中的一句话，他居然对袁世凯解散民国国会的行动大加赞赏。他还认为，对于中国来说，现在最需要的不是华盛顿，而是克伦威尔与拿破仑。我还注意到，民国初年的议会政治由于党争而造成连续不断的内阁危机与政治无序化，并不能单由袁世凯一个人来负责任，国民党人也在党争中起到了严重的消极作用……所有这些事实，无论是大陆还是台湾的正统历史学界均没有予以充分重视。此后，我又注意到拉美国家，尤其是墨西哥迪亚士的军事强人政治，与袁世凯在镇压"二次革命"以后建立的强人政治有惊人的类似之处：同样是在推翻旧的专制与殖民统治以后，建立起从西方仿效来的多党议会政治；同样是议会政治走向无序化的陷阱；同样是由具有现代化导向的军事强人，在镇压了民主派政敌后，重建秩序，并推行强人政治特色的现代化，发展实业，引进现代教育，吸引外国资本，并在相当一个时期内，独裁统治在客观上对经济发展提供了稳定的政治环境。而这种经济发展为本国中产阶级的发育提供了经济条件，此外，伴随有同样的腐败，专制，警察式的统治，对政敌的无情打压，等等。我还从东亚的现代化历史中注意到，权威主义的现代化模式在整合政治秩序方面，确实具有落后国家的"虚拟民主政体"所不曾有过的功效，从而发现了这种新型权威政治，在后发展国家特定阶段所具有的普遍性。于是，我就在研究中提出了近代以来后进国家政治发展过程中的"新权威主义"这个概念，我把新权威主义定义为"非西方后发展国家中作为对议会政治的反向运动而出现的、具有现代化导向的、以铁腕与军事实力为政治资源的威权政治"。

上述的观点，形成于1987年，一开始仅仅体现在我所开设的"中国早期现代化思潮研究"的讲课中，并没有发表文章、著书立说，更没有用这种观点来解释中国当代的变革问题。一直到此时，我一直是一个关注社会变革的学院知识分子，一个偶然的机缘，使我从学院知识分子，不知不觉地走向了公共空间。那是1988年8月，由于一个朋友的推荐，我参加了在北戴河举办的一次全国性的知识分子问题讨论会。就是在这次会议上，我受朋友的鼓励，作了一次大会发言，内容是中国知识分子在20世纪初期有过的三次历史选择：第一次是以康梁为代表的传统政体下的制度创新运动，第二次是以孙中山、宋教仁为代表的议会浪漫主义运动，第三次是议会政治失败之后以严复为代表的新权威主义。这三次历史选择分别代表了不同时期中国现代化所面临的困境，我指出，由于中国没有足够强大的中产阶级，没有自发的现代化力量，在这种历史条件下，辛亥革命以后建立的议会政治，是一种"无根"的政治。它不是基于中国社会内部的要求，而是基于西方外来文化的示范作用，由于西式的政治体制无法对落后的社会结构进行有效的整合，从而引起越来越严重的政治危机与失范效应，最后不可避免地导致政治强人袁世凯夺取了政权。我还指出，具有现代化导向的新权威主义，客观上具有通过权威政治这只"看得见的手"，来创造"看不见的手"即市场经济的作用，并最终为促成社会结构的根本变迁，为建立"有根"的民主政治的社会经济基础创造了条件。我的结论是，虽然这种新权威主义存在着向传统权威主义蜕化的某种危险性，但比较起完全不切实际的政治浪漫主义的"虚拟民主政治"，不失为一种现实的选择。

从现在来看，这一正面肯定权威政治积极功能的观点，在中国大陆，可以说是第一次，此前从来没有大陆学者如此鲜明地肯定权威政治在落后国家现代化初级阶段的合理性，似乎也没有人对落后国家早期的"虚拟议会民主"提出过什么质疑。这一观点潜含着这样一层意思：即在中国的社会经济、物质条件还不成熟的条件下，超前的议会民主政治，对于落后国家的知识分子来说，很可能是一种空洞的、超前的"精神消费"。事实上，在20世纪80年代后期的中国，当时的大多数知识分子，与辛亥革命后的议会民主派一样，沉浸在对民主政体的诗情梦幻中，完全没有意识到，后发展国家没经过市场经济充分发展的"无根"民主，与经过经济充分发展后的"有根"民主之间，存在着根本的、基础上的区别。

我的观点在会上立刻引起了人们的兴趣。当天晚上，就有许多学员与学者和我进行切磋与讨论，此后，在1988年9月8日《光明日报》发表的会议报道的文章中，特别介绍了我的新权威主义具有现代化意义上的合理性观点。当时谁也没有意识到，这是中国报刊上第一次出现"新权威主义"这个名词。

在这次北戴河讨论会上，我并没有运用新权威主义这个概念来分析中国当代改革开放中的民主自由与国家权威之间的关系问

知识分子的政治参与与独立人格

——首届知识分子问题讨论会侧记

薛涌

前不久，由新知学园、兼明日报理论部等单位联合发起在北戴河召开的"首届知识分子问题讨论会"上，与会者对知识分子的政治、社会参与和独立人格问题展开了热烈的讨论。

萧功秦首先根据近代中国政治发展的三个阶段划分了近代以来知识分子政治参与的三种模式。他认为，中国现代化的过程在政治模式上经过了三个阶段的发展：第一阶段是"传统政体的政策创新时期"，第二阶段是以议会民主为标志的"政治浪漫主义时期"，第三阶段是"新权威主义时期"。在第一阶段，即晚清的传统政体政策创新时期，知识分子的参与导向表现为一种焦灼的求变心态，要求激烈的变革，如康有为曾提出"小变不如大变，缓变不如突变"等等，这种心态和要求反映了知识分子的强烈危机感，但与中国传统政体所要求的缓慢的、有高度策略性的、甚至在团结绝大多数保守人士前提下的渐进式变革产生了根本性的冲突。于是，民国前后，知识分子的参与模式已开始抛弃传统政体，表现为"政治浪漫主义"。但是，由于中国内部并没有中产阶级，没有自发的现代化力量，孙中山、陈天华等人向往的议会民主，并不是基于中国社会的内在要求，而是基于对外来文化的某种示范作用，所以它最后不可避免地导致袁世凯以一个政治强人的形象夺取政权。

"新权威主义"的基本思想是：中国的现代化必须尊重、利用传统政治模式所遗留下来的一些因素，用传统社会长期以来所形成的金字塔式的权威结构，即一只"看得见的手"来创造一只"看不见的手"，以完成其整合社会的功能。但这种"新权威主义"也如历史所证明的那样，往往容易蜕化为旧权威主义。袁世凯便是一例。为了防止这种蜕化，"新权威主义"应从"政治浪漫主义"中汲取合理因素，限制传统权威，把中国推向现代化。当今中国知识分子，也应在这一过程中参与完成社会的"内部变革"。

黄万盛认为，中国知识分子在传统中有强烈的参与精神，但他们在漫长的参与过程中，把自己的人格认同于帝王的人格，而缺乏其作为一个阶层所应具有的独立人格，结果必然成为专制主义的工具。所以我们今天讲参与意识，一个根本问题就是要取得中国知识阶层作为阶层而存在的独立人格，在这个意义上，所谓参与才具有现代意义。

对上述看法，杨百揆提出了反对意见。他认为，由儒家传统所塑造的中国知识阶层恰恰是有独立人格的，从焚书坑儒，到明代的东林党，一系列知识分子与帝王对抗的事件，都证明了这一点。孔子学说产生以后，中国知识分子就有了一种独立精神，他们做帝王师也好，给帝王当朝臣、宦僚也□，所遵从的是孔教，并且也让帝王同样遵从，而非顺从帝王。历史上所谓的"忠臣"，忠的□□是孔教，而非帝王。反之，一昧顺从帝王，取媚于帝王的，恰恰被称为"奸□"。所以，我们可以说，中国知识分子很早就有了一种独立精神，他们忠于的是一种精□，一种统一的道德规范、伦理规范或政治规范，至于这套精神规范是否有积极的价值，则是□外一个问题。

许纪霖在发言中则指出，要讨论知识分子的参与问题，首先要对知识分子进行必要的界□。如果我们仅从学历上来理解知识分子，那么确实应要求那种学历意义上的知识分子进入政□担任要职；但我们若把知识□□□□□□□□是一种群体的理性。就这点而□，当他们接受"道"时，在主□□□的专业精神。我认为，对中□□体意识上已丧失了独立精神。而当他们进入政界后，不管一种□

1988年9月8日《光明日报》介绍"新权威主义"的报道文章

题。我只是作为历史学者，客观地分析具有新权威主义倾向的袁世凯（强人政治），在整合现代化所需要的稳定秩序方面的作用。然而，这次发言所表达的信息，不久后却被同时参加会议的来自北京的一批敏感青年学者感觉到了，此后不久，他们就使用了"新权威主义"这一概念，来表述这样一层意思：民主政治只有在经济条件成熟时才有实现的可能性，中国改革的当前阶段，应该建立的是一种强有力的、具有现代化导向的新型权威政治，以应付现代化的挑战。这样，在1988年秋冬之交，"新权威主义"便成为一种思想冲击波，在北京与上海的知识分子圈子中引起了热烈的讨论，并迅速在全国范围内传播开来。到了1989年1月，十分凑巧的是，北京的新权威主义者吴稼祥与张炳九在《世界经济导报》上，而我则在此后第二天的上海《文汇报》上，分别发表了有关新权威主义的文章和谈话录，于是南北新权威主义就正式在中国政治生活中登台亮相。这两大报刊几乎在二十四小时以内，同时刊出主张新权威主义的文章，纯属巧合，但却在一时间里引起了京沪知识界的猜测：其间是不是有什么政治背景？

更具体地说，新权威主义作为一个学术概念，虽然是我最早提出的，但作为一个当代政治概念，则主要是吴稼祥、张炳九在北京使用，并首先在中国政治生活中产生影响，并使之成为公共话语与社会焦点，而以后则由我作为上海的代表人物来作出呼应。说到这里，当时的情况还历历在目，两位复旦大学的学生找到我家的小阁楼里，他们希望我到复旦去作一次座谈，专门谈谈我的新权威主义理论，把我自己也弄得摸不着头脑。从他们那里得知，北京知识界已经展开了新权威主义讨论，于是我就不得不被动地接受来自自由派知识分子的挑战，并在回应这一挑战的过程中，渐渐进入公共空间。特别有趣的一件事是，到了1989年初，著名的英国学者，毛泽东思想的国际研究权威施拉姆到上海，特别请一位上海学者找到我，要与我讨论新权威主义问题。我应约去见他，他当着所有人的面，颇带讽刺地说："有人说，新权威主义的总司令在上海，我倒想看看这位总司令是什么样的人。"从一开始，我就无法与他进行讨论，我说的每一句话都被他挡回去。从施拉姆先生的身上，可以看出，一开始人们是多么不习惯与一个主张"新专制主义"的论者对话。然而，这仅仅是开始。

可以说，20世纪80年代后期出现的新权威主义思潮，可以具体地划分为南派与北派。至于南北新权威主义的异同，我在《新保守主义的崛起》一文中作了分析比较。与北派新权威主义相比，南派新权威主义，属于更为彻底的新保守主义的范畴，即无论在政治方面还是在经济方面，均反对激进主义的变革观。我主张运用现存政治体制资源，作为推进变革的杠杆，在稳定秩序的基础上，实现渐进的社会结构变迁。我在《论当代浪漫主义改革观》一文中，系统地对80年代后期经济改革中的激进主义思潮进行了批判，提出中国改革必须做到"步步为营、稳扎稳打、循序渐进、缓进待机"的十六字方针，并提出，经济激进主义导致的失范，在激进思维的引导下，必将进而引发政治层面日益严重的冲突与危机。

四

在中国大陆当时特定的时代氛围中，一个提出新权威主义的人，从一开始就注定会受到人们的误解。想当年，各种有关我的谣传纷至沓来。有的把我当作政治品格上的邪恶人物来看待，有的则把我说成是以某某政治势力作为后台或背景的。有一位朋友听信谣传以后，甚至还写信给我，要我"退回某某提供的研究捐款"，否则就与我"断交"云云。可见有关我的谣传传播之广。20世纪90年代以后，海外又引发出一场有关新权威主义问题的争论，针对我所提出的"新保守主义"，更有一位著名的海外活动人士著文，称"新保守主义"乃是"人性之首恶，莫过于对同类的残忍"。直到现在，不少海外刊物在提到我时，仍然把我视为某一政治势力的理论代表人物。多年以来，我已经相当习惯于被人们作种种揣度、误解。值得庆幸的是，这种误解，随着人们认识的深化，随着激进主义思潮在知识分子中逐渐淡出，已经大为减少。

在我看来，受到误解，乃是提出一种一时不被人们理解的思想主张而不得不付出的代价。在此，我颇想通过一个具体事例，来表明自己的心迹。

我记得，那是1989年年初，在上海举行了一次有关新权威主义的讨论会，几乎与会的绝大多数学者，对新权威主义的观点均抱着强烈的批判态度，每个人限定只有十五分钟的发言机会，这就使我这个孤军奋战者，在运用了十五分钟发言机会后，被"公正地"禁止对批判我观点的人们进行反驳发言。在这次会议上，我再也没有任何申辩的机会。从表面看来，这是一次激进民主派大获全胜的声讨新权威主义的批判会。会议结束时，深感压抑的我，只说了一句发自内心的伤心话："如果大家都这样想，我也没有办法了。"

当我回到家里时，两位参加会议并在会上反对我观点的朋友，也随后骑着自行车赶到我家里。他们说，我在会议结束时所说的那句话，不自觉流露出来的真诚情感，颇使他们感动，虽然他们不同意我的观点，但作为朋友，愿意听听我的倾诉。我清楚地记得，我对他们十分动情地说了这样一段话："在当下中国，整个社会如此浮躁，知识分子又如此激进，这样下去中国会出大问题的。"当时，我含着眼泪，抚摸着刚放学回家的八岁女儿的头，对他们说："如果由于我们这一代的激进过错，近代史上的激进主义造成的社会大乱再次在中国重演，他们这些孩子，这一代人，将会经受怎样的苦难？难道我们不应该为他们的未来想一想？"

其中一位朋友在听了这一段话以后，当时对我说："我虽然并不同意新权威主义，但你不妨把自己的观点写出来，让别人从你的文章中理解你，那岂不是尽了一个知识分子的责任？"

我一直把这位朋友的话记在心上，我确实在这些年来不断地通过历史研究与思考，来努力发掘保守与激进、自由与权威、民主与秩序的复杂关系，力求探索出对当代中国人可能会提供启示的思想。如果不是他的勉言，也许我还不可能把这本书呈献在读者面前。

最后，我愿引述自己论文中的一段话，作为这篇文章的结语。

自古以来，中国文化就是产生各种浪漫主义的沃土。深受传统压抑的中国知识分子，在一个开放伊始的时代，也许比任何其他民族的知识分子更难拒绝浪漫主义诗情梦幻的诱惑。因为他们有太多的焦虑与愤懑，需要经由某种"登仙般的飞扬感"来释放，来表达他们对公平理想的渴求。他们必然要抓住某些抽象的理念，以亢奋的激情来体现自己的价值。但是，另一方面，一个贫穷、落后，充满历史带来的种种实在的或潜在的危机与创伤的古老民族与社会现实，又最无法承受浪漫主义政治设计的悲剧性后果。正因为如此，一个有良知的中国知识分子，为了对自己民族负责，更需要拒绝浪漫主义。当我们通过反思，对许多人来说，也许是苦涩的反思，抛弃了政治上的"唯美主义"，而回到现实中来，我们获得的决不是一个"灰色的世界"。我们民族有着充满生机的发展前景，我们有着太多的事情要做，我们要承负起一种沉重的历史责任，这无疑是一种可以使百年来的先人欣慰，可以使百年后的后人羡慕的历史责任。我们可以在这种承负中感受到此生的价值与意义。一个对自己民族怀抱着真挚的爱心与理想的人，当他又同时具有了现实主义的精神时，他便是一个真正的理想主义者。

谨以此语来表达一个对中国现代化命运的思考者的心志。

1997年8月7日于上海寓所

做变革时代的思想者

——萧功秦治学访谈录①

从中学到"文革"

问：记得早在20世纪80年代中期，《走向未来丛书》中就出了一本您的《儒家文化的困境》，发行量达十万册，在当年青年人中有很大的影响，您还提出了要反思革命史学的呼吁。请问，您是如何突破旧有范式羁绊的？

答：中国已经进入改革时代，改革时代需要改革的历史学，正如革命时代需要革命的历史学一样。不过，我宁愿先谈一下我自己早年自学过程中形成的知识结构，然后我们再回到这个问题上来。早在中学时期，我觉得有两方面我是很值得庆幸的。一是，我听从一位独立思考的大学生的建议，从高中一年级就开始自学西方哲学史，还看了一些德国哲学家的著作，如费尔巴哈的《基督教的本质》，黑格尔的《历史哲学》、《美学》等等。不过那些书对于一个十六岁的中学生来说是过于艰深了，记得高二时，由于用脑过度，一段时期还患上了神经衰弱。当时这些哲学书中的内

①本文原载于《历史教学》2004年第10、11期，本文发表后经过作者增补修改。

容我似懂非懂，也没有老师点拨或指导，引导我的只是一种对抽象思辨知识的好奇心。然而，正如恩格斯所说过的那样，读西方哲学史，确实是锻炼一个人的思辨能力的好学校，尤其是在一个人的青年时代，有这样一种思维上的自我训练的经历，可以使自己在思维方法上有潜移默化的长进。读西方哲学史，使我在不知不觉中学会了通过创建自己认为合适的概念，来表达自己的思想与发现。在我看来，新概念往往就是研究者原创性思想的载体。建构概念，确实是最值得在年青时就培育的一种思想能力。我甚至现在还想借贵刊说一句，如果要我对有志的青年学子提什么建议，我首先要建议的，就是抽时间去读西方哲学史，越早越好。尤其是，要趁你的思维能力还没有定型，还没有凝固化的时候。

问：这为您从新的视角重新解读历史提供了很大的帮助？

答：对，应该说，西方哲学初步培养了我反思历史的最重要的一种思考能力。反思历史就是要从复杂的历史现象中，去发现特别的意义，这种意义往往需要用新的概念才能表述出来。套用旧概念，你会无形地受这一概念特定的暗示路径引导，得出一些实际上很教条陈腐的结论。例如，等下我要谈的所谓的"资本主义萌芽"就是如此。重新建构新的概念，来分析历史，并通过新的概念与范畴来发现透视问题的新视角，往往会别有洞天。

在中学时期还有一点也很值得庆幸，那就是我还读了很多俄罗斯的文学作品。屠格涅夫、赫尔岑、托尔斯泰这些俄国文学大师的作品有两个特点，一点是知识分子的使命感、责任感，另一点是对社会困境、社会问题的追问意识。俄罗斯文学作品所蕴含的这两种价值信念，在英美文学中并不多见，但在俄罗斯文学中却有极为丰富的资源。俄罗斯文学同西方哲学一样，对高中时期的我也产生了潜移默化的影响。这种影响只有在后来才越来越显示出它们的价值。总之，在高中的时候，一个人的思维还没有完全定型，正好像是海绵一样，处于吸收知识营养的黄金时期，我从这两方面吸收了一些终生受用的东西。我以后对史学范式的新探索，也与此有关。

问：高中毕业以后，你进了工厂，与大学无缘，你是不是觉得是人生的挫折？

答：1965年，我从中学毕业后，由于家庭历史与社会关系复杂，没有考上大学，就分配进了工厂。不久后，"文化大革命"就开始了，现在看来，工厂那段生活，对于我理解中国现实具有不可替代的作用。当时的大学"停课闹革命"，学生是不能自由读书的，而在工厂里，工人是领导阶级，我们这些工人的业余生活反而相对自由，不受任何学习方面的限制。我可以说是如鱼得水，而且没有那种旧教育体制的束缚，也不受任何考试的压力，在读书方面完全可以说是天马行空，随心所欲，只要能找到书，就可以自由阅读与思考。

我们工厂在上海嘉定县，每天一下班，我就换上一身干净衣服，坐在宿舍里看书。从《通鉴纪事本末》、《唐五代词》、《南斯拉夫工厂自治批判资料集》，到《甘地自传》，甚至还有30年代出版的发黄了的《戴名世集》，以及一些旧版的社会学著作。厂里大家都知道三车间有这么一个青年工人，喜欢天天看书。厂里面的电工，为了节约用电，每隔一段时间都要到宿舍来剪多余的电灯头。也许我的学习劲头感动了电工们，我桌子上的电灯每次都能保留下来。现在想来，十二年工厂生活，这样似乎并无目的的读杂书，文学、历史学、社会学、经济学，等等，反而在不知不觉中，使我的知识面更为宽广，这有助于我运用不同学科的知识与理论来理解历史上的一些问题。对于历史学者来说，这无意中形成了一种也许是更为合理的知识结构。

我所在的那家工厂就在嘉定的上海科技大学附近。我常常一个人到那儿的阶梯教室中去看书，因为那儿蚊子少。当我一个人望着前方的黑板时，常常会产生这样一种遐想：如果有一天，我成为这样的教室中的一名大学教师，望着许多双充满求知欲望的眼睛，于是，我开始讲课了……我当时知道，这完全是一种幻想，谁也没有想到中国会粉碎"四人帮"，更不可能知道像我这样从来没有读过大学的人，居然会考上研究生，后来还真正走上了大学的讲台。支持我从事学术事业的，决不是功利上的考虑，正是在这种心境状态下，我每天都在下班后读上几个小时书。

到了"文革"后期，我开始有意识地转向中国古代历史，特别是明清史的研究。多年以来，我养成了一个习惯，每看一本书都要把其中自认为最精彩、最有启示的段落用四眼活页纸抄录下来，然后写上一段简要的读后心得。这些活页纸分类装订成册，就有几十本。十年里，我大概做了近百万字的读书笔记。这个习惯我一直保持下来，并把它介绍给学生。

问：艰苦的劳动之余还要花费大量时间去苦读，您学习的动力是什么呢？

答：对知识的好奇心。这种好奇心可以说是超功利的，我把它称之为"知识审美主义"。人们在知识的追求中，在运用学得的知识来解释未知事物时，往往会有一种自我实现的快感，孔子所说的"知之者不如好之者，好之者不如乐之者"，韦伯所说的"学术上的陶醉感"，爱因斯坦所说的"兴趣是最好的老师"，其实都是同样的意思，可见人类各个文明中，在超越功利的知识审美这一点上是相通的。正是这种读书的愉悦感，伴随着我度过那枯燥、单调和漫长的岁月，而我的思想也在思考与阅读中不断地长进。在"文革"时期，我根本没有通过读书自学进入大学深造的任何可能，我也根本不可能想象后来居然能考上研究生。读书的内在动力完全是这种超功利的审美追求。

可以说，每个人身上都有这种天生的超功利的求知欲。可惜的是，许多人的这个好奇心，或者说知识审美心，被那种唯功利的考试制度、被那个僵化的教学体制给扼杀了。我在中学时代也深受这种教育体制之苦。现在翻开中学时拍的旧相片，都能感觉到那种神情中透露出来的青年人不应该有的压抑感。离开中学后，由于没了考试的压力，那时我反而获得了一种放松的自由心态，可以按照自己喜欢的方式去读书求知。如果要我找出一个衡量教育制度成功与否的客观标准，我就会说，就看能不能在中学阶段培养学生形成一种超功利的知识好奇心并且让它一直保持下来。

如果问我，中学教育阶段，对于一个有志于文科事业的青年学子来说，最重要的是什么？在我看来，可以简单地概括为三条，思辨能力，知识审美，社会责任意识。有了这些东西，一个人在任何艰苦的环境中都会去求得自得之乐，他就会变成一架真正的求知的"永动机"，可以真正体验"一箪食，一瓢饮，在陋巷，人不堪其忧，回也不改其乐"的心境。读书、求知、思考给予我如此大的乐趣，我敢说，我从来没有体验过空虚的感觉，正如一个从来没有患过胃病的人，不知道胃痛的感觉一样。也许，正因为如此，我觉得这一辈子我都会是一个非常幸福的人。因为我已经不可能与读书生活分离开来了。

问：在你年轻时，有没有遇到过什么困惑或精神危机，或思想感到迷惘的时候？你是如何克服这种精神困境的？

答：我在工厂当工人的大部分时期，精神上还是十分充实的。也许，我确实有一种在求知中的自得之乐。然而，现在回忆起来，1974年，我似乎陷入了一场精神危机，那时我还在工厂当工人，我开始怀疑起来：这种读书与思考有什么实际意义？我甚至这样想，当我到六十岁在工厂退休时，那时我还会保持如此高的读书热情吗？如果这种热情随着年龄增长而消退，那么以后支持我的将是什么？

然而，当时接触过的几本书给了我很大的精神鼓励。我记得其中有苏联作家巴乌斯朵夫斯基的《金蔷薇》，这本书以极富诗意的笔调表达了对生活美的意境，其中有一篇文章回忆起《红帆》的作者格林在颠沛流离的生活中仍然保持着对生活诗意的理解，我至今还记得这样一句话"（格林）每天总是在垃圾堆上看着美丽的太阳升起"。

我还读过一篇梁启超谈自己"为而不有"的读书心得的文章，他特别强调读书贵在自得之乐。有一本美国70年代的畅销小说《海鸥乔纳森·利文斯顿》也深深地打动了我，其中表达的主题是"什么是天堂？天堂就是飞得尽善尽美"。

还有一本爱因斯坦的谈科学家人生观的文章，其中有一段话的大意是，每个孩子身上都有一种对知识的好奇心，这是一种超功利的对求知事物了解的渴望。如果这种朴质的好奇心在俗世生活中没有泯灭，而是在经历了苦难后仍然保留下来，那么在科学家身上就会发展为对宇宙秩序渴望认识的愿望。正是在那时，我从《论语》的那句名言"知之者不如好之者，好之者不如乐之者"中，体会到追求知识的自得之乐，乃是高于世俗生活中其他乐趣的至高欢乐。我相信这样的精神境界是古今中外的贤哲都经历过的，因而也是我们可以获得的。

另外，我还要谈到我当年对旅行的热爱。这里面既有平庸生活中浪漫主义的期盼，也有对现实生活了解的热情。其中最值得一提的是，1973年三个月的旅行，我从上海出发，到开封、洛阳、陕西乾县、山西芮城、风陵渡、西安、敦煌，又从阳关故址越过当金山口，从柴达木盆地到青海湖，然后再到四川的峨眉山，广西的柳州、桂林，湖南的衡阳，江西……记下了七万多字的旅行日记，拍摄了几百张黑白相片，结识了无数第一次见面又永远不再相遇的朋友。

那是一种永远美好的青春时代的回忆，我当时深受俄国作家涅克拉索夫的长诗《在俄罗斯谁能快乐而自由》的影响，也特别喜欢屠格涅夫的《猎人笔记》，高尔基的作品也给了我特别的影响。记得我在旅行日记的首页，写下了这样一段话："很多年以后，我会对那时的年轻人说，在70年代初期，我曾在祖国大地上漫游了两万里。"

"文化大革命"后期是中国人精神生活十分贫乏的时代，尤其是到了70年代初，人们对于狂热理想的信仰已经无形中渐渐地瓦解，而新的精神依着点却并没有找到。尤其是林彪事件以后，人们会隐约觉得社会终归会发生变化，不会再这个样子下去，但未来是怎样的，一个有思想的人如何迎接未来，谁也不清楚。我相信当时许多青年都和我一样经历过这样一个意义危机阶段。然而，我觉得自己是一个很幸运的人，从青年时代起，我就受惠于一种在中学时期形成的对知识超越功利的追求。这就使我能够不断地克服内心的精神迷惘，重新回归到一种更充实的精神生活。这种充实感使我能克服一个青年思想者的苦恼、迷惘，度过漫漫的"文革"长夜。

当我在学业上有了长进之后，命运也确实对我微笑。高考恢复不久，我就有幸考上了南京大学的研究生。我对朋友开玩笑说，当社会害怕知识时，我阴差阳错地变成了"领导阶级"中的一员，当社会重新对知识追求时，我又从"领导阶级"变为知识分子中的一员。至少我可以说，我没有刻意去追求功名。

如果说，我的青年时代面临的最大问题是，处于"四人帮"的文化专制时期，我们看不到求学的前景与希望，而在今天从事人文学科的研究生，却不得不面对世俗化对我们的冲击。我时常在想，在这样一个世俗化的时代，超越功利的知识审美精神，与我高中毕业以后的那十二年相比，同样具有沙漠里的甘泉一样的价值。它将使我在全民世俗化的潮流中，变成追求知识的"永动机"，得到人生的至高欢乐，正如我当年在车间里一样。当你进而感受到历史对于理解我们民族经历的苦难，对于理解现实生活，对于展望未来所具有的巨大价值并有所创获时，你就会感受到一个历史学者，一个人文知识分子价值的自我实现。

当研究生时的体会：认识你自己的学术个性

问：这个观点很有启发意义。那您接着谈一谈考研的经历吧！

答：我从来没有想到过自己会去考研究生，在"文革"后期，一个很偶然的机会，我有幸与南开大学的著名历史学家郑天挺先生建立了通信联系。他老人家在《文汇报》上发表了一篇短文，呼吁加强清前期历史的研究。我看了之后不揣冒昧，给他老人家写了一封信，说我是一个正在自学明清史的青年工人，在信中还谈了我的一些十分粗浅的看法。没想到老人家很快回信鼓励。我一直珍藏着他的这封信，从他的字迹可以看出老人家动笔已经有些困难了，字写得很大，文字也很简略，有一种写得很吃力的感觉。此后，我就与他经常通信。

"文革"结束以后，全国开始招考研究生，我收到了郑先生的一封来信，问我愿意不愿意去考他的研究生。当时我非常激动，我连大学都没有读过，根本没有想到过可以去报考研究生。由于郑先生的鼓励，我决定试一试。那几个月是废寝忘食的日子。几个月以后，我参加了南开大学历史系研究生初试；当初试已经录取之后，我再次来天津南开大学参加复试。在复试笔试开始前，我看到考场门口有一位白发老人，他轻声问监考老师什么，然后就走到我的桌前。这就是郑先生。我记得特别清楚，他走到我身边，拍拍我，表示了对我的鼓励。然而，后来很不幸，复试并没有被录取。

问：什么原因呢？

答：说来非常有意思，我的政治成绩给南开大学的批卷老师弄错了。成绩应该是85分，但批卷人却把正面的成绩50分忘记加上去，于是我的卷面成绩就变成了35分。这样，我的名次就跌到录取线以下了。不久后，郑先生给我写了一封信，他来信的大意是："你没有被录取，也许我比你还难过，希望你明年继续来考我的研究生，你是一个自学的学生，我知道你有很大的困难，但是，我是相信你的能力的，你需要什么书，我给你寄过来。"

然而，命运之神再次对我微笑，南开大学没考上，我的考试资料被转到了第二志愿南京大学元史专业，我本来以为不会有什么录取的希望，然而居然被南京大学录取了。我成为南京大学历史系著名元史学家韩儒林先生门下的学生。其实，这里面同样充满了偶然性：韩先生与元史研究室的其他几位老师，在收到天津寄来的我的考卷以后，当时就很奇怪，这个学生的政治成绩怎么就只有35分呢？然后一查，竟然少算了50分。他们对我深表同情，另外，我的俄文成绩非常好，92分，这也大大地帮助了我。元史研究室有大量的俄文资料，他们正需要一位俄文好的学生，将来从事这方面的研究。虽然我报的专业是明清史，但还是被破格录取了。在其中，郑天挺先生也起了非常大的作用。他特地写了一封推荐信给韩先生，韩先生是郑先生当年燕京大学的老同学。

问：您被录取了？简直是太幸运了。

答：我真的感到这时命运对我实在太好了。这种运气也许一般人，一辈子也碰不到。说实在话，我当时甚至连大学历史教科书是什么样的，也不知道，居然能考上研究生。记得在参加南开大学初试前一个星期，我曾请复旦大学的一个中年教师给我出几门模拟试题，拿到题目，我居然一门也答不上来。可以说，我被录取的可能性实在太小了。

命运真是在冥冥中帮助我，我记得那是临考前的最后一个星期天，我住在厂里，没有回家。厂图书馆里仅有的两三百本书里，正好有一本是胡寄窗先生的《中国经济思想史》，此书只有中册。我就把中册借出来，看了一整天，无意中记住了书中一些自己感兴趣的观点。而后来考卷中的四个题目，竟然有三个恰恰是我在这本书中读到过的，记得有一道考题是，"试分析从九品中正制到科举制的演变过程及其历史特点"，还有一个题目是，"从一条鞭法到摊丁入亩的演变过程及其原因"。当时答题的感觉就像是左右逢源，每次我给大学生讲起这件往事，整个课堂都会笑起来，事情就是那么巧。

然而，每次讲这个故事，我都没有忘记提醒学生们，这件看来极其偶然的事里，多少也有点儿主观方面的有利因素。我能够在一个星期天的时间里，注意到这本数百页学术专著中的一些有价值的观点，并把它们记住，而且能在试卷上用流畅的学术语言表达出来（我甚至能凭记忆，把我从胡先生书中读到的《剩余价值学说史》某卷某页的引文也抄录到考卷上）！这靠的是什么？靠的就是那近百万字的笔记。这也许是偶然与必然的辩证关系吧。我每次给新生上课时都要告诫他们，做学问的要诀，实际上就是一个死办法，那就是，习惯成自然地把你所看到的每一篇文章的重点或精彩观点记到活页纸上，同时写出你的读后感。这个过程至少有三个好处。第一，积累了学术资料与信息。第二，锻炼了文字表达能力。学术语言是一种特殊的语言，你在抄写、概述别人的观点时，你的概括能力就无形中磨炼出来了。第三，磨砺了你的原创性。因为每看一篇文章，你都得逼自己写下一些感想。当年记笔记只是自己对学术的朴素兴趣，没有想到从中磨出的工夫在考试时却派上了大用场。我常常觉得，人文社会科学可能是无师自通的学问。人们完全可以通过自学进入神圣的学术殿堂，关键是毅力与兴趣，只要你掌握了好的方法。

问：很有意思。您的俄文怎么学出来的？对一个在校学生来说，外文都是非常难的科目，您却能在工厂里学出这种成绩来，有什么独特的方法吗？

答：说起来也很简单。首先，是我喜欢外文，在整个"文化大革命"当中，我把一本厚达五百页文字的俄文版的《世界艺术史》硬着头皮啃了下来。在高中时期，我在外文旧书店购得一部十卷本的俄文版《高尔基全集》，当时只花了四块钱。这一套书整整伴随了我十二年。我一面看俄文书，一面查字典。考试以前，我根本用不着复习俄文，不但考了高分，而且考试的时候我还纠正了南开大学试卷上的两个错误，直接写在试卷上面了。

问：请你介绍一下在南京大学读研究生的情形，研究生生活中有没有特别难忘的情节？

答：到南京大学读研究生，对我个人来说，应该说是人生一个新的里程碑，是学术生涯的起点。我最感激韩儒林先生的，是他对我的宽容。他鼓励我去发挥自己的特长，按自己的个性去摸索治学的道路。韩先生是我国著名历史学家，他可以说是一个语言天才，懂得多国外文，又具有工程师一样的精密头脑。他的特长就是运用不同民族的历史语音比较的方法，来进行审音勘同，从而从波斯、阿拉伯的古代丰富文献中，发现蒙古人活动的历史资料，并运用这些异域信息，来弥补汉文文献资料的不足，并借此做出一些重大发现。然而，我却并不具有这样的禀赋与才能。开学以后大概不到一个月，他很快就发现，我和他的学术气质有很大的差别，但是他没有按照他的特点来重新塑造我。他与我有一次关键的谈话，大意是："我这一套东西啊，你不一定有兴趣，学了以后也未必用得上，用了也可能会忘掉。还不如走你自己的路。你喜欢看什么书你就去看，我相信你是能够走自己的路的。"这种宽容与学术上的自由放任，在当时是非常罕见的，韩先生主动地为我创造了一个自由学习与探索的环境。这个时期，我在南大图书馆，大约花了一年的时间，阅读了大量的历史学、文化学、社会学方面的书籍，甚至还读了一本俄文版的曼弗里特著的《拿破仑传》，这本书的历史叙事风格给我很大的影响。我可能是"文革"后入学的研究生里面最早接触西方社会科学研究方法的人之一。掌握了结构功能主义的研究方法之后，我回到元史当中来寻找一个适合我自己的课题。我开始研究元代的皇位继承问题。大家知道，宋朝之前的王位继承制已经非常稳定了，明清也是基本稳定的，但元朝却是特别混乱的。元代中期的二十四年当中出现了六次皇位更迭和宫廷政变。我试图用文化比较与结构功能主义的方法来对此现象做出新的解释。我注意到蒙古草原文化中的那种选汗制度传统与汉族王朝文化的嫡传太子制的继承传统，是两种完全不同的文化传统，然而这两种彼此异质的传统却重叠在元朝皇帝继承制度里。其结果是，蒙古贵族内部不同利益集团"各取所需"地或者坚持来自蒙古草原文明的选汗制，或者坚持来自中原农耕文化的嫡传太子制，争执的双方都可以宣称自己的主张具有合法性，于是这样就在各利益集团之间形成激烈的宫廷冲突。正是这两种不同的制度，造成了皇位继承制度的功能紊乱。我运用这种结构功能分析的方法与文化学方法，写出了硕士论文《忽里台制度与元代皇位继承问题》。当时我在研究生时期发表的几篇论文，其中有三篇后来被《剑桥中国史·辽金夏元卷》引用。这些成果表明我确实发挥了自己的特长，走出了自己的路子。如果韩先生坚持要我走他的路子，我可能一事无成。我在纪念韩先生的文章里写过这样一段话，大意是，韩先生有好多学生，也许我并不是他最满意的学生，却是最受惠于他的学生，正是他改变了我的命运。在研究生三年的生活中，我获得的一个重要体会是，学者一定要认清自己的学术个性，不要邯郸学步，不要东施效颦。你是举重的料，就别学跳高，并不是所有名师的那一套东西你都能学会的。

从革命史观到改革史观

问：您20世纪80年代曾经说变革时代需要变革的历史学，正如革命时代需要革命史学一样，能不能对此略做解释？

答：实际上，革命史是众多史学研究范式中的一种。所谓的范式就是解释问题的参照框架，这一框架决定了史料中什么是重要的，什么是次要的。革命史这种范式有其特定的政治功能，即在革命时代起到宣传动员大众起来革命的作用。要鼓动革命，势必要强调这个社会的阶级划分、阶级斗争，然后把近现代以来的复杂丰富的历史简明地解释为推翻"三座大山"、侵略与反侵略、压迫与反压迫的过程。严格地说，革命史学范式是革命意识形态思想动员的良好工具，在革命时代具有重要的政治贡献。然而，这绝不是对中国历史的唯一解释，更不是全部的历史解释。如果把它当作历史的全部内容或中心线索，就会忽视中国现代化过程中的一些十分重要的东西。

近代以来的中国现代化过程，也同样贯穿于百年中国的历史进程之中。中国近代一百多年以来的历史，实际上涉及到西方工业文明与东方农业文明两者之间的冲突，以及由此引起的中国现代化启程。这种冲突，是中国从鸦片战争、洋务运动、戊戌变法以来的一个非常重要的事实。我们现在已经进入了一个现代化时代，现代化的时代就面临很多现代化的问题。因此想知道这些问题的历史根源，当然就需要有新的反思，需要有新的视角，我们需要考察历史的新的理论范式，通过这种新视角与新范式从历史中获得有关变革的启示。原来推翻"三座大山"的理论模式，在革命时代起到了宣传革命、政治动员作用，而在变革时代就显得不够用了。而且，用革命范式来解释历史上变革的失败，往往会得出与事实完全相反的结论。

问：能否举例子来说明你的这一看法？

答：例如，80年代初期，《历史研究》发表了一篇老前辈学者范文澜先生的旧文，当时的"编者按"还说范老的这一篇文章，对我们有重要的现实指导意义。该文的大意是，由于宋朝是汉族地主阶级的政权，既然宋朝人民还没有力量推翻这一反动政权，那么作为兄弟新兴民族的女真、蒙古等少数民族，进入中原打败宋朝统治者，实际上就是帮助宋朝人民，因此是有进步意义的。我想，这是把革命范式予以滥用的一个典型例子。再按这个理论推下去，与"进步"的金兵战斗的岳飞，大概可以归结为"历史反动分子"之列了。另一个例子是，80年代一位现在已故的老前辈史学家写了一篇很有影响的论文，他是这样分析戊戌变法失败原因的：由于康有为等变法派依靠的不是人民，而是依靠一个"洋务派"的光绪皇帝，而"洋务派"在变法上是不彻底的，所以变法失败了。其实，只要稍知戊戌变法历史的人都知道，光绪在戊戌年七月十三日之后采取的改革措施之激进程度，已经连激进的康有为也无法阻止。康有为自编年谱也称："盖皇上勇决已甚，又无左右顾问，故风利不得泊也。"光绪皇帝在变法风浪中像一艘在急风中失控的飞驶的船，却被这位史学权威用革命史学范式解释为"洋务派"在变法上不够彻底。如此颠倒事实，真令人啼笑皆非。我从写《儒家文化的困境》那本书开始，多年以来，一直在思考的问题，就是要用现代化的政治学范式重新思考、梳理近代以来的历史。

问：如果以现代化的视角来审视中国近代史，您是否已经找到了一条明晰的线索？

答：近代我们受到西方的挑战，中国为了适应这个挑战，就自觉不自觉地进入了一个寻求现代化的过程。中国要走向现代化就需要一个政治载体，一个能承担中国现代化任务的政治载体。所谓的政治载体就是由特定的制度、政治精英、组织力量相结合形成的政治体制，并由政治精英按某种对现代化的理解，采取某种形式的政策来尝试推进中国现代化路径。换句话说，中国的现代化过程就是中国人在不断寻找这个合适载体的一个试错过程。我把19世纪后期到当下中国经历的现代化历史，简要地概括为中国现代化中的六次政治选择，也可以说是在这一方面正在进行的探索。

从洋务运动开始，戊戌变法、清末新政，直到今天，中国可以说经历了六次政治选择。具体来说就是：慈禧模式——开明专制；孙中山模式——议会民主；袁世凯模式——强人政治；蒋介石模式——国民党的国家主义新权威主义；毛泽东的计划经济的全能主义模式，即将政党的力量渗透到社会的各个细胞，用这个方法来推进计划经济，但是它却排斥市场经济；第六种就是邓小平模式，我把它概括为后全能主义的、社会主义的权威政治模式。这六次选择就是运用政治学的方法，运用现代化理论来予以的解读概括。我把这六次政治选择看作是现代化范式下的中国近现代史的基本线索。

问：中国现代化的合适政治载体应当具备什么样的条件呢？

答：我觉得，能够有效推动中国现代化的政治体制，或是政治选择，它应该符合三个条件。第一，在现代化的起步阶段，它本身应该有督导功能，它应该是一种具有现代化导向的开明权威政治体制。第二，有市场导向性，更确切地说，它应该是一只在创造市场经济这只"看不见的手"的过程中的"看得见的手"。第三，它应该有适应环境变化的制度创新能力。如果我们用这一标准来衡量百年历史上经历的各次政治选择，我们可以发现，作为中国现代化的第一次选择，以洋务运动、戊戌变法与清末新政为标志的清末传统政体下的制度创新运动遭到了失败，其原因就在于，清王朝的专制政体，在应付现代化挑战的过程中，缺乏转化为开明权威体制的制度创新能力。在多次战争失败以后，它的权威资源也丧失了，清末新政时朝廷就陷入了权威危机，所以它就走向了崩溃。作为现代化的第二次选择，辛亥革命以后建立的议会民主政体，确实具有市场现代化的导向性与对外开放性，但这种多党体制，缺乏权威整合的能力，缺乏对社会强有力的督导功能，从而出现难以克服的失序危机。议会协商式的整合方式，必须以多元利益主体的充分发展与对游戏规则的自觉内化为前提，这种整合方式在中国现代化的早期，显然是行不通的。当时的政治家把西方的那一套直接搬到中国来，完全没有考虑到西方的议会民主制度需要很多条件的支持。结果，整个社会就陷入了一种秩序失控状态。所以，第二次选择也失败了。

作为中国现代化的第三次选择，即袁世凯的强人政治，它有市场导向性，也有权威整合能力，但它的权威整合的组织凝聚力极其脆弱，因为袁世凯的权威政治组织方式是以"恩主—受保护人"的私人效忠为基础的，袁世凯政权实际上靠的就是庇荫网的私人朋党关系。一旦陷入权威危机，整个政治载体就很容易陷入瓦解，走向军阀混战的北洋时期。此后，蒋介石的国民党权威体制，可以看作是中国现代化的第四次政治选择。国民党权威政治模式的内部结构，要比袁世凯的军事强人模式有更强的组织动员力，但仍然保留着上述这种庇荫制结构，所以它的组织能力、内部凝聚力，还是不足以应付日本侵略造成的全面危机。它在抗战后迅速的腐败，与此种组织结构的松散性、脆弱性有关。所以，它也失败了。毛泽东模式的特点是国家全面控制社会，在所有已采取的现代化模式中，它是最有动员能力的一种体系，但它完全排斥市场经济。通过排斥市场经济来推动现代化，这显然行不通。

邓小平模式是中国现代化正在经历的第六次政治选择，相对于过去的五种模式而言，它更符合我们所分析的以上三个条件。一方面它具有市场导向性，这是毛泽东模式所没有的；另一方面它又具有权威整合的强大能力，这是中国以往所有权威体制所不具备的。它把毛泽东模式的组织资源，运用来巩固它转型时期的秩序，全能主义的政治制度与意识形态，通过转型而被继承下来，这些政治遗产被用来推进改革，并巩固现存秩序。这是一种强势的开明的新权威体制，从这方面看，它有非常大的优势。当然，我们这个体制还必须吸取五次选择失败的教训，特别要注意不失时机地进行制度创新，防止出现弥散性的腐败，才能保证现代化的成功。你可以注意到，这种对百年史的解释范式显然不同于革命范式，但它并不与革命范式相冲突。它从现代化理论与发展政治学中吸收了一些概念工具，并形成自己独特的观察视角，把组织动员力、现代化导向性、意识形态凝聚力、对环境变迁的适应性作为观察历史现象的框架。我们正处于中国历史上最重要的变革时代，这个时代需要我们历史学者从历史中寻找新的视角，提供改革者理解现实的历史经验与思想资源。如果到了21世纪，还要以革命史学作为观察历史的唯一视角，甚至排斥从变革角度来思考历史，那就会不自觉地陷入故步自封、画地为牢。历史学同样需要与时俱进。我还要再重复一遍，我这么说决不是否认革命史学的政治贡献。

问：似乎现代化或者现代性，是在西方文化中首先孕育出来的东西，而中国的东方文化只是与其相遇之后被迫"应战"，才开始了现代化的进程。就您对中国文化的研究来看，如果没有受到西方的冲击，中国在高度封闭的文化体制下能不能走出一条有自己特色的现代化道路？

答：应该这么说，历史上没有出现的东西，我们不能假设。但是，从结构上来分析，儒家—专制官僚体制，其内部结构确实具有反现代化倾向性。我觉得我们的文化基因当中缺少现代化的因子。实际上，中国传统文明与西方文明完全是性质不同的两种文明。中国文明的核心思想，用王国维的那四个字，我觉得概括的最清楚："求定息争"。

问：防争泯乱，求定息争？

答：前一句是严复说的，两句话结合起来，就是中国文明的一大特点。这是以维持等级秩序稳定为最高目的的中央帝国文化。中国文明的基体是，大一统，同质性，纲常等级性，名教禁忌性，对任何微观个体的异动与变异予以扼制，一定要遏制社会的新生事物，将其视为异端。这就是"防争泯乱，求定息争"。而发源于西方的现代化过程，是在一个多元性、小规模、分散性、竞争性、开放性、流动性的地理环境与人文环境中发育起来的。自主的个体在彼此竞争的过程中，形成不断试错的过程，在这个试错的过程中会出现一些有活力的、具有竞争力的新的文化变异、经济变异与政治变异，正是这种变异，形成了有利于资本主义的新生事物与制度，其他个体为了在竞争中求生存的需要，则纷纷仿效，于是形成广泛的示范效应，新事物就由点到块，由块到面地扩散。欧洲文明就是这样，通过试错、竞争、示范、扩散，从而从中世纪走向现代化的。这种情况之所以能在西方出现，我从结构主义角度来分析就是由于西方社会的小规模、多元性、竞争性、无边界性。

其次，严复很早就注意到中西文明这一根本差异。严复说，欧洲的情况是"一洲之民，散为七八，争雄并长，以相磨淬，始于相忌，终于相成，各殚智虑，此日新而彼月异"。严复认为，这一特点，正是西方文明通过竞争保持生命力的关键。西方无数小的共同体是多元共存的，相互竞争的，而且它们之间没有妨碍彼此沟通的边界。欧洲很多的公国、侯国中，当有一个地方，比如尼德兰，出现了一种最有利于资本主义发展的环境，然后，把其他国家的商人吸引到那里去了，于是经济就发展起来，而其他国家看到那里经济发达起来后，自己感到了压力，就开始拼命地学习那里的制度。在学习过程中，各国的经济都水涨船高地步向资本主义。总之，西方社会的小规模、多元性、竞争性、无边界性，这样一种体制结构，就决定了它在试错、反弹的过程中会逐渐出现一个最有竞争力的共同体。当某个先进的区域共同体出现之后，其他共同体为了竞争需求，也拼命仿效，由此形成了一个资本主义飞快发展、传播的局面。西方文明的这一特点，是与中国自秦汉以来的大一统、板块同质性、封闭性、抑制竞争性形成鲜明对比的。

中国的大一统，在文化上必然要求实行"防争泯乱，求定息争"的原则，基本上不允许任何多元、异质的东西存在。从秦代开始，车同轨，书同文，一直到汉武帝时期的独尊儒术，都能很好地说明这个问题。因此，中国为什么不能发展资本主义是可以从结构上解释清楚的。

问：在对中国传统文化的评价问题上，您是否同意新儒家的观点？

答：如果人们要理解什么是新儒家，我倒有一个简明的说法，那就是，由于中国文化缺乏宗教，新儒家学者实际上是力图把儒家思想予以宗教化、浪漫化、审美化，使之变为一种"新宗教"，以此来满足中国人对人文宗教的精神需求。正是在这个意义上，新儒家有其特殊的宗教功能，包括宗教能够提供的修养、精神慰藉的功能，但无法提供科学认知功能。如果你以新儒家作为认识中国历史的思想工具，那就大错特错了。新儒家学者为了重塑民族自信心，往往会曲解历史。它不能务实求真地、客观地去分析中国文明当中的一些根本弱点，其原因就是把信仰功能与认识功能错位了。这一点可以从钱穆先生身上体现出来。他越到晚年，对中国文化当中有碍于现代化的东西越是不谈，甚至完全是加以美化。

中国人在遭受西方文明的冲击过程中，深受挫折，常常感觉到缺乏一种精神的支撑点。因此，新儒家强化对中国文明、对儒家文化的敬意是可以理解的，但不太重视，或者回避中国文明自身的缺陷，甚至完全否认中国文明中的一些弱点，实际上是采取"鸵鸟政策"，很难有什么真正意义上的学术建设，因为学术的本质就是要客观求真。在这一点上，我特别钦佩严复在20世纪初说过的一句话，"非新无以为进，非旧无以为守"。前半句话，反对的是中国现代化过程中的原教旨保守主义，后半句话，反对的是西化的激进主义。从这一角度来看新儒家，我们就会比较出严复对中国文化的认识，对中国文明前景的展望，与新儒家相比，确实有着高下之分。

问：那么，一个民族的自尊心应该建立在什么基础上呢？

答：这个基础就是热爱自己的民族，但并不否认或掩饰它的缺陷。这完全是两个概念。爱自己的母亲，并不能因此就说自己的母亲没有缺点。我觉得新儒家在这方面做的不够好。如果像他们说的那样，我们的文明完美无缺，那我们又怎么解释中国文明在近代越来越落后这一事实呢？完全把落后归罪于西方的侵略是不行的。

我曾经看到过19世纪中期外国传教士在云南地区拍的一些照片，那个时期从精英到民众的精神面貌是如此的麻木迟钝。当时感觉特别强烈，这些相片比什么新儒家的说教更能说明问题。在这个封闭的、大一统的环境里面，这个文明确实已经如同古埃及与古印度文明一样衰败了。在鸦片战争以前，中国文明实际上已经走向了衰落，没有必要用"资本主义萌芽"来文饰这个衰落的文明。

从改革视角反思戊戌变法

问：传统教材观点认为，戊戌变法是一场保守的改良运动，因为它缺乏反帝、反封建的勇气，并且这种改良运动在封建社会中是行不通的。这种说法是否恰当？

答：我觉得这个解释是自相矛盾的。既然是改革，就不应该用革命标准来要求，改革就是传统政体下的一种制度创新，就是旧瓶装新酒。变法就是在保持历史制度连续性的条件下的变迁过程。改革不同于革命，不能用革命的思维方式来解释改革，否则所有的改革都会变得没有意义了。至于说变法失败是因为变法者缺乏革命者应该具备的"反帝、反封建"的勇气，实际上就是把后来时代的要求，来套用于古人。这就如同说，岳飞之所以没有打败金兵，是因为岳飞没有使用冲锋枪与坦克。这在逻辑上本身就是很荒唐的、无稽的。其实，日本明治维新的政治精英们也并没有彻底的"反帝、反封建"勇气，然而他们却在改革上成功了。你如何解释？

戊戌变法就是一场在开明皇帝的引导下进行的制度创新，进行传统内部的自我蜕变和演化的改革，不能用革命的尺度来谈这个问题。如果把历史上所有的改革都因为不够"革命"而否定掉，那么改革本身就失去了它自身的合法性。历史上成功的改革又如何予以解释？用"革命"的彻底性来要求改革，那就必然导致改革激进化，并导致失败，反过来，又会进一步得出错误结论，说改革失败是不够"革命化"，这种思维方式对我们今天的改革又有什么好处？岂不是"搬起石头砸自己的脚"？如果是这样，那么明治维新为什么能够成功，俾斯麦的改革为什么能够成功？到现在为止还有人抱着这种观点，我觉得我们的意识形态史学实在是根深蒂固。改革成功的逻辑就是循序渐进，步步为营，稳扎稳打。用革命范式来解释改革，会破坏改革的逻辑。

根据我多年来的研究，实际上戊戌变法失败的原因决不是它过于保守，而是恰恰相反，是由于以康梁为代表的变革精英们过于激进，它是长期以来的文化僵化造成的一种反向历史运动。更具体地说，是在专制失败之后，在危机感加深的情况下，毫无经验的改革者，在焦虑心态的支配下进行的改革，是所谓的"狗急跳墙"式的激进改革。那种改革，注定是要失败的。他们实行的所谓大刀阔斧的改革实际上根本没有顾及到当时的客观历史条件。这些以往几乎没有当过一天官的书生们，突然得到同样处于焦虑感压迫下的皇帝的信赖，于是在三个月里鼓动皇帝发布了一百多道改革上谕，而那些圣旨互相之间都不配套，又缺乏必要的社会条件来支撑。这些暴风骤雨似的举措把许多温和的改革者也推到了保守派一边，结果改革派陷入了孤立状态。

一场改革，总是由改革派、温和派、有限支持改革的既得利益者、极端保守派四部分构成。一个成熟的改革者，应该团结温和的改革派，中立既得利益者，形成在任何一个措施的推行过程中，都能得到多数人支持的格局态势，然后，改革才能进一步向纵深推进。大刀阔斧的、激进的、不切实际的改革，只会大范围地触犯广大官员的利益，使后三种人出于不同的目的而聚结到反对阵营里来。在戊戌变法当中，有很多这方面的教训。实际上，这场改革未能成功，原因就在于整个战略、策略的失败。

康梁改革派是怎么样的呢？他们都是体制外的改革分子。除了谭嗣同是一个候补知府外，其他人都只有在学堂讲学、山林隐居的经历，却又是自以为什么都懂的书生，康有为满脑子佛教救世主义的浪漫想法，却要在复杂的官场进行一场世俗的变革，怎么会不失败？一个从未进过官场的人，怎么能够领导官场体制内如此重大的改革呢？他没有经验，没有组织资源，也没有威望，如果不失败那倒是天下怪事。

问：既然维新派并不保守，那么我们应该如何看待慈禧太后对改革的态度，能否把她看作一个极端保守、对改革百般阻挠的角色？另外，把保守势力的阻碍看成是改革失败的主要原因是否恰当？

答：客观分析慈禧太后在中国近现代史的地位，她不属于那种顽固守旧派，不能把她脸谱化。其实，在传统政治中，慈禧是一个非常精明的女强人。她在同治中兴期间就表现出了一种常识理性，最早支持了洋务运动。她1878年在接见赴英公使曾纪泽时就说过：我们中国总要一天天强起来。她已经有了这种朴素的改革意识。她在变法以前，看到了康有为奏折中的"求长安布衣不可得也"，就对康梁不怕死的改革精神表现出相当的感动。应该注意到，没有慈禧的默许，变法改革根本不可能进行。但是她有她的底线，就是改革不能触动祖宗的家法，不能对现存的体制作过大的变动，以至于影响内部的稳定。严格说来，她支持变法，但有自己的底线。总体而言，她是一个支持有限改革的既得利益者。当然，她毕竟是宫廷生活中缺乏世界眼光的女流，但这并不是变法必然失败的根本因素。

改革的要义，就在于在边际条件内进行制度创新，即在不直接触犯既得利益者的前提下，小步的、稳定的、潜移默化的进行，然后再靠改革的成果，逐渐改变人们的观点。现在的问题是，维新派过于激进的改革，不但触动了顽固派，而且连既得利益者与温和的改革派都被触动了，结果后三者结合成反激进派的"神圣同盟"，改革怎么可能不失败？我们不应该把那些主张渐进变法的改革派一律说成是顽固保守派，更不应该把改革的失败完全归罪于保守派的阻挠。保守派的存在本身就是绕不过去的事实，这是任何改革者都必须首先考虑到的，你无视他们的存在，结果自己失败了，那是你水平不够，怪不得别人。当一个人在河里游泳淹死了，我们的结论应该是这个人不会游泳，而不能说水会淹死人。水会淹死人是个常识，你没这个常识，淹死了怪谁呢？慈禧和那些人的存在，本身就是现实，你没有处理好与他们的关系，那是你自己的问题，而不能说，他们的存在是你失败的原因。有兴趣的朋友可以读一下上海三联书店出版的拙著《危机中的变革：清末现代化进程中的激进与保守》。书中比较详细地讨论到这些问题。

慈禧太后支持改革，但以不触动她的底线为条件，这种条件对改革者来说是可以接受的，并不是做不到的。而康梁呢，改革以什么为先呢？按照康有为的说法，开门见山地提出要把六部撤掉，还要杀一两个一二品大臣，"则改革成矣"，这样就把中立派也逼到自己的对立面上去了。

改革应该是润物细无声，而中国清末改革的不幸在于，在早期的改革者身上发生了角色错位：康本来应该是一个改革者，而他的焦虑心态却自觉不自觉地走向"革命思维"。康有为说，传统体制已经是朽木粪墙，"别立堂构，乃可托庇"，这不是革命思维是什么？实际上，中国当时并没有到他说的"拆房子"的程度。

问：还有一个普遍的想法，如果袁世凯按照康有为的计划发动政变废除慈禧的话，这场改革或许就能成功。这个假设能否成立？

答：毕永年是帮会的杀手，被康有为召到北京参加拟议中的政变，毕氏后来跑到日本使馆，写了一份戊戌变法的回忆录。这份史料80年代被我国学者从日本外务省档案里找到了。康有为安排他打入袁世凯的军队，要他在袁军里暗中召集一百个敢死队员，计划是，当袁世凯包围颐和园的时候，瞒着袁世凯去把慈禧杀掉。如果我们假设所有的事情都是按照康有为的愿望实现的话，最后的结果是什么？其实你一想就会知道，毕永年杀慈禧以后，袁世凯为了保护自己，首先会把毕永年一伙人以"弑君罪"的名义杀掉，以表明他与弑君者划清界限。然后，袁世凯会进一步再把康梁以同样的罪名杀掉。只有这样，袁世凯才能表明自己的"清白"，并以此保存自己政治上的合法性、正当性，剩下的光绪才真正成了袁世凯的傀儡。到那时，袁世凯真的可以提前当皇帝了。

事实上，政变这件事情在当时也是根本不可能成功的。袁世凯为什么拒绝参加包围颐和园的政变？首先，因为他在军事上根本做不到，他只有七千人，能打仗的不过六千人，而当时在北京城内和郊外有比他多二十倍的禁卫军。第二，他的军队平时没有子弹，要子弹必须通过荣禄，如果这时向荣禄要子弹，马上就会暴露。第三，从天津小站到北京有一百多公里，当时已经有电报了，军队一调动，北京那边马上就知道了。所以，要袁世凯包围颐和园，在军事技术上完全是不可能的，这一决策是根本不懂军事的康有为的纸上谈兵。第四，袁世凯本人从来就不同意这些改革者的激进做法。袁世凯是一个老成稳健并且富于政治经验的人，他认为维新派的激进做法都是儿戏，严复虽然对变法六君子被处死充满同情，但对康梁变法说了八个字："书生误国，庸医杀人。"可谓高度概括。

清末新政的再反思

问：庚子国变之后，中国危机严重。虽然清政府没有立即进行大刀阔斧的改革，但是毕竟派大臣出洋考察，实行了预备立宪。为什么这场改革也以失败告终？

答：清末新政一开始，条件比戊戌变法更有利，因为它是按最高统治者的国策进行的改革，而且改革的核心是庚子国变以后军机处的一些温和派或稳健派，而不是保守派或激进派，按理说是有利于改革稳健进行的。但是日俄战争之后，中国人产生了一个普遍的错误观念，认为日本战胜俄国是因为日本实行立宪制，而俄国实行专制制度。中国要富强必须立宪，这是他们的共识。

然而这个共识却是错误的。日本并不是真正意义上的立宪，那是打着立宪幌子的开明专制。日本学者自称为"伪立宪绝对主义"，实际上是一个中央集权的过程，即把地方权力集中到中央，而不是通过立宪把权力分散到地方。相对于以前的幕藩体制，权力反而集中到开明的明治天皇手中了。而中国呢？为了学立宪却学到了英国的分权制立宪，即把权力分散到各省，清末筹备立宪是一个不断弱化中央集权的地方分权过程，结果导致地方政权中形成一个个尾大不掉的地方实力派，他们在省咨议局获得了前所未有的利益与权力，与中央分庭抗礼。分权的结果还造成了政治参与的急剧膨胀与爆炸。"政治参与爆炸"是政治学中一个重要的术语，是指在短时间内大量的人涌入政治场所，每个人都向政府提出自己的要求。政府不可能在短时期内满足这些要求，于是引发了群体性的挫折感与不满情绪，最后形成革命。在现代化的过程中，尤其是改革初期，要特别防止政治参与爆炸。因为政府在改革刚刚开始的条件下不可能一下子满足这么多的要求。它会造成严重的社会挫折感，危及社会稳定。

也就是说，日俄战争影响了清末立宪进程，造成的结果不但是地方权力过大，还造成了地方政治参与爆炸，出现了政治上的危机，威胁到了政府的改革。但是唯一能控制局面的两个人，慈禧太后与光绪皇帝，在1908年又几乎同时死掉了，权力到了政治上无能、也没有魄力的"老好人"摄政王载沣手中，于是政府借以推行改革、实施社会控制的权威也就不复存在了。社会陷入失范，改革自然就没了下文。

问：这种政治参与爆炸有什么具体的表现吗？

答：保路运动就是一个非常明显的例子。清末铁路修筑权收归国有是符合后发展国家改革逻辑的。原来的铁路民营化是一个错误。老百姓没有那么多的钱，地方各自为战，缺乏全国范围的统一标准和规划，结果造成了大量的各自为政，半途而废。更重要的是，集资款被民办铁路股份公司挥霍贪渎一空，造成重复建设、铁轨无法统一型号等大量的不合理现象。无论是德国、俄国，还是日本，所有这些国家，铁路的修筑都是由国家来控制的。清末提出的这个路权收归国有，由国家建造铁路的国策是正确的。

国家利用优惠的外国贷款，按票面额付款把地方私人股票收归国有，像湖南、湖北、广东，就是如此。然而四川呢？国家不愿意对四川民间铁路公司的股票采取对其他省份的办法。因为当时四川的铁路股票已经大大缩水了——四川民营铁路公司或者由于贪污，或者由于投机，例如拿股票到上海交易所去买墨西哥橡胶股票，令股票大为缩值。盛宣怀的想法是什么呢？他说："我不能拿全国老百姓的钱来赔你们自己失误所负的债。"从这个道理上讲，很对，但是遭到了地方既得利益者的极力反对。为了达到这个目的，他们就与革命党串在一起，提出了"路亡国亡"的口号。清政府没有自己的宣传部，没有办法把自己的道理讲给老百姓。而当时的人们只能看报纸，而报纸又掌握在这些地方士绅手里面，所以产生了舆论误导。结果老百姓误认为把铁路收归国有就是卖国，并且到处集会示威，并通过各地方的咨政局不断向政府施加压力，掀起了保路运动。这种政治参与爆炸，导致政局失控，并为辛亥革命的爆发提供了契机。

其实铁路收归国有，与卖国根本不是一回事。你看一下，盛宣怀与外国银行签订的铁路借款条约，第一，不附带任何政治条件；第二，不用路权作为抵押，是很安全的；第三，利息很低，可以说是低利优惠贷款。但是我们却把它说成是卖国条约，是不对的。

问：您在《危机中的变革》一书中用了一章的内容来分析清末改革中出现的条件论和危机论之争。清末新政首先实行了预备立宪，而不是像危机论者所主张的那样，从当时的危机情况出发立即实行立宪政治。其目的是不是与培育改革的条件有关？

答：对，但预备立宪的日期，还是在激进派的压力下，不断地压缩，原先是打算用九年的时间预备立宪。但是，即使是九年也不能满足当时人们的愿望。在当时的激进主义者看来，立宪制是一个好制度，只要把这个制度拿过来之后，就能够自然地产生好的效果。打个比喻，立宪只是一件雨衣，穿在洋人身上能避雨，把那个雨衣脱下来穿在自己身上也能避雨。这就是当时人们的看法。

其实，西方的立宪制度是与它的经济结构、文化结构、政治体制和社会结构紧密联系在一起的，是受这些条件支持的，而中国没有这些条件。打个比方说，西方立宪制是附在西方人肌肉上的一层皮，这个皮是与肌肉、骨骼、血液联系在一起的，这样它才有活力。中国把它直接拿过来使用是行不通的。

所谓条件论，就是要在中国逐渐培育支持立宪制的社会条件。只有这些条件具备了，立宪制度才能真正得以运行。所谓的危机论就是，它是好制度，可以直接产生效果，危机越深，我们就越需要把它拿过来直接使用。这是无条件的。于是，这种主张就变成激进主义了。激进主义思潮在当时影响了绝大多数人，成为主流。几乎所有的人都认为，立宪制是不需要条件的。

当然，在一百年之后的今天，大家都认识到立宪制不能是无源之水，但是这个认识过程非常困难，即使是在20世纪80年代，中国的大部分知识分子还是持那个所谓的危机论观点，很多人就是认为西方的东西都是好的，搬过来都是能用的。所以，清末新政时期出现的条件论与危机论之争不仅是一个学术问题，它实际上牵扯到一个后发展国家、一个屡遭挫折的民族常常难以避免的一种思维定势。危机论的想法实质上是制度决定论的一种表现，是不够冷静的。而条件论呢？则是一种正确的思维方式，它注意到了东西方文化的不同，知道制度与文化应该有机地结合在一起。

问：在大家看来，1905年废除科举制度是一种对腐朽的传统文化进行釜底抽薪的重大举措，必将对中国的现代化产生重大的正面影响。请问，您是如何看待这一问题的？

答：科举制度已经无法给中国培养适合时代要求的人才，科举制的废除势在必行。但是教育制度的改革一蹴而就，不留缓冲的余地，必然会对当时的社会造成巨大的冲击。

在科举制度废除之后，清末、民国初年的都市里充满了一大批无法就业、对前途深感失望的青年知识分子。这些处于游离状态的人们，由于社会地位的不稳定、前途的渺茫以及心理的失落感，往往急速地涌入政治场所，纷纷竞争官场，以争取权力、地位和机会。这在清末民初形成了政治参与爆炸的巨大压力。革命的情绪也最容易在这一大批游离状态的青年中滋长起来。这必然要对政府的权威和政局稳定产生很坏的影响。

客观地讲，科举制度有它独特的优点。它有一种能够消解挫折感的机制，应试者永远有机会就不会绝望，从而就不会反对现实社会。另外，本来城市与农村是联结在一起的，没有什么大的差异。但从科举制度废除之后，士绅阶层也消失了。原来农村的士绅阶层，起到了保护农村文化生态平衡的作用。他们办私塾，作为农村利益的代言人与官府谈判，在一定程度上保护了农村的利益。此外新式学堂都建在城市里，农村的文化精英就被城市吸走了。农村开始了一个智力、文化枯竭的过程，一个文化生态不断退化的过程。再加上城乡剪刀差，严密的户籍制度，城乡的差距就越来越大了。可以说，农村精英人才单向地向城市流动的过程，从1905年开始，到今天已经整整一百年了。这种恶性循环至今还在加剧。这里的经验教训十分值得注意。

问：您曾经指出中国现代化过程中出现了保守派与激进派之间两极对峙的现象，二者不断斗争，从而造成了一种震荡和政府权威资源的丧失，导致改革的失败。促成两极对峙的原因是什么呢？

答：这是一个很有意思的问题。为什么中国能形成两极对峙与震荡呢？中国传统文化主导的价值体系的综合反应能力是非常欠缺的。自古以来中华民族都是向外辐射、传播自己的文化，从而形成了一种"阳光文化"的文化心态和思维定势。因而，在面临异质文化的挑战时，它就会体现出一种顽固的文化惰性。

另外，中国官学化的儒家意识形态身兼掌管政治秩序和道德秩序的双重功能，结果走向了宗教化、信仰化。中国的传统文化和政治精英总是把他们心中的"圣学"看作是超越时空、垂宪万世的大经大法。他们面对西方文化信息的冲击时，总是无动于衷。我在《儒家文化的困境》当中举了一个例子，19世纪90年代甲午战争的时候，梁启超跑遍了整个北京城也没有找到一张世界地图。

这不就是一个很好的证明吗？

中国文化的保守性、僵滞性导致社会民族危机不断加深，必然激发一种病急乱投医的激进主义思潮。而激进主义造成的动荡，或者对现实、对传统、对政治文化秩序的冲击，会激起非理性的保守主义反向运动。这种反向运动，又使中国陷入了进一步的危机，反过来又引起另一波的激进主义与之对峙。这样就会造成了两极震荡，这种保守与激进的两极震荡实际上是一种极端保守、僵化的文化上的"因果报应"。一部清朝的改革史实际上就可以看作是由于僵化保守的文化难以适应现代化的挑战，而引起的政治力量两极化并不断冲突震荡的过程。只是到了邓小平改革时代，中国才摆脱了两极震荡，回到了稳健、务实的改革中来。中国人等这一天等了一百年。

自我边缘化：学者在市场化中的安身之道

问：如何看待人文学者在社会上的作用？《文摘》杂志上有一篇美国人写的文章说，人类的知识有强势与弱势的知识两种，弱势的知识是指那些在社会上没有实际用处的知识，在社会上因此也难以找到好的工作，如果一个人不幸以人文学科这样的弱势知识学科为职业，那就等于慢性自杀。对这个问题如何看？

答：由于美国是最发达的市场经济的社会，人们不自觉地把现代化过程看作是与美国文化看齐的过程，对这种充满商业气味的议论往往丧失了必要的警惕。这种把有用知识说成是强势知识，把市场社会中"无用"的知识说成是弱势知识的说法，使我想起了托克维尔当年在《论美国的民主》中对美国世俗文化的深刻批评。一个世纪以后回顾他的批评，看来仍然有现实意义。托克维尔说美国文化中有两个特点，一个是"多数人的暴政"，一个是"物质主义的暴政"。

把托克维尔的说法引申出去，大体上可以这样说，市场化的文化特点是，世俗社会中的多数人的文化口味永远是低于精英水平的。多数人的审美情趣，在市场导向下必然成为电视制作人选题的标准。现在的所谓"四大俗"说到底就是这种"多数人的暴政"与"物质主义的暴政"相结合的表现。在这种商品化的文化气氛中，任何精英思想、理想主义都会在金钱主义霸权下受到排斥。我们可以设想一下，如果人类永远沿着这种商品化历史潮流发展下去，人们的文化品位无疑会变得越来越低俗，形成一种恶性循环。人类会变成一个越来越像经济动物的物种，这难道就是人类文化的前景写照？如果以市场导向作为评价人类知识强势弱势的标准，那么，柏拉图、亚里士多德、屈原不早就被扫入垃圾中了？难道你们同意这是事实吗？车尔尼雪夫斯基的一句话始终是我生活中的座右铭，他说："一个人真正的生活是精神生活。"

如果知识分子也向这种美国式的市场导向主义完全缴械投降，以"市场口味"之是非取舍，为人文知识价值判断的唯一尺度，那还能算人文知识分子吗？知识分子是人文价值的承载者。人文价值体现了人类最深邃丰富的精神境界，它决不能化约为其他标准的附属物。一个真正的知识分子在日常生活中是一介草民，但在精神境界上应该追求一种"知识贵族精神"。

这使我想到一个问题，为什么中国这样一个具有古老文明的国家在门户洞开以后，对这种世俗文化上的欧风美雨缺乏抵抗能力？也许与中国文化中缺乏宗教关怀有关，一个缺乏终极关怀的文化，一个缺乏宗教感所培育的对自然与神圣事物敬畏之心的民族，一旦突然被淹没在市场经济之海潮中，往往会丧失对精美知识的感受力。我们这个民族，宗教感上的先天不足，除了把政治意识形态文化作为精神追求的代替品之外，很难产生真正意义上的知识贵族精神。这里指的知识上的贵族精神，实际上是一种知识审美精神，一种超功利的知识价值观。

虽然，中国传统儒家文化中确实有这样的精神元素，例如，《论语》中说："子闻韶，三月不知肉味"，"朝闻道，夕死可矣"，"知之者不如好之者，好之者不如乐之者"，"饭疏食饮水，曲肱而枕之，乐亦在其中矣"，都体现了中国人文传统中的超越功利计较的知识贵族精神。

为什么中国传统文化中这种精神资源对我们后人失去了吸引力？这个问题本身就是值得研究的大课题。也许，在我们民族未来文化复兴的时代，这种传统价值可以成为抵挡过度世俗化对我们民族进行精神侵蚀的精神资源之一。这种观念与价值完全不同于把一切知识按市场价值来进行换算的市场拜物教。

当然，这里还必须指出的是，知识上的自得之乐并不是获得人生幸福的唯一条件。知识分子，尤其是中国知识分子，必须有一种能与外在资源接通的源头活水，否则他的内心资源也会像古井水一样很快枯竭。我想，那个外在的源头活水就是自我承担的社会责任感。我理解张载的那句名言"为天地立心，为生民立命，为往圣继绝学，为万世开太平"的意义，这种意义就在于，个体的生命不能满足于个体的自我完善，那种与外部世界绝缘的自我中心会变成无本之木。也许，中国文化中真正具有这样一种结构性的东西。当你总觉得自己对社会有责任，总觉得自己应该为这个世界做点什么，总觉得只有这样，人活着才有意义时，你就会达到真正的充实。尤其是，当前中国又处在一个历史上大变动的时代，你觉得自己的存在并非无关紧要，外部世界不能没有你的参与，这样，你就会远离虚无。

问：最后，能否对读者谈一下自己治学最重要的心得？

答：我觉得一个独立的知识分子，在追求事业的目标过程中，应该有意识地保持一种自我边缘化的心态。体制内的稀缺资源，如财富、荣誉、地位、权力，高度集中，为了获得这些资源，人们就会不得不受体制的规矩、标准与要求的约束。一个人的精力、时间是有限的，如果埋头于追求体制内的资源，结果或许你得到了，但你却失去了自由，头发已经白了，自己的东西并没创造出来，年岁已经过了创造的最佳时段。我常常这样想，我们能不能在体制可能提供的各种稀缺资源之外，独立寻找知识分子安身立命的新的方式。例如，不一定要参加国家评奖，也不一定非要向国家级刊物或核心期刊投稿，同时，也不一定非要申报重大课题，一个学者能不能走上一条体制内的"自我边缘化"的学术路径？我们能不能尝试一下，在不受我们现存体制提供的各种条件与资源约束的情况下，做出一番自己的事业来？还是回到我最喜欢的马克思的那句名言上来：人们并不要求玫瑰与紫罗兰发出同样的芬芳。我们应该感谢我们的时代允许体制外还存在着自由探索与思考的空间。

其次，还要回到我们谈话开头时我就提到的问题上来，在当下这个充满物欲的时代，培养一种知识上的陶醉感比什么都重要。每次与大学本科生、研究生新生做第一次谈话，我都要强调这一点。这是一种长期在知识陶冶过程中无形中获得的自得之乐。我现在已经进入这样的境界，那就是看世界上的任何事情，无论是读报，听新闻，旅行中与陌生人谈话，都会充满乐趣。这是由于我能运用自己的知识学理来对之进行解释、联想，从而产生一种自我实现的乐趣。我现在看电视节目中的任何内容，都会获得一种乐趣，哪怕是"金土地"栏目中的"苹果栽培法"。过去还不是这样。每看到电视中出现的任何镜头，我都会自看自问。头脑中的思维与知识资源始终处于活跃状态，一切都那么新鲜，那么有趣，这个世界真奇妙。不断积极思考，不断调动自己的知识资源来进行创造性思考，是一种有价值的自我实现的欢乐。我甚至设想，如果有一天我不幸被关到狱中，只要给我书本，我在失去自由的情况下也不失为一个幸福的人，因为在书本与知识中遨游，你会忘记一切。你会有一种自得之乐，这种自得之乐是任何外在的环境无法从你内心夺走的。所以可以这样说，思想者是幸福的。

问：最后还有一个问题，你今后最想做的研究是什么？

答：我是中国古代史出身的学者，走上了政治学研究与现代化史研究的道路，然而，对于中国古代史有一种挥之不去的依恋。我常常在想，研究通史是一种很高的学术境界。中国应该出现许多种具有个性色彩的通史著作。我也希望在有生之年能实现这样一个愿望。

在我心目中，理想的中国通史应该是这样的：它不拘泥于细节与事件过程的叙述，而着重于从总体上把握历史演变的大势，并对这种演变的原因与趋势做出解释。例如，它要解释，中国文明的起源与其他文明相比，受哪些因素制约，中国早期国家是怎样产生的，有什么特点，又发生了什么变化，战国时代为什么没有形成七国之间的长期平衡，而是形成大一统专制格局，而在欧洲，却在千百年来一直形成多国互争雄长的多元格局。它还应该解释，中国历史上的各种制度安排是如何在应付民族生存困境的过程中，在无数试错过程中，一步一步发展演变的。

这种历史的着眼点是宏观性的，它固然以中国的王朝更迭为叙述的主线，但其间所关注的是历史的大趋势、大原因、大结果、大影响。这类通史与叙事类通史相比，它的功力，不在于厚重，而在于精要，它需要的，不仅是史家的知识广博，更需要史家独特的历史眼光，需要的是一种能从常人熟视的史料中，发现标识一个时代变化的重要信息，需要对历史的真正悟性，需要章学诚所说的"有以独断于一心"的真知灼见。

与叙述式的通史相比，首先，这类通史具有相当强的个性化色彩，正如清代大师章学诚在论通史时所指出的那样，史家要"通古今之变"。"成一家之言"是十分重要的！只有通过一个学者个人独到的感悟，才能从浩如烟海的史籍中，发现贯穿于历史信息中的关键因素，这就是章学诚所说的"必有详人之略，异人之所同，重人之所轻，忽人之所谨"。这样的学者不会拘泥于别人所习以为常的体例与规矩，这样的学者将会在"微茫杪忽之中，有以独断于一心"。这种个性化的通史，章氏称之为"家学"，以区别于正统的"官学"。历史研究贵在学者对历史的独立理解，它很难集体创作，正像一首长诗，很难由几个人分段完成；它又像是一个独到的哲学体系，是哲学家根据自己对人生经验的体悟而建立的哲学体系，很难由集体合作完成。

我们可以把通史分为两类，一类是博学型，另一类是解释型。解释型的通史之所以可贵，还在于其宗旨是对历史的变化提出解释，而这正是思想者的工作，是思想者大有用武之地的领域。在博学型通史那里，从先秦到唐宋元明清的历史，只是史实的铺陈与记录，而在解释型通史那里，则要解释其中变动的内在原因与逻辑。而这才是通史的真谛，用章学诚的话来说，"《说文》训'通'为'达'，自此之彼之谓也，通者，所以通天下之不通也"。这里的通，不但指时间顺序上前后相继的原因与结果，而且还包括各个地区之间的横向有机关系。章学诚的这些话，实在很深刻，应该是我们治中国史的学者的座右铭。我深知自己离实现这个目标还相当遥远，谈这些不成熟的想法，也算是给自己施加一点压力。

除此以外，我还想进一步研究以六次政治选择为基础的20世纪中国历史。我想一步一步走出自己的路来。正如一位朋友二十多年前就说过的话：历史是万古长新的学问。

第二辑

追忆吾师韩儒林先生

　　我的研究生导师，南京大学历史系的韩儒林教授，是把我引入学术殿堂的恩师。我是"文化大革命"结束以后韩先生招收的第一届研究生，从1978年入学到1981年毕业，这三年中，我有幸亲沐韩师教导，毕业后分配到上海师范大学历史系任教。后来，当我得知韩师仙逝的消息，立即赶回南京参加遗体告别仪式。我清楚记得，在告别仪式结束以后，我还独自一个人站在韩师的灵前，饱含泪水，望着他的肖像，不忍离去，心中默默地对韩师说：这一辈子我都无法报答对您的感激之情。

　　我在1978年考上研究生以前，从来没有读过大学。自高中毕业以后，我在上海市郊的一家机械厂当了工人。我酷爱历史，十二年的工厂生活，写下了近百万字的读书笔记。1978年是"文化大革命"后第一次招考研究生，当年我报考了南开大学郑天挺先生的明清史专业研究生，同时，把南京大学历史系的元史专业作为第二志愿。

　　虽然我在南开考试的专业成绩与外语成绩还不错，初试已经被录取，并且赴天津参加了复试，然而，由于南开大学当年批改政治试卷的老师粗心大意（这种粗心大意对于我来说实在是很致命的），在对我试卷中的各题成绩分数相加时，竟然把我的政治试卷成绩少加了50分（考卷正面的成绩全部没有加上去）。我的此项成绩就成了35分。不久以后，我收到了南开大学寄给我的通知书：你在南开大学的复试最终还是没有被录取。

我原来认为被第二志愿录取几乎是没有任何指望的，韩儒林先生是国内史学界大师，多少人想成为他门下的弟子而不能得，他怎么会收一个把元史作为第二志愿的考生？再说，我当年考南开大学历史系的专业考卷是明清史方向的，而不是元史。我的元史专业知识确实也无法从我的南开考卷上反映出来。

我永远不会忘记1978年8月份的一个傍晚。那时，我正准备上夜班，经过工厂门房时，看到黑板上通知有我的挂号信。从信封看，这封信是南京大学教务处寄来的。我好奇地打开信封，居然是我被南京大学历史系元史专业录取为研究生的通知！当时，我的第一个反应是，从此我可以投在名师门下从事我梦寐以求的历史研究了！我的兴奋难以用言语表达，一个人的一生很少会有这样强烈的幸福感。我至今难忘当时的那种感受。

入学以后，很久我才得知，我的考试卷子被送到第二志愿南京大学历史系元史研究室，正是南大元史研究室的邱树森老师与其他老师，发现了南开大学批卷者由于粗心而犯的错误。韩先生与各位业师对我深表同情，而此时韩先生又收到郑天挺先生亲自写给他的对我的推荐信，之后，韩先生与陈得芝、邱树森、丁国范老师商议，终于把我收了下来。正是在人生的关键时候，韩师改变了我的命运，把我引入神圣的学术殿堂。如果没有他的这一决定，也不会有我以后学术道路上发生的一切。

韩先生对学生的严格是众所周知的。我在韩先生面前常常感到"如履薄冰"。然而，正是这种严谨使我有幸受到了相当严格的、系统的学术训练，这种训练是真正从事学术研究的基础。

1980年,作者与导师韩儒林先生

　　此外，我体会特别深的是韩先生对待学生的另一个方面，那就是他的宽厚与博大。韩先生的学问是以历史比较语言学为基础的。他学贯中西，留学过四个国家，精通数国文字，能通过对不同语言的蒙元史史料进行语言语音比较，运用审音勘同的办法，找出学术突破口。而对于韩先生在这方面的研究路数，我的同窗姚大力君学起来津津有味，摇头晃脑，如饮甘泉，时有所得，而我却时时感到不得其门而入，心有余而力不足。对此，我常常感到压力很大，内心颇为烦恼：如此下去怎么办？一方面，我感到

[151]

无法发挥自己在理论方面的特长，另一方面又深恐辜负了韩师破格录取我的一片用心。

然而，韩先生是一个明眼人，他通过多次与我的谈话，很快就知道了我的学术气质与学术兴趣和他的学术风格与专长之间存在着很大的差异。有一天，我到韩师家问学，韩先生主动对我说了这样一段话，大意是："我这一套东西啊，你不一定有兴趣，也不一定学得好，学了也可能会忘记。你还是走自己的路吧，有什么问题不懂可以来问我，我可以尽力帮助你。没有问题就自己看书。这样你总可以找到自己的路子的。"

听了这一席话，我心中如释重负，并对韩师不拘一格的宽厚深为感激。此后，一年多的时间里，我就整日泡在图书馆里，根据自己的特长，广泛涉猎刚从国外引进的介绍社会学、文化学、结构功能方法、系统论方面的文章、书籍。当时正值20世纪70年代末，国门刚刚打开，我也许是最早通过英俄文期刊与港台学术刊物，接触各种边缘社会科学方法的中国研究生之一。在元史研究室相当宽松的环境中，我从容地进行自己的自由探索。一方面，我从韩先生与元史研究室各位业师那里不断获得中国古代史与元史专业的传统治学方法；另一方面，又不断地汲取国外新的社会科学理论与方法。这两种方法的结合，使我在韩先生指导下，逐渐从元史史料中，找到自己感兴趣并能发挥自己特点的研究课题。而这种运用边缘学科方法来研究历史的做法，正是后来我形成自己研究特色的起点。

我对元代中期政治史有特别的兴趣。入学一年以后，我在《元史与北方民族史研究集刊》（简称《集刊》）第四期上发表了一万多字的处女作《元英宗与南坡之变》。在这篇论文里，我分析了元英宗之所以被蒙古权贵铁失集团暗杀，与元代中期的汉制改革派和蒙古游牧军事贵族保守派之间的政治冲突有关。此外，我在这篇论文的写作过程中，力求探索一种新的历史叙述风格，一种多少带有激情与抒情性的风格。当时，我从南大图书馆里借来了一本由苏联历史学者曼弗里特著的俄文版的新书《拿破仑传》，这本书与元史似乎无关，但正是那种生动而充满抒情性的叙述风格，深深地吸引并影响了我，使我从中得到启示，力图把这种风格运用于元史论文中。后来，我毕业四年后写成的《儒家文化的困境：近代士大夫与中西文化碰撞》一书，可以说正是这种风格的延续。《儒家文化的困境》这本书运用文化心理学的方法来研究中西文化的近代冲突，发行量高达十万册，可以说我是在改革开放以后最早在国内运用这种研究方法的研究者之一。而这种方法探索，与我受益于南大元史研究室的自由宽松环境有关。

研究生学习生活的第二年，我又在《集刊》第五期上发表长达两万字的论文——《论蒙古帝国的汗位继承危机》。这篇论文也可以说是当年在我所写的元史论文中，自己最为满意的一篇。其中对俄文《史集》与《巴托尔特全集》中蒙古史论著的大量史料引证，多少体现了韩师对我学术方法的影响和熏陶，而蒙古传统继承原则中四个固有紧张因素之间所形成的危机结构解释，则是我在吸收系统论与结构功能方法之后，力求运用这些方法来分析复杂的蒙古政治史的一种新探索。在这样做时，我力求做到不露痕迹。现在看来，这种对系统论方法的"隐性"运用，确实比自我标榜的"显性"运用更容易获得学术界的认同。

我的硕士论文《忽里台制度与元代皇位继承问题》则是在前文研究的基础上，进一步运用文化比较的方法，来研究元代政治危机的尝试。我注意到元代中期环绕皇权而进行的权力斗争与政治危机，与中国其他各朝相比，具有更高的频度与强度，我认为元代中期的这种特殊现象，与草原文化中形成的游牧政治传统渗透到元代皇位继承制度有关，而草原民族与农耕民族的传统政治制度却是在两种不同文化与生态环境中形成的。这两种基于不同文化习俗而形成的传统制度，在元代皇位继承过程中以一种奇特的方式重叠在一起，正如两种不同的血型混合在一起一样，这就不断干扰了元代政治程序的合理运作。我试图以这种理论观点来解释，元代中期短短二十几年何以会发生多次由于皇位更迭而形成的政治危机。当时，我没有用后来经常使用的"失范"这一术语，来作为解释的中心概念，然而，我对异质制度之间的冲突以及由此引起的政治脱序的研究兴趣，可以说从那时已经开始萌芽。这种以文化为视角的研究方法，对于我后来研究中国现代化过程中，中西两种互为异质的文化之间的冲突以及社会脱序问题，均有很大的影响。

三年学习生活很快就结束了。我始终不能忘怀元史研究室中一排排书架上陈列的那些珍贵古籍与外文藏书，其中透出一种深沉厚重的历史文化气息。南京大学元史研究室所形成的那种学术氛围与严谨的学风，师生三代之间的那种真诚相待与凝聚力，所有这一切已经无形中成为我此后治学、为人的精神资源。南大这三年是我学术生命的起点，也是我一生中永远难忘的美好岁月。

1981年年底，我毕业分配回上海，离开南京那天，我去韩先生家里告别，最后临走时我向他深深地鞠了一躬。性格内向的韩先生此时流露出一种惜别之情（我甚至还依稀觉察出他眼中一丝淡淡的伤感）。离开他家之后，在路上，我也产生了一种淡淡的伤

1980年，韩儒林先生和作者在南京大学

感，一种莫名的歉疚。我知道，我不是韩先生最满意的学生，也没有学到韩先生学问的真传，但我却敢说，在韩师所有的学生中，我是最受惠于他的学生，他在关键时候给予我的人生机会，他在治学方面的博大与宽厚，他对我根据自己特长去从事研究探索的鼓励，却在此后改变了我一生的命运。

分配到上海不久，韩师不经意间从他的孙子韩昕订阅的《青年报》上得知我为参加自学考试生开设的学习辅导班的广告，据南京大学陈得芝老师后来告诉我，韩先生为此高兴了很久。

离开南大已经近二十年了。我也带自己的研究生。我对研究生所说的话，也是从韩先生当年对我说过的话中引申过来的："每个人都有自己的特点，要去发现自己的特长，去读自己喜欢读的书，我相信你会走出自己的路来的。"

他坐在那高高的山顶上

——悼念挚友陈文乔

　　不知是哪一年，我曾经做过一个梦，梦见我爬到了山顶，陈文乔已经坐在那高高的山顶上，全神贯注地望着远方的丛林。他见到了我，指给我看那美丽的白云、飞鸟，还有那远方起伏的山峦。那是一个绝美的境界，一个在生活中从来不曾见到过的仙境。这个梦境一直存留在我的记忆中，挥之不去。

　　也许这个梦与我和陈文乔曾经经历过的一处情景有关。我记得那是1971年秋天，我与陈文乔在上海齿轮厂当工人时，我们两个人曾结伴去黄山。我记得他在黄山某一处野山顶上，突然发现一朵像雪莲一样的不知名的花，在那里孤傲地怒放着。他高兴地大声呼唤我快过去看，见到那朵凌空盛开的花，我们都兴奋起来。我们用从朋友那里借来的那架八块钱的破照相机，激动地把这朵花拍下来，留作永久的纪念。虽然时间过去了三十多年，这一情景还历历在目。

　　陈文乔是最能从生活中发现美的人，他始终那样乐观，他爽朗的笑声，是我们每个认识他的人都难以忘怀的。他幽默而充满智慧的话语，总在感染着我们每个人。我和他长达四十年的交往，哪怕在"文革"最阴暗的日子里，我也从来没有见到过陈文乔悲观过。我记得俄国作家巴乌斯朵夫斯基在回忆俄国诗人作家格林时曾经说过这样一句话："他（格林）每天总是在垃圾堆上，看着美丽的太阳升起。"陈文乔就是这样的人。

我第一次见到陈文乔，那是在我们六五届七十个高中生分配到齿轮厂当学徒时，他讲的是一口特别好听的、标准的北京话，性格爽朗，有一种很高雅的气质。后来，我知道他出身于爱新觉罗氏家族。他给我印象最深的是这样一件事，那是1965年底（或1966年初），那时还没有开始"文化大革命"，有一天，他突然剃光了头，穿着一双用草绳当作鞋带的旧跑鞋来到厂里，一副特立独行的样子。我后来问他，为什么会这样？他说，他看不惯那些拿了第一个月的学徒工资就上街理个奶油小分头的人，所以要来个"对着干"。

陈文乔曾经就是这样一个有浪漫主义倾向的左派。他曾经非常向往革命，他要走向新时代，要与过去，与自己的家族作最彻底的决裂。他激进的左的革命观念，虽然出于一种对生活幼稚的、不成熟的理解，然而却可以说出于至诚，你可以从中感觉到一种颇有浪漫的、诗意的东西。后来他由于肝炎进了医院，他给我来了一封十几页的长信，在这封洋洋洒洒、字迹潇洒的信中，他向往着中国尽快地进入共产主义，他把那种共产主义境界描述得非常诗意。他把八级工资制看作是一种"资产阶级法权"。他想象着未来中国人在那个即将来到的人间天堂里，过着人人平等、人人没有私心的日子。由于我不同意他的观点，于是我就到医院里去看他，我们就辩论起来。后来，我们也就在辩论中成为终生的挚友。也许，我对与现实有关理论的真正兴趣，就是从那时开始的。

后来，"文化大革命"的灾难现实教育了他，也教育了我们所有的人，我们都从那种对政治的诗情梦幻中觉醒了过来。他后来也开始认真地思考社会与历史，并与自己浪漫的激进主义告别。在告别了人生的激进主义阶段以后，他始终保持着对知识的强烈追求。对知识的热爱始终支持着他，给他的生活以新的意义。他经常到我的镀铬间来，在那间小房间里，他总是向我兴奋地介绍借来的英文刊物上读到的世界科技的新发展，介绍他所看到的最新的"突变论"与"混沌论"。他还为我特别制作了一个自动温度控制仪，让我可以在上班时放心地看自己心爱的书，而不必担心温度失控。

在齿轮厂的十二年里，我们可以说朝夕相处，我们有好几年同住在一间宿舍里。每天晚上，我们各自躺在自己的床上，开始风雨对谈，从小说到历史，从科学到哲学，谈论我们都非常喜欢的苏联作家柯切托夫的长篇小说《多雪的冬天》与《叶尔绍夫兄弟》。我们宿舍里同住的还有一位热处理车间的师傅"老山东"，他总是在车间里对别人说，一到晚上关了电灯，咱们宿舍里，陈文乔与萧功秦就要开始讲"克思闲话"了。在齿轮厂里，我被称之为"萧克思"，陈文乔被人们称之为"陈克思"，一开始我们很不喜欢这个从批判刘少奇的大批判语言中搬用来的"克思"称呼，后来也只能习惯了。我们正是在这样的枯燥环境里，在充满对知识热爱的"克思闲话"里，度过了漫漫的"文化大革命"的冬夜。

在恢复高考以后，我在1978年考上了南京大学历史系研究生，陈文乔1979年考上了上海原子核研究所的研究生。从此，我们在不同的知识领域实现着人生的价值。后来，他去美国留学，我却回到了上海。只要他回国，我们都会见面，长期的国外生活经历使他成为热烈的民族主义者。他在给我的信中写到，当他第一次出国，见到外国那么富有，中国那么穷，而中国人一点也不比外

20世纪80年代初,陈文乔先生赴美留学前与作者在虹桥机场合影

国人笨,为什么竟会如此?他甚至为此哭过。他永远有着一颗赤子之心。1998年我访学美国时,他与碧华开车到旅馆来接我到他们家住了一晚上。

陈文乔来上海检查肠癌的那一个月,就住在我家里,他始终那么自信,说自己决不可能患那种病。为了证明自己的健康,他一定要与我的妻子小叶去几百米以外的水站去打纯净水,他还要小叶把所有的水让他一个人提着回来。我们被他的热情与自信所感染,也跟着相信他。然而,当他第一次带着彩色B超报告从医院回来时,在家门口,我发现,门外的他脸色苍白得没有一点血色。

然而，这只是一瞬间而已。他一进家门，就爽朗地说，没有什么了不起，要到切片才能肯定是怎么回事。于是，他又恢复了过去的样子。就在这一个星期里，这位生化学博士却把我家里的那本厚厚的《陈寅恪纪念文集》看完了。后来医院的确诊已经下来，他仍然那样乐观自信。我说，也许你们母亲家族的皇族血统中就有着一种勇敢，否则，大概也不会有清王朝。他说，他们家的传统似乎是，不能有害怕，害怕就是一种耻辱。也许，这是真正的贵族性格吧。

陈文乔回美国前，临别的那个晚上，我对他说："你的浪漫主义，你对生活诗意的理解，在很多时候是帮助了你，让你生活在乐观自信之中，你有对一切苦难的天生的免疫力，你是一个永远不知痛苦的人，但在关键时候，你的浪漫主义却也害了你。如果你对自己身上的病症哪怕能多一点点现实主义的警觉，你的情况肯定会好得多。不过，当真的病来临时，别人可能会被击垮，而现在却是发挥你浪漫主义精神的最好时机了。"我还说："希望今后的五年里，你能安然度过，只要过了这五年，一切就好了，多年以后，让我们共同庆祝我们八十岁的日子来临。"他笑了，他说："我就记住你这句话。"

陈文乔走了，他是离开我们最早去天堂的朋友中的一个。我们生活中少了一个真正有贵族气质的人，一个真正有诗人性格的人。如果真有天堂，我们所有的人总有一天也会去那个地方，我想，他一定会在那里等候我们，他一定会像我在梦中见到的那样，把天堂里他所看到的最美丽的一切，一一地告诉我们，仍然发出我们都熟悉的洪亮的笑声，在那高高的山顶上，他会指着那里的白云、山峦、小鸟，还有那山野里的莲花。因为他是发现生活美的人，在他的性格中，有一种永远不会改变的东西。在天堂里，也是如此。

写于 2005 年 11 月 5 日星期六凌晨

（陈文乔：1947 年生，纽约州立大学博士，在美国创办了一家"为普通人出书，为平凡人作传"的柯捷图书社，逝世于 2005 年 9 月。）

附记：参加陈文乔的追思会

2006 年一个仲夏日子，正好来北京开学术会议，赶上参加北京前海文采阁召开的文乔追思会。参加者约四五十人，主要是陈氏家族后人，还有一些陈文乔这些年来的朋友。一进小会厅，我的第一个感觉就是，陈氏家族后代的那种书卷气依稀存在。那是一种谦和、平淡而文雅的气氛，虽然他们中大多数人由于"文革"前的阶级路线，失去了进入大学学习的机会。他们中许多人退休了，但他们的气质仍然多少有所显示，这种儒雅家风只可意会不可言传。

文乔的弟弟文田告诉我，坐在边上的那位很文静的女子是南开大学中文系的硕士研究生，她偶然从《近代诗词选》中读到了祖父陈曾寿的一首词，就被其诗境所吸引，后来又找来陈的其他诗来读，大受感动，觉得其中有一种独特的美，一种难以言传的高远意境，于是发愿要一辈子研究陈曾寿。

陈氏是典型的书香门第，陈曾寿是陈文乔祖父，光绪二十九年进士，官至广东监察御史，是近代宋派诗的后起名家，与陈三立、陈衍齐名，时称"海内三陈"。陈曾寿于 1949 年去世。陈文乔的五世祖，即陈曾寿的曾祖则是陈沆，嘉庆二十四年状元，官至四川布政使，广东学政。陈文乔的母亲是前清皇族后人。当年我在上海齿轮厂当工人时，经常去文乔家，文乔家在上海徐汇区的永嘉路上，房间小得出奇，但却干净温馨。文乔母亲虽然经历大苦大难，但那种既和蔼可亲，又淡定高雅的贵族气质至今令人难忘。

轮到我发言时，我说，我是作为上海陈文乔的朋友的代表来发言的。我是陈文乔四十年的朋友，从1965年到1978年的十二年里，可以说是朝夕相处。改革开放后，我们都先后以自学生资格考上了研究生，我在国内读书，陈文乔则考上了上海原子核研究所，后来到美国留学。陈文乔身上最值得我们纪念的，是他死不改悔的理想主义，在千万磨难之后，仍然故我，正是这种理想主义让他每时每刻都生活在充实的意义之中。他告诉我，当年他去美国，感受到了中国与外国的巨大发展差距，想到中国人那么聪明，那么辛劳，为什么却不能过上好日子，为此他还哭过。后来，我在家正在看电视直播香港回归祖国的仪式时，突然电话响了，他从美国打来越洋电话，他说，他无法抑制自己内心的激动，一定要与我分享他的心情。

陈氏家族有这样一个好后代，是值得自豪的，这使我想起了陈氏家族。刚才进门见到你们，虽然岁月无情，但我还是感觉到你们身上有一种特殊的气质，一种平淡、文雅与谦和，一种淡淡的书卷气息。你们家族是士绅文化的结晶，也是一部近代史的缩影。

中国百年现代化面临的一个困境是，随着士绅文化的消失，传统文化的断裂，使中国在世俗化、现代化的过程中，失去了一种内在的传统文化资源，来平衡、中和、缓冲世俗化带来的问题与矛盾，这就使中国的道德滑坡比世界上大多数民族经历的过程更为严重。18世纪的英国，19世纪的美国都经历了这一过程，但他们本土的文化资源是丰富的，这使他们没有在世俗化的过程中失落自我，中国现在的困境正是与我们民族20世纪以来形成的文化断裂有关。说句实在话，我对此感到一种深深的忧虑。我真希望我们的文化传承能保持下来，也希望陈氏家族的后人能继承家族文化传承。

座谈结束后，一位陈氏后人前来对我说，你讲得真好，她觉得他们家没有什么人学文，真是对不起祖先。一位中年妇女问我："你就是那篇《他坐在那高高的山顶上》的作者吗？"我看到她手中还拿着那篇刊在《随笔》上的复印件。可见，她很喜欢我的文章。

一个离科学圣殿由近渐远的人①

——回忆我的堂哥萧功伟

　　得知堂哥萧功伟于2011年2月26日在南昌逝世，心中感慨万千，总觉得一言难尽，要写一点东西纪念他。

　　1973年那年，我在上海一家工厂当工人，曾请假去大西北探望在敦煌的七哥萧默（功汉），然后又沿南方铁路一路旅行到江西。我专门到江西分宜县下车，去看望堂哥萧功伟，他正下放在那里的农村接受监督劳动。我记得，在一个寂静小山丘的田边小路，见到一个背着草帽，穿着十分破烂的人正在放牛。那人的头发已经花白，他侧过身来看我，说，"是小秦吧"，我说，"大哥，我来看你了"。他完全没有想到我会突然出现在他的面前，他激动地拥抱我，满脸流泪。

　　在那几天里，他向我倾诉了自己的科学抱负与不幸命运。当他谈到自己对门捷列夫周期律的新见解时，正走在田间小道上，他回过头来对我说："你看，当年美国物理学家费米（诺贝尔奖获得者）就是只想到了这一步，在下一步刚要迈出时，却突然转弯到那条路上去了，而我却向前走到这一步，于是我发现了费米没有发现的东西……"

────────────

　　①本文原载于《炎黄春秋》2011年第4期。

我记得那几天我们二人躺在田野边的草地上谈心。他说，他那里下放了不少受监督改造处分的知识分子，只要不平反，他们都会坚强地生活下去，但是，只要一平反，他们往往会选择自杀，前几天这里就有一个人跳了河（"九一三"事件后，1973年后也有过"落实政策"工作）。我听后觉得不可理解。我问这是为什么？他说，因为他们活着就是为了等这一天，等不到这一天他们就不甘心，但是等到了以后，又觉得人活着没有意义，失去了活下去的勇气。

可以肯定，那么多年来，他没有机会与别人这样畅谈过，他太需要我这个弟弟在他身边听他倾诉了，但我当时已经超假多日，再也不能不走了，他一定要我多留一天，哪怕半天也好，但我执意要走，他几乎有点近乎哀求我了。我在前面走，他一路跟在我后面，用带着哭泣的声音劝我留下来，须知他是一个自尊心非常强的人。但我仍然不愿意回头，现在想来，我的心也实在太硬了，这是我终生后悔的事。其实，即使再留半天也还是可以的啊。他一定在我走后难过了好多天，不得不重新适应那个孤寂无望的环境。

他是1947年上海交通大学航空工程系毕业的高才生，据他说，他那一届航空系毕业生总共只有七个人，本是天之骄子。1949年初，他已经到了台湾，在那里又得到美国斯坦福大学博士研究生的入学邀请信，但他却为了爱情与报国之心，想方设法一定要回来。

他告诉我，他在台湾好不容易才找到了我父亲在黄埔军校的结盟兄弟，当时败退台湾的国民党空军参谋长刘国运。他说，刘伯伯问他，是不是就不要再回大陆了，就在台湾找个女朋友，成个家，更何况已经得到了美国入学信，在台湾尤其像他这样的人才，未来前途无限。但他说，他离不开大陆的家，离不开他热恋中的女友，执意要回大陆去。这位刘将军于是设法为他与另一位堂哥萧牧弄到两张从台北直飞贵阳的机票。据他说，这是1949年从台湾飞回大陆的最后一架飞机，此后几天，贵阳就解放了，从此台湾与大陆两地分隔成两个世界。

没有想到，萧功伟回到大陆后，此后经历的却是一辈子的苦难。一回来，女友就与他划清界限，与他分手了。他根本无法向组织证明他的政治清白。作为严重嫌疑者，他从东北航空工厂总工程师的位置上调到江西南昌航校，后来又从航校调到南昌职工业余大学教物理学。正是在这样的环境里，在十分艰苦的条件下，他从事金属物理的基础理论研究。到了"文革"中，他又不幸被打成"反革命"，下放到江西农村监督劳动。然而，他从江西写给上海亲人的每一封信都充满乐观自信，他的坚强意志，令人不得不钦佩。他一定要等到平反的那一天。"文革"中他多次来上海，再从上海转到北京去告状，在他带来的那一大包材料中，最重要的是他多年来研究金属物理的尚未发表的论文，他要告诉北京信访站的接待人员，他的研究对于中国的工业与赶超国际先进科学水平是多么重要。每次他来上海，我都与他谈得很深，帮他出主意，常常通宵达旦。每次上北京告状，我都送他在上海北站上火车。

"四人帮"倒台后，他终于平反了，在《科学通报》上发表了一系列重要文章，还当上了江西科学院的副院长，但工作没多久却患了严重的精神忧郁症，后来又发展为精神分裂症。也许支撑他精神的生命元气已经被苦难提前耗尽了，他的病在此后二三十

"文革"后期,作者与萧功伟先生在上海合影

年中始终没有真正好过。

也许,他给我谈到的那些平反后的知识分子的不幸命运,以另一种方式在他身上应验了。人们会百思不解,当命运开始根本转折时,他为什么会倒下?

也许,科学就是他的宗教,他在常人难以坚持的极度艰难岁月中能乐观地生活下来,是因为有这个宗教的神圣目标支撑着他,感召着他。然而,在落实政策以后,他虽然获得了自由,但随着他越来越意识到,他的科学理想要实现,无论从年龄、条件、精力,还是从知识诸多方面来说,已经变得越来越可望而不可即了。当他意识到这个殿堂离他越来越远时,他的生命支柱就断裂了。

我深信,如果他在1949年年底没有从台湾回大陆,他也许不会受到如此多的磨难。他的人生道路会完全不同，他本可能成为杨振宁、李政道这样的一流科学家的。他有十分强烈的诺贝尔奖情结，有一种对科学如痴的热爱，精力充沛，才华横溢，充满智慧与活力。他的格律诗写得很好，为了纪念我们逝世的爷爷，他就写了一本古体诗集《春风时雨集》，他甚至还能背诵数百首唐诗。这样优秀的有真性情的人，不但中国，就是世界上也已经越来越少了。可以说，他的一生是20世纪中国历史的缩影，一个杰出科学家在极"左"时代的不幸命运与苦难，全都集中在他的身上了。

如果不写下这些，也许以后没有人知道，在我们的生活中，曾经有过这样一个离科学最高殿堂那么近，却又如同宇宙中的流星一样，离得越来越远的人，一个很少有人知道的真正有追求精神的中国科学家，一个普通的中国知识分子，20世纪中国科学界的最后一位"唐·吉诃德"。

学者与侠士

——回忆哥哥萧默

在哥哥萧默逝世前两个多月，我从上海来北京开会，与往常一样，离京前，我总要住到他家里，那是我们最后一次长谈。此前不久，他刚从医院里被抢救回来。这样出生入死的过程已经经历过好多次，见怪不怪了。他告诉我，他不久前刚脱稿的《建筑的意境》已经交给出版社了，嘱我在这本书出版以后一定要好好读一下。他说，那是他一生中对建筑艺术的心得与总结，写的方法完全不是学院式的，这本书就是写给大众看的。他大概已经做好了自己看不到这本书出版的思想准备。当我从快递员手中接到这本从出版社刚发来的新书时，斯人已去，百感交集。

在那次谈话过程中，他精神特别好，所以谈的时间也特别长，一直谈到深夜。快结束时，他说，我们兄弟这么多年，谈话总是那么投机，也是我们的缘分，下一辈子，我们还是做兄弟。也许，这就是他的人生告别语了。我说，不久我还会来北京，那时我们还要好好谈。我总觉得这样的日子还会继续下去，此前，我两次收到他的病危通知，都从上海飞过来看他。他每次都能挺过来，虽然常常大汗淋漓，人瘦得只有四十八公斤。肾病与心肺衰竭已入膏肓，然而，他总是那么乐观豁达。在精神上，你不会觉得他是个病人。不久前，他还给我寄过一张在病榻上的新相片，他为这张相片的题名是"虎卧神犹在"。

然而，这确实是我们最后一次见面。两个月以后，也就是一年前的今天，电话里传来侄儿萧龙的声音，告诉我他爸爸已经永远离开了我们。

三十年来，他总是不断创造出医生所说的奇迹。20世纪80年代初期，他在兰州出差，胃出血，要开大刀，推进手术室前，他反复叮嘱主刀医生，一定要把胃的另一面翻一下，看看胃的背面有没有什么问题。医生很自信，说那一边不会有问题，不必看，他在上全身麻醉以前，还是坚持请医生一定再看一下。医生答应了，那医生在开刀过程中果然顺便翻看了，到这时才大吃一惊，发现胃的另一面，几乎全坏了，非当场切除不可。正是他的那种预感，以及坚持向医生提醒，才让他多活了三十年。

其实，十年前他已经进入肾病晚期，他又有幸在八年前换了肾，从此又焕发了精神，他还特别为已故的捐肾者烧起一炷香，说："不管他是谁，我要感谢他给了我另一次生命。"他非常珍惜这次新生命。

这八年，可以说是他的学术井喷期，他把自己一生中最重要的著作《敦煌建筑艺术》与由他主编的《中国建筑艺术史》全部重新修订过，还出了好几本书，而且越写越精彩。他的一个学生来看他，说他这一辈子做了三辈子的工作，指的就是他这八年做的事，完全超出常人的想象。表姐说，他整个人就是个奇人。

他写的敦煌生活的回忆录《一叶一菩提》在社会上引起巨大的反响，许多人都说没有想到，一个建筑专业学者居然能有这样的文笔，把"文革"时代的知识分子都写活了。有一位文学编辑说，他的这本书，在当代文学史上可以留下一笔。而这本书，七哥告诉我，一共只写了五十天时间，是在思潮泉涌时一气呵成的。这本书出版后，记得有一次我去贵州，遇到一位组织会议的青年朋友，他知道我是萧默弟弟，就告诉我，《一叶一菩提》太吸引人了，他是花了一个通宵，把那本书一口气从头看完的。后来我告诉七哥这件事，他为此还高兴了好久。他总是对我说，换肾以后，让他多活了一次人生。

每次谈话，我们总有谈不完的话题，不过这些年来，他最关心的还是中国的大势。他对极"左"的一套深恶痛绝，对官场腐败与社会不平充满义愤，对中国未来充满期待。作为一个有良知的知识分子，他总是要用自己的笔去抒写自己的忧国忧民之情，以及对人生与社会的感受。换肾八年以来，他就是在"发愤忘食，乐以忘忧"的境界中度过的。

我们家兄弟三人，功平、功汉（萧默）、功秦，分别以出生地北京、汉口、西安为名。我们出身于起义军人家庭。由于父母20世纪50年代初就去世了，我在上海由姑母抚育。两个哥哥在北京读大学。五哥萧功平读的是农业机械学院，七哥萧默读的是清华大学建筑系。虽然从小我们三兄弟不能生活在一起，但我们三兄弟关系特别亲，萧默是我家的二哥，家族里排行老七，我称他七哥。五哥与七哥这两个哥哥把父母一样的感情投在我的身上。

我记得那是我小学三年级过六一儿童节，刚戴上红领巾，一回到家，就收到了七哥从北京寄给我的一大包礼品。拆开来一看，是一套十六册的《安徒生童话集》。这套书一直陪伴我度过少年时代，收到这些书时的愉快心情，我直到现在也不会忘记。过了许多年以后，他才在偶然中告诉我，这是他在学校里卖血省下来的钱。

1948年衡阳三兄弟的旧照,从左到右依次为:二哥萧功汉(萧默)、作者、大哥萧功平

小学五年级时,他从清华大学放暑假后来上海,带我去杭州西湖旅行。一路上给我讲了好多名胜古迹的历史来历。在六合塔前,在苏小小墓,在岳坟旁,在长满青苔的张苍水墓边,给我一路讲过来,他面对长满杂草的古塔与荒凉的大殿,总会赞不绝口。多年来,只要有机会,他就会带我去旅行,告诉我什么是建筑学上讲的"尺度",如何欣赏古建筑的艺术美,为什么中国的园林有如此的魅力,故宫里的太和殿前为什么需要那么大的空地,站在午门前面,你为什么会有一种渺小感与压抑感,你的这种感觉与建筑造型有什么关系,中国的古建筑匠师们为什么要让人们产生这种心理,等等。我从小就对文学、建筑与历史有兴趣,早就知道了梁思成,后来又知道了常书鸿。正是多年来七哥以他对历史

与文化的热爱来启迪我，在潜移默化中，我对历史与文化的兴趣就这样滋育了出来。

七哥从清华建筑系毕业后，被分配到新疆伊犁的伊宁，在那个充满异域情调的边陲小城，当建筑设计技术员与中学教员。1963年，在他的老师梁思成先生的帮助下，调到敦煌莫高窟从事建筑历史研究，在那里度过了整整十五年。他曾告诉我，他如何在那一个个黑洞洞的石窟里爬上爬下，在暗淡的手电筒光下，与古人进行无声对话，并在数以百计的卡片上，一笔笔勾绘出壁画上的建筑形象。

受哥哥的潜移默化，我对敦煌也早已热忱向往，1973年秋，那时我还是上海郊区一家机械厂的工人，终于有了实现的机会。我积攒了一年工资，仅带了全部储蓄——一共二百多元，像一个漂泊者那样，从上海一路北上访古，到过开封、洛阳、西安、乾县、天水、兰州，我来到敦煌时，就住在《一叶一菩提》书中提到的他与高尔泰谈天说地的那间小房间里。在那里，我才知道他们平时吃的只有粗盐、红辣椒与腌韭菜，在广袤的戈壁滩上，看到的是光秃秃的石山与沙山，听到的是敦煌佛阁上孤寂的铃声。

在七哥的小房间里，给我印象最深的是他那一捆捆写得密密麻麻的敦煌古建筑卡片。正是在这十五年中，他拿着长柄手电筒在石窟里写下的这些卡片资料，为他以后在中国古建筑史研究方面另辟蹊径，打下了坚实的基础。1978年，七哥考回母校清华大学建筑系，念研究生（他毕业后进了中国艺术研究院工作），我也于同年考上了南京大学历史系，读研究生，从此我们有了更多的机会见面。三十多年来，我们每年都能见面。

我总觉得自己是一个幸运的人，有这样的哥哥作为我精神上

七哥萧默在埃及

的引路人。回顾七哥的一生，其实，他也是一个充满幸福感的人。这并不是说他没有经历过什么苦难，恰恰相反，他的人生困顿、逆境与挫折，比我经历的要多得多。读过《一叶一菩提》的读者都可以从字里行间发现这一点：他的个性中有着一种极佳的自我调适结构。他的种种禀赋、性格与经验，合在一起，使他生活于充实之中。他是一个从来不知道空虚为何物的人，他对人生的达观态度，对生活困境的坦然，对复杂困境的应变能力，对挫折的体验感与人生的丰富性，对自己从事的事业的痴迷与执着，对生活与艺术中美的敏锐捕捉能力，以及发现美的由衷欣喜之情，还有他的疾恶如仇，他身上那种湖南人特有的坚毅刚愤与侠情义胆，都使他的人生有着比一般人更为丰富的色彩。他是一个学者，也是一个真正的侠士。

2014年1月9日

敦煌往事①

　　这是我哥哥萧默（萧功汉），在敦煌莫高窟十五年生活的回忆录。

　　萧默1961年毕业于清华大学建筑系，被分配到新疆伊犁的伊宁，在那个充满异域情调的边陲小城，当过建筑设计技术员与中学教员。1963年，他在老师梁思成先生的帮助下，调到敦煌莫高窟从事建筑历史研究，在那里度过了整整十五年。他曾告诉我，他如何在那一个个黑洞洞的石窟里爬上爬下，在暗淡的手电筒光下，与古人进行无声对话，并在数以百计的卡片上，一笔笔勾绘出壁画上的建筑形象。由于中国古代建筑多是易朽易燃的木质结构，唐代以前能保留下来的实物非常稀少，却被画师们在壁画上有意无意地记录了下来，使他有幸能从壁画中获得丰富的古代建筑信息，填补了史料的重大空白。1978年，他考回母校攻读建筑系研究生，后来成为一位有影响的建筑艺术历史与理论学者，这位建筑学博士所依据的学术资源，就源起于敦煌十五年之所赐。不过，这本书并不是他在专业领域的学术回忆，而是一个普通知识分子在那段特殊时期经历的真实记录。不同于有些回忆录的是，

　　① 本文为萧默著《一叶一菩提》的跋语，该书于2010年由新星出版社出版。

这本书并不是他的自传，但关注的都是活生生的、有血有肉的、真实的人和事。

那个时期，我在上海工厂当工人，每次他有机会来上海，都会与我以及我那些在虹口区亭子间里聚会的青年朋友们，谈起自己在敦煌的生活，从荒山沟里放羊到敦煌县城的武斗。他还常常提到他在新疆时那些"相逢何必曾相识"的朋友，印象比较深的如那位对酒当歌的北大历史系毕业生、湖南才子雷光汉，那位长得像是苏联电影《攻克柏林》主角伊凡诺夫的同学王宗信……那些故事对他来说，简直就是信手拈来，却使我们这些城市青年，听上去竟然是那么鲜活，感受到了20世纪五六十年代大学生的理想追求与他们的坎坷命运。在我看来，这些人生经历中的小故事也许比他的专业更能吸引我们。

萧默所讲的他的经历中，给我印象最深的有两件事。一件是，敦煌红卫兵从县城出发，浩浩荡荡地在沙漠上步行，前往莫高窟"破四旧"，那些壁画和彩塑，在红卫兵们看来，统统都是帝王将相、才子佳人和牛鬼蛇神，属于必须彻底砸烂的"四旧"之列。正当千钧一发之际，县武装部得到消息，乘军车赶上红卫兵，成功地阻止了青年造反者们的"革命行动"。每次我给学生上课讲到敦煌，我都会提到这件事。历史就是这样地被偶然性支配着，我时常在想，假如当年这种"破四旧"的行为真的不幸没有得到阻止，那么，我们今天所看到的莫高窟，将会如同阿富汗的巴米扬大佛的结局一样，真的十分后怕。

他告诉我的另一件事更富有戏剧性，就是他如何运用当时人们十分娴熟的极"左"的意识形态语言，成功地让酒泉的医生改写了诊断单，在"卧床休息"的后面加上了"必须到兰州配制钢背心"的话，使腰椎骨折的老艺术家、敦煌文物研究所所长常书鸿先生在兰州获得了有效治疗。他当时提出的理由竟是如此的强而有力，无可辩驳："难道开斗争会的时候，革命群众站着，却让他舒舒服服'卧床休息'？"后来，我总是把这个心酸而有点黑色幽默的真实故事，当作研究生们研究思想史的资料，用来说明历史上的人们，为了实现自己的目标，最好的办法就是"取得话语制高点"，要以比对方更加"正确"的姿态来取得主动权。这个故事的一段情节也颇有俄罗斯小说的那种风味：在开往兰州的火车上，几位旅客担心地询问常书鸿："你们研究所的那位从法国留学回来的老艺术家尚达（徐迟的报告文学《祁连山下》以常书鸿为原型的主人公）这回怎么样了？"当他们终于猜测到这位躺在眼前的衣衫褴褛的受难老人，正是常书鸿本人时，立刻表现出同情和震惊，我们当然可以想见了。

受哥哥的潜移默化，我对敦煌也早已热忱向往，1973年秋，有了实现的机会，我积攒了一年工资，存了二百多元，带着一架八元钱的破相机，只身在中国大地上旅行了二万里，跨越了十二个省。我来到敦煌时，就住在书中提到的那间哥哥与高尔泰谈天说地的小房间里，在那里，令人印象最深的就是那个用土坯砌成的"双人沙发"了。突然坐在那石头般冷冰的、毫无弹性的"土沙发"上，立即会产生一种奇妙的、与幽默相似的感觉。在那里，我尝到了只有红辣椒与腌韭菜的聚餐，还听到了由广袤的戈壁、光秃秃的石山和沙山包围着的这座小绿洲佛阁上的孤寂铃声。

1978年，萧默考回母校，我也考上了南京大学历史系的元史研究生，我们在各自的领域里实现着自己的人生价值。多年来，我总是建议他把这些经历记下来，它们是那个史无前例的时代、

七哥萧默在莫高窟

特殊文化环境里知识分子命运的写照和精神生活的实录，还有更加丰富的社会场景。在完成了他的全部学术研究计划之后，他终于产生了写下这些回忆的热情，这部二十万字的作品是一气呵成的，只写作了五十天。

他寄给我的第一篇文字是《〈寻找家园〉以外的高尔泰》，一个性格复杂，有血有肉的，同时又包含着人性幽暗面的、活生生的高尔泰呈现在我们面前。我突然发现作者笔下的人物突破了我们国人写人物的传统路数，注意到了人的多重性，多面性，矛盾性，而恰恰是这些，才透视出真实人性的复杂与丰富，以及历史本身的多义性。哥哥直率地发掘出这位命途多舛的著名美学家从未被人所知的一些生活侧面。高先生当年出卖自己最亲密的朋友，是人性本来的恶，还是环境使然？这使我想到了英国保守主义哲学家奥克索特的一句名言："人没有本质，只有历史。"（The man has no nature, but history.）如果把这句话作进一步的发挥，那就是，人的习性是在历史中，在现实的环境中，在适应特殊的生存条件过程中形成的，是用来适应环境以求生存的。在许多情况下，人性的那些幽暗面，往往并不是天生的，而是一种适应严酷生活的、被扭曲的行为方式。当然，这并不妨碍我们认识生活中的人品或人品的某一侧面，并不是所有的人都会采取那种方式对待人生。

后来他又把《洗净铅华的常书鸿》寄给了我，我们熟知的一些历史上的大人物都在文章里登场，哥哥通过聚焦于某位知识分子个人的命运，不经意间却反映出20世纪30年代到80年代的巨大历史变迁，反映出传统中国知识分子的一些可爱可敬之处。真可以说，这或许就是我们古老儒家文化所赋予的，我们真该好好保有它，不要让它们在新一代人中断裂。对于哥哥来说，写出这些，并非刻意追求，但只要写出真实来，就会在不经意间发人深省。文末以"一无所有"的悲怆感结尾，更是意味深长。

我注意到哥哥在书中提到高尔泰一句很经典的话："人生是什么？人生就是体验，体验才能留下记忆，没有体验和记忆，走的时候一片苍白，这一辈子就白活了。"

这话确实说得对极了，其实，每个过来人都可以体味出这句话的精彩意义。我们生活中有过欢乐、眼泪与痛苦，然而当一切都过去以后，最能深深留在我们记忆中的，是那些在眼泪与痛苦中饱含的人生感悟，而把这些感悟拿出来让众人分享，让后来者从中发掘出一些富于哲理的东西，从前人的经历中获得教益，那对于当事人来说，也真是没有枉过这一生了。在某种意义上，这些感悟也是社会中一笔可以长久享有的精神财富。也许可以这样说，每个中年以上的中国人，都是一本书，都是一部活生生的历史，他们的回忆录能再现他们曾经生活过的世界的某一侧面，无数这些侧面结合到一起，就是我们生活于其中的历史世界。

林毓生的真性情

在我看来，余英时、林毓生都是中国台湾学者中的大师级人物。回忆一下三十年来，我所认识的林毓生，是件很有趣味的事。

当年，我可以算是认识林毓生教授最早的中国大陆青年学人之一。20世纪80年代初我在南京大学读历史系研究生时，作为陪住生在留学生宿舍一住就是两年多。在留学生楼，我认识了美国威斯康星大学的留学生林琪（Lynch）小姐，她是林毓生的研究生，她向我介绍不久后将前来南京大学讲学的林毓生教授。林琪事先告诉我，林先生当年的博士论文《中国意识的危机》讲的是五四激进的反传统主义，这本书出版后在美国学术界影响很大，林毓生足足写了九年。林琪是个有心人，她知道我特别羡慕外国留学生中流行的盒式录音机，还专门请林毓生先生从美国带来一台录音机给我，尽管林先生此前根本不认识我，而且这个录音机体积还真不小。

当时初次与林先生见面，我们就谈得十分投机。我完全没有拘束，想说什么就说什么。我记得他当时问我，毛泽东为什么要搞"文革"，我说"文革"的原因很复杂，毛泽东认为社会主义公有制是好的，公有制是纯洁的，本身不应该产生官僚主义，党内的官僚主义，那只能来自于国际与国内的资产阶级思想的影响，因此，为了保护公有制这一经济基础不受腐蚀，就必须进行上层建筑领域的彻底的"大革命"，只有经历这样"斗私批修"的革命，才能到达美好的新世界彼岸。这就是毛泽东发动"文化大革命"的思想上的原因。毛泽东确实受这种观念支配。其实，公有制下的计划体制，权力集中于官僚，又没有权力监督，肯定就会腐败，毛泽东却把这笔账算到"残余的资产阶级"头上去了。林先生很欣赏我的这一观点。他作为观念史的研究学者，当然会对历史人物的观念对其行为的支配有浓厚兴趣。

当时还说了些什么差不多都忘记了，只记得他当时对林琪说了一句夸我的话，说我"脑袋好使"。这使我这个青年学子大受鼓舞。

他在南京大学一个月的讲学期间，每次讲座我都去听。可以说，从他的讲座中我第一次感觉到了西方观念史（History of Ideas）与思想史的魅力。他当时说的几个观点我至今不会忘记。

他说，在中国文化中，道统与君统之间，存在着一种内在的紧张。一方面，儒家认为道统高于君统，用儒家的语言来说就是"以道事君"，"从道不从君"；但另一方面，儒家又有君尊臣卑的纲常伦理，这两个命题之间存在着两难悖论，由此形成了儒家政治生活的内在张力。

他还说，现代西方的文化理想是在未来，古希腊的理想社会是当下，而中国的理想境界是在过去，由此形成了不同的政治哲学与不同的乌托邦传统。

他特别提到历史学的意义。他举例说，吉本的《罗马帝国衰亡史》之所以永恒，就在于它试图回答困扰人类的一个根本性的问题，那就是道德在人类生活中的价值。

从他那里，我第一次知道，我们从小教育中作为榜样的五四新文化运动，具有激进的全盘反传统的性质。而这种文化价值观对于20世纪的中国历史，尤其是对于后来发生的"文化大革命"，具有深层思维上的重要影响。这些学术理念都是我过去闻所未闻的。

在南大讲学时，林先生对他自己的讲演一开始很有信心，但很快他就失望了，听的学生似乎少了起来。其实这是因为大陆处于开放初期，他说的那套学术话语，对于我们大陆学生来说实在太生疏了，听的人觉得如坠五里雾中，理解起来确实有些困难。除此以外，还有一个重要原因，那就是林先生并不属于那种说话滔滔不绝，却没有什么干货的雄辩家，而是属于那种思想深邃，却难以表达清楚的学者。

有一次他讲学时偶尔提到，根据马克斯·韦伯的分类，学者可以分"头脑清楚型"与"头脑迷糊型"的不同类型，前者可以出口成章，逻辑清晰，条理分明，但往往缺乏原创性，后者思想丰富，颇有原创性，却因其思想无法用惯用的套语与流行的概念来表达，所以有时显得词不达意，令人无法理解。他并没有说自己属于哪种类型。但多年以来，我一直在想，他就是属于那种为数不多的富于原创性、思想独特，却拙于表达的"头脑迷糊型"学者，我从来没有把我的这一判断告诉他，但我想，如果我这样告诉他，他一定也会满意的。在南京大学的讲演并没有取得他原先希望的效果，很可能与这一点也有关系。

不过，特别有意思的是，尽管多数人听不懂他讲授的内容，但在他讲学的课堂上秩序特别好，绝无喧哗之声来破坏他的自尊心。以后他多次讲演，情况都是如此，讲的内容学生听不懂，却秩序良好，对此如何解释？我想也许是他讲学时的执着、冥思与投入的神态，让人们对他肃然起敬。

有一次我由于有事，没有前去听他的讲座，他后来问我为什么没有来听讲，他希望我以后每次都去听讲。他说，这次讲课时，有一个大学生站起来问他一个问题，那学生说起话来，咄咄逼人的样子，好像要批判他一样。他有点困惑不安，反复问我："你们大陆前些年搞'文化大革命'时，红卫兵说话是不是就是这样的？"我哈哈大笑，说："那个学生肯定是无意的，也许是大陆人多年来形成的说话习惯，与你在台湾时学生们文质彬彬的、谦谦君子的样子不同，你不要介意。"他这才放下心来。我这才发现林先生其实是一个极度敏感的人，也许真正的思想家都是如此。

20世纪80年代，我毕业分配，回上海工作以后，每次他来上海访学，总会提前告诉我，我都会去见他。我自认为是他的弟子。根据他的嘱托，我把当时大陆出版的每一本关于毛泽东生活、回忆的书都购来寄给他。

不过，后来好像他对我有些误解。据一位朋友告诉我，曾有一位美国教授对林先生说，他在上海问过萧功秦对你的看法，萧对你的观点是很不以为然的。他听了后觉得很惊讶。因为他一直把我当作学生看待。他问，萧功秦怎么会这样想？后来他多次来大陆，也就不再主动联系我了。不知是什么原因，或许是他对我有芥蒂，或许是他对我所持的新权威主义理念有所不满。不过，就我对他的了解，第二种可能性不大，只要你对你执着的理念是真诚的，他是不会在意的，他毕竟是自由主义者。

但多年来，只要我知道他来上海的消息，总会找机会去见他。有一次，我还是中午时头顶骄阳，骑着破自行车，从虹口区骑到虹桥路去看他。我自认为我是大陆少数真正理解他思想的学者之一，也是从他那里得到思想启示与人格感召的受惠者。此后，虽然每次见到他，也还是谈得很投机，不过他再也不托我做任何事情了。

至于那位美国教授，说了些什么话，我并不清楚，只是我觉得他肯定误解了我的意思，我的意思是，思想史不能解释全部历史，这话并没有错，正如经济史不能解释全部历史一样。但这位美国学者却把我的话解释为我对林先生的学问不以为然，而且他把自己的误解传给了林先生，确实也不合适。现在已经过去了二十年，由于林先生从来没有主动向我提起这件事，由我主动向林先生去解释，也太突兀，反而有些不自然了。

后来他来华东师大讲学，我从华师大思勉网上得知他的讲课时间与地点后，特地去听他讲演。不过他的表达仍然令许多人不知其所以然，尽管在座听讲的研究生们估计没有几个人听得懂他说什么，但由于他名声实在大，大家仍然认真地听，对他十分敬重，大家都觉得听不懂他讲的微言大义，都是自己的问题。讲演快结束时，有一个学生用一种很自信的口气，问了一个很浅的问题，这说明发问人并没有听懂林先生说的内容，林先生当时就有点不高兴了。我自信我还是懂了他的意思，于是再问了他另一个问题，他就很认真地投入到回答我的问题中去了，把刚才那个学生忘记了。

中餐时，我自然加入了许纪霖作东的招待林先生的餐会，餐桌上的林先生讲话特别有意思，可以说是妙趣横生，字字珠玑，令人回味无穷，与刚才讲演的枯涩完全不同。

他说，费正清是"帝国主义者"，有白种人的优越感，自以为很了解中国，但对中国并没有深入了解的兴趣，费正清有很强的行政组织能力，但学术上不行，总是用自己的一套固定想法来套中国。他说，这就可以解释，为什么费正清对"文革"与毛泽东研究会作出如此的错误判断。

他说到哈佛大学的史华兹教授，说史华兹是真正的中国学大师，史氏谈起话来似乎总是不着边，颇有点神龙见首不见尾，往往说到一句很重要的话时，只说一半，再也不说下去，如同猜谜一样让人回味。

我说，你今天的讲演好像也是这样，你说的有些话，很多人都没有听明白，例如，今天你讲的最重要的一句话，也只讲了一半，这句话就是"儒家的道统本身也肯定君权至尊"。如果你再讲下去，就应该得出结论，"所以在儒家道统中，君统与道统并不是两元的。道统层级低于君统"，但你并没有说。

他还说了一句对我很有启示的话。他说，其实，人们在运用演绎法时，演绎法本身还是受主体固有观念的支配，并没有纯粹的、客观的逻辑演绎。他的意思是，人们自以为按客观的形式逻辑在推导，但潜意识里仍然是受自己的主观心态的支配。这也是我过去从来没有想到过的。这样的话他还说了许多。

我对西方人对中国的研究一般不太有兴致，总觉得洋人讲的不是太肤浅就是不着边际，一般讲演也很少有兴味去听，但林先生的讲演，三十年来，只要我知道，我总会去听，他的思想始终对我有吸引力。

与高人聊天你会时时感到有所收获与启示。林先生身上始终有一种人格魅力——一种夹杂着书生气的率真、自然、睿智、学识，以及一种北方官话特有的直白质朴。林毓生说话有时似乎很冲人，但却没有一丝一毫的虚伪。你可以把这些都当作书生本色。记得就在那次餐桌上，他毫不掩饰对某位台湾知名学者的学术贡献不以为然，他为台湾"中研院"没有接纳此学者为院士而感到很满意，满意到甚至很兴奋的地步。即使他说话很冲，你也会知道这就是他的真性情与魅力所在。

我们时代最需要本土思想家

——读李泽厚的谈话录

　　思想家需要一些特殊的素质，那就是思辨能力之外，还必须具备触类旁通的联想能力，特殊时代的问题意识、洞察力、悟性，甚至还需要一点浪漫情怀与真性情，而所有这些禀赋要同时结合起来，可以想象这样的人是多么罕见。

　　我最喜欢读思想家的人生谈话录。我总觉得，思想家的传世名著，如同杜鹃啼血，而他的谈话录，却如同山中的清泉，在青石之间，轻松地、不经意地、鲜活地流淌着。我们当年读过《歌德谈话录》就有这样的体会。李泽厚先生的这本小小的谈话录，也同样如此。

　　也许正因为如此，对于普通读者来说，思想家的对谈录，要比他的学术长篇大论更具吸引力，一个有足够智慧的思想家，只要遇到了能激发他思想的谈话者，他无须在此前有任何准备，他的人生识见、经验、感悟，就会如横放着的瓶子里的水一样，会自然而然地通过日常语言流淌出来。他无须通过刻意的复杂的逻辑与抽象的概念，来包装自己的想法，他也无须如同写论文那样，在桌前正襟危坐，引经据典去考虑周全的理论论证。有时往往是随想而发的几句话，就会引人深思，会让人回味无穷。

在李泽厚这本《该中国哲学登场了？》的书中，我特别喜欢这些作者在不经意间说出的内涵丰富、发人深思的话：

——中国道路怎么走，我仍然赞同邓小平的"摸着石头过河"，我认为，重要的不是中国应该往哪个方向走，重要的是，"中国不应该往哪里走"。

——中国是讲究经验的合理性，而不是像西方讲先验的理性，先验的理性是绝对的，而中国人则要根据经验合理地改变。

——真正发挥每个人的潜力，也应该包括每个人的片面发展在内，只要身心健康，片面发展，正是一种全面，这种发展才是人生最大的愉快。

——作为一个历史主义者，我不同意"天赋人权"这种非历史的假定，但某些不正确的理论，在特定条件下可以有好作用。如"天赋人权"在启蒙、争取人权与开民智上就是如此。

——我虽然一直赞同改良，但也不能一笔抹杀革命，如平等、社会正义等观念，在有过革命的地方，比没有经过革命的地方，要浓厚得多，这仍是值得珍惜的宝贵遗产。

——宣讲民族主义，在一个国家贫弱的时候，有好处，它可以让人振奋起来，但在一个国家强大起来的时候，大肆宣扬民族主义，那就很危险，民族主义加民粹主义，正好是国家社会主义，即纳粹，它容易造成可怕的盲从，这是当前中国往何处去的最危险的一个方向。

——王国维、陈寅恪、钱钟书，是今天人们美称的三大家，论读书多，资料多，恐王不如陈，陈不如钱，但论学术业绩，恐恰好相反。

　　——评论家就是要用理性的文字，把感觉表达出来。

　　李泽厚是一个思想史学者，但又和一般的思想史学者不同，因为他有很强的史学、史识和史才，他对很多问题的看法是举重若轻的，常常几句话就点到要穴。说到自由主义，他认为"天赋人权"是不存在的，但是在特定的时代有它的那种特殊功能，对启蒙、对打破迷信有它的作用。我觉得这个分析就非常准确，因为我们很多自由派还在用"天赋人权"这套东西来套世界、套中国，认为这套东西就是好的，不拿来就是反动的，反动就要斗争，斗争就是你死我活，这样就会出现很多问题。

　　谈到民族主义，强调一个国家强大的时候特别要防止民族主义，因为现代社会当中，现代世界当中，商品化、世俗化，基本精神是很平庸的，而民族主义恰恰是一种在反平庸的时候的精神补偿，所以我觉得一个后发展国家在一定时期出现了民族主义的膨胀。他没有用浪漫主义的概念，实际上说的就是浪漫主义。他还提到国家主义的危险性，他说国家主义极其具有煽动人的情感和力量。

　　提到"新左派"，他又不像我们很多自由派知识分子那样一棒子打死。他认为"新左派"也有值得同情之处，他们提倡不要把中国美国化，中国只有根据自己的特点，走自己的路，才能够找到新的发展，健康的发展方向。但是，同时他又指出"新左派"又有非常严重的问题。比如，"新左派"要打中国的"资本主义"，把中国的改革当作"资本主义"来批判，这是找错了对象，中国现在需要的是发展和进步。

评点了这些以后，中国应该怎么办？他提出一个非常有意思的观念，说中国首先要考虑哪些路是不可以走的，首先不是考虑我们要从理性上认准目标，不是我们去寻找这个目标，因为理性常常犯错误，人的分析能力是有限的，按照理性的原则建构并设计的目标往往是很危险的，怎么办？那就是人类的试错，在尝试和错误当中寻找新的机会，我们要知道哪些路是不可以走的，哪些是死胡同。我们通过经验的办法，在试错中重新寻找出我们的道路来。他主张的是一种合乎常理的经验论的立场，在我看来这里面有着某种保守主义经验论的智慧。

李泽厚说到未来中国目标的时候提到了几点，二十年以前就提出来了：首先是经济发展，然后是个人自由，再后来才能有真正的宪政民主。这一逻辑是由他的常识哲学和理性作为基础的。这不是从乌托邦的原则推导出来的，也不是从所谓的理性主义推导出来的。

中国最近十年有一点很明显的问题，国内从思想界到大众，社会共识正在逐渐地消失，左右激进主义思潮的那种情绪化的程度要比十年以前更严重。整个社会正在呈现出一种共识开始逐渐瓦解的危险趋势。在这种情况下，李泽厚提出的思想和观念，从经验试错这个角度探讨哪些路不可以走，有特别重要的现实意义。

多年以前刘再复先生提出"告别革命"，遗憾的是当时很多人并没有读懂，一看到要告别革命，就以为要和共产党要告别了，其实只要我们不是从意识形态思维定势来思考问题，就会发现，李泽厚要告别的是激进主义的思维方式，尤其是改革开放中的激进主义思潮。这正是执政党努力强调的东西。所以邓小平早就说过了，中国需要明白人，如果不是明白人的话，大家跟着一起倒霉。所以现在我们特别需要明白人，做明白人其实很简单，多读理性的书，使我们的民族能够避免最近可能出现的民族共识的分裂，重新回到一种共识上来。

我们这个时代曾经缺乏过许多东西，但最缺少的是本土的思想家。在中国，做学问的人不少，但学问家中出思想家者可以说少之又少，究其原因，除了政治上的干预、文化气氛的制约、世俗化的影响，更重要的，也许是思想家需要一些特殊的素质，那就是思辨能力之外，还必须具备触类旁通的联想能力，特殊时代的问题意识、洞察力、悟性，甚至还需要一点浪漫情怀与真性情，而所有这些禀赋要同时结合起来，可以想象这样的人是多么罕见。李泽厚就是那个缺乏思想家的时代中的罕见例外。

这里我要谈一下我当年是如何受到李泽厚的影响的。在20世纪80年代初期的时候，我在南京大学历史系攻读元史研究生，我的导师韩儒林先生是个学贯中西的考据派大学者，但我的学术志趣与导师的风格差距很大，导师虽然宽容我，但我自己是十分苦闷的，我总觉得元朝这段历史和我们的现实关系太遥远了，考证也并非我的所长，我总想找出一个立脚点，但总是找不到。非常偶然的是，80年代初，李泽厚在《中国社会科学》上发表了他的那篇《孔子的再评价》。我读了如获至宝，非常兴奋。因为他第一次用一种新的理论方法，即现在大家很熟悉的结构主义方法，把儒家思想概括为几个关键要素，并对这些要素之间形成的一种特殊的结构进行考察，进而从结构角度来解释儒家思想的意义与内在困境。我就非常冒昧地给他写了封信，谈了他的结构主义方法对我的启示。他回信说，欢迎你到北京来，我们可以见见面。他对年轻人这点非常可贵。说来也巧，正好1981年的时候，元史研究室有个机会，要我这个研究生到北京出差，我就到李先生家里去了。他就住在煤炭部的宿舍里面，院子里很乱，只记得他家里面还有一个大床，我还记得那个大床是铜的，其他的都忘掉了。我就从他那里学到了很多的东西，尤其是方法论方面的东西。后来我在研究生阶段就写了《论蒙古帝国的汗位继承危机》，采用的就是这样的方法。多年来，我对思想中结构的重视，就是深受李泽厚的结构系统论方法的影响。

当然，作为思想家，李泽厚成为了那个时代的仅存硕果，也许与他在谈话录中告诉我们的一些偶然事情不无关系：在"反右斗争"高潮的那三个月，李泽厚正好在敦煌千佛洞研究壁画，幸运地逃过了一劫。后来60年代后期，"左"的思潮起来的时候，又是他的运气助力，因为他的工资太低，只有64块，在社会科学院那样的大学者云集的地方，人家算来算去他也算不上是个"学术权威"，所以也漏掉了。因为两次漏掉以后，他始终在那么艰苦的环境当中保持着思想者的那种贵在自得的乐趣，他在那个环境中顽强地生活下来，成就了他20世纪80年代以后的事业。

（根据《该中国哲学登场了？——李泽厚2010年谈话录》上海译文出版社图书发布会发言稿修改。）

第三辑

历史随感录

作者按：多年来我有记思想日记的习惯，我从中摘选了数篇与历史、治史有关的，编成如下随感录。

史学家为什么大器晚成

读巴勒克拉夫的《当代史导论》。人们说，这位英国历史学大师最好的作品都是他六十四岁从牛津大学退下来以后的十年里写出来的。退休以后，在布兰德斯，他恢复了往日的平静，执笔不辍，例如《当代史学主要趋势》、《世界历史的转折点》由此在他的笔下产生。这位历史学家的黄金时代，可以说直到退休时才刚刚开始。

英国历史学家霍布斯鲍姆的例子更为突出。他四十多岁才开始写第一篇论文，五十多岁才被人承认，他最著名的19世纪三部曲《革命的年代》、《资本的年代》、《帝国的年代》是在七十岁时完成的，他的20世纪史名著《极端的年代》则是在他七十七岁时出版的。他曾幽默地说，由于他的长寿，"再也没有比看到自己曾经的对手被人遗忘，自己因为时间的积累而声名日盛更令人满足的了"。

一般而言，历史学家是大器晚成的。什么叫大器晚成？就是把长期积累的能量得以左右逢源、水到渠成地爆发出来。什么样的能量要长期积累之后才能爆发出来？历史学者就是如此。

在人类的创造才能中，有些事业者的能量可以随时爆发，例如音乐天才莫扎特，他多部优美的小提琴协奏曲几乎都是二十岁以前从笔端流出的。我们现在常听的罗西尼的六首弦乐组曲，那天鹅绒般的优美曲调，居然是他十二岁时谱成的。又如我所崇拜的犹太小提琴家，早熟的哈西德（Hassid）与拉宾（Rabin），他们十六岁左右拉的小提琴曲，音色之美，在我看来，至今无人超越。音乐家、诗人、文学家的创作主要需要的是灵感，这灵感只要一触动，就如同放倒在地上的瓶子中的水一样，自然地流出来，如此方能产生出伟大的作品。

而历史学家需要拥有的，首先是丰富的历史信息，其次，更需要用人生经验与独特的理性思维，来解读这些历史信息。这两者都需要长期积累。更重要的是，光有信息、知识与经验还不够，历史创作的冲动必须经由历史的感悟来激活，这种人生感悟则非长期涵养不能形成。正是在这个意义上，可以说，我还没有进入自己的历史研究的黄金时代，我现在所做的一切，只是为迎接这个火候成熟的时刻做准备。

基于理性的读书之乐

昨天读《吉本自传》。吉本是英国历史学家，《罗马帝国衰亡史》一书的作者。20世纪80年代初期，我在南京大学读研究生时，听林毓生先生讲学时，他特别推崇这本书。他说这本书的最大价值是，吉本提出了道德在人类文明中的价值。这句话气势很大，给我印象很深。吉本晚年曾写了这样一段话：

我想到生死的共同命运，我在生活的抽彩比赛中，已经抽得了高额的彩金了，我生活在一个文明的国家，一个体面富裕的家庭，这种双重福祉乃是千百万分之一的机会。大概说来，三人中仅有一人上得了五十岁，我现在已经过了五十。我有一种和乐的脾气，一种适当的感受能力，有喜欢读书的热情。这是从享乐中所产生的活力。每天，每一小时，都源源不断地提供独立自主的基于理性的乐趣。我的生理机能的原始土壤经过开垦耕作而大大改善了。

　　我能够理解吉本说的那种阅读带给人的愉悦感与精神享受，但英国绅士与贵族的那种优雅生活，却是我们并不熟悉的。我们这一代人大概不太容易理解那种非常单纯的知识之乐，这或许是因为中国近代以来的历史苦难太深，我们见到的20世纪的不幸历史太多了。希望通过自己的思考，来探究我们民族悲剧与苦难的前因后果，可能更高于纯粹的贵族式的知识审美。事功精神，是我们这个时代的知识分子的主要追求与求知意向。

　　只要谈到学问，我说起话来，会旁若无人，会情不自禁慷慨激昂，记得近四十年前的80年代初期，我在外滩的和平饭店，第一次与美国华裔教授黄宗智见面时，他说他在美国很少见到像我这样充满激情话语的人。他还说，台湾人也很少有大陆人这种说话时的慷慨激情，他们总是温文尔雅的。在黄先生说这话以前，我过去从来没有想到这一点。

　　记得当时我对黄先生说，这是因为几十年来，大陆学者读马克思，读黑格尔，习惯用宏大的表达方式说话。

　　也许，这是中国近代以来大陆知识分子的特点之一。我这个年龄的大陆学者经历过"文革"，青年时代就接受了以天下为己任的政治文化，当年就有一种燃烧的政治热情，那时的人往往会不自觉地具有那样的状态。

但有一点我却与这位吉本先生很接近，我也有一种从读书享乐中产生的活力。我在读书中，每一天，甚至每一小时，都能从阅读历史文献中获得源源不断的乐趣与意义，这是一种基于理性思考的乐趣。除此之外，我们这个多灾多难的民族的经验，通过史料中的信息传递给我们，其中的启示与意义，是18世纪的英国贵族所不能体会到的。

历史学家与孤独感

读《文汇报》上一篇回忆傅聪的文章。他说，每个人都必须有自己的特点，最良好的教育就是培养独立思考的能力，让学生自己发现自己，然后表现自己。他还说，只要他多活一天，就会发现音乐是多么高深。他六十岁以后才真正懂了音乐。傅聪还说过一句话，赤子是不知道孤独的。永远保持赤子之心，到老也不会落伍。

这些话同样适用于历史学。历史学家也是如此。历史学家也必须有自己的特点。最重要的是，历史学的教育，就是发掘学生的特殊潜能，并进而培养学生独立思考的能力。历史学家的才能也各有所不同，为的是让学生能发现自己，表现自己，形成自己的研究风格与特长，而不是用教师自己的特点去改塑学生。

傅聪说他六十岁才真正懂得了音乐，历史学家又何尝不是如此？随着年岁增长，人生经历越丰富，历史知识对历史学者的吸引力也就会越强烈。这是因为，生活阅历能支撑他对历史中生活世界的理解，这是一种特殊的触类旁通的理解，会使他比年轻时更懂得什么是历史。历史学家成功的关键，就是在于他领悟活生生的现实生活的能力。正是这种能力，才能激活他透视历史的灵感。

也许历史学家还需要某种类似于音乐家的孤独感。那是一种把自己与周围世俗生活隔离开来的能力，他需要沉潜于浩如烟海的史料之中，需要足够的时间去感悟文字背后的历史真实。书斋里的他处于孤独中，在某种意义上，这是他走向成功的重要条件。另一方面，他内心却并不孤独，因为他充满一种浩然之气，一种能把逝去的既往与现实接通的能量。正是在这个意义上，他处于孤独之中，却并不知道孤独为何物。

库尔斯克战役的启示

晚上看苏德战争纪录片，讲的是库尔斯克战役，其中最令人震撼的是，纪录片里有一组库尔斯克会战前的苏联军人镜头。摄影机扫过约二十个人，他们每个人的表情都是那么凝重肃穆，甚至显得有点阴沉。他们显然已经意识到，即将到来的大战中，自己基本上没有生还的机会。事实上，正如纪录片旁白中所说的，此次战役结束时，这些影片里的军人确实无一人生还……

历史的魅力是无穷的。它永远使人浮想联翩。历史就是人的命运的多义性展示。

过去我们一直以为，库尔斯克战役是苏军的一大胜利，长期以来历史教科书都是这样写的。当年我看苏联战争纪录片时，摄影师从空中俯拍库尔斯克地面上数以千计的坦克鏖战的宏大场面，让人永远难以忘怀。据记载，双方投入的兵力约二百六十万人，投入了六千多辆坦克，这也许是人类历史上规模最大的地面战役。

过去我们总以为是苏联取得了这次战役的胜利，直到最新解密的苏联档案资料公布于世，人们才真相大白，原来这是一场德国方面几乎取得了实际胜利的战役。问题是，在关键时刻，希特勒得知盟军已经在意大利的西西里登陆，并将在西线发动进攻德国的战争，希特勒将不得不面临腹背受敌、两面作战的处境。在库尔斯克战役最关键的时刻，他出于对西部战场的担忧，突然心血来潮，下令德军从库尔斯克立即退兵。于是，科涅夫指挥的苏军在战役垂败之际，时来运转，把握了机会，轻而易举地攻取了哈尔科夫，此时苏军可以有理由向全世界证明，自己是这场战役的胜利者。其实，苏军阵亡人数达十七万人，德军阵亡只有五万人。

　　然而这个并不真实的喜讯，对于加强苏联人的自信心来说，实在太重要了。备受挫折的人们太需要一场珍贵的胜利，来支撑自己已经削弱了的自信。历史就这样被善意地并且是非常及时地扭曲了。

　　这一史实可以给人以很多启示：历史一方面承担着经验记录的功能，同时又承担着凝聚人心的宣传教化功能。历史始终存在着两种功能之间的紧张与冲突，即认识功能与教化功能之间的冲突。历史学的多义性也在于此。一方面，历史很难拒绝宣传的需要；另一方面，从长远来说，一时的宣传需要，根本挡不住人类对真实历史的理性认识。理性认知的需要，永远是第一位的。

　　真实的历史需要真实的信息来支持，然而，由于历史学的特殊性，历史听众永远是弱势群体。在库尔斯克坦克大会战这件事上，我们都是弱势群体。

　　正因为历史学者有如此雄厚的资本，他应该特别谨慎地运用自己的优势，要特别善待自己的读者。

丘吉尔的"自私"如何改变二战结局

从电视里看第二次世界大战欧洲战场的纪录片，我思考了这样一个问题：为什么丘吉尔在1943年不愿意打欧洲本部，只愿意进入北非，再从北非向意大利南部登陆来开辟第二战场，这不是故意绕大圈子嘛？从反法西斯战争来说，明眼人一看就知道这是最不经济的办法，正如我们要从上海到北京去，非得先去欧洲绕到俄罗斯，再从西伯利亚南下北京一样不合情理。难道丘吉尔连这点常识都不知道？

在这里，同情的理解就很有必要了。丘吉尔在当时确实不知道苏联会不会在德国的攻势下支撑下来，在这种情况下，如果他一旦贸然跨越英吉利海峡，直接进入欧洲，就无异于陷入战争深水区——万一苏联失败了，他就进退两难了。历史再不会给他第二次敦克尔刻大撤退的机会。

正因为如此，对于丘吉尔来说，采取边缘打法，先打北非突尼斯，再通过西西里之战，进入意大利，一直处于欧洲的边缘地带，这样做的好处是，进则可攻，退则可守——最符合英国人的利益。他可能有些自私，但哪一个民族的领袖，不是首先考虑本民族的利益？历史学者要同情地揣摸当事人的真实动机。

当然，话又得说回来，如果英军不能直接进入法国，去击中德军的要害，导致苏联在关键时刻失去最需要的支持而惨败，英国也跟着被占领，丘吉尔的边缘战略不就使他成为了历史的罪人吗？丘吉尔这样做，是不是问心有愧？谁也无法预测自己作出的历史性选择的后果，幸好是苏联挺住了。

最近从新出版的《德国史》中得知，英军在西西里登陆，对于解救深陷库尔斯克战役的苏军，恰恰起到强心针的作用。当时双方派出的参战人员约二百六十万人，正当苏军即将招架不住时，希特勒得知西西里英军登陆的消息，由于一时心理紧张，把德国主力军队撤出了哈尔科夫。苏军则趁此夺回了哈尔科夫，并以此证明自己是胜利者。苏军反败为胜的消息，对于增强苏军信心，可以说起了至关重要的作用。这是"自私的"丘吉尔事先没有想到的，连他自己也没有想到，西西里登陆会歪打正着，产生连他自己也意想不到的大效果。

历史上，人们的选择确实是一场无法预知未来的赌博。历史确实令人五味杂陈，历史的魅力也在于此。

阿克顿与《剑桥世界史》风格的启示

最早知道阿克顿的名字，是20世纪80年代初在南京大学历史系读研究生时，当时听美国威斯康星大学著名思想史教授林毓生先生来校作讲座，他说有个英国历史学家，名叫阿克顿勋爵，写了很多书，写了很多文章，发表了很多讲话，差不多都被人忘记了，但他说的一句话，却被人们永远记住了。这句话是："权力让人腐败，绝对权力让人绝对腐败。"

从此我就记住了阿克顿的名字，不过，后来才知道，阿克顿一生还有着重要贡献，那就是他主编了《剑桥世界史》。最近，读英国人写的《阿克顿传》，书中提到阿克顿对《剑桥世界史》编写风格的设计：

这套书应该是浅显的、平实的、清晰的，是向一般受过教育的读者提供他们所缺乏的东西，但同时其基础是科学的，有学识的，所引证的和提到的史料又能使学者和专家感到满意。叙述的口气不能流露出民族、政治、宗教的倾向，也不能冒犯他人。

阿克顿的话实际上是三个方面要求的总结。第一方面是叙述的流畅性，即浅显、平实、清晰，应该始终进入一个讲故事的感觉。如果作者具有讲故事的才能的话，就一定要调动这种才能。在关键时刻，要有生动的细节描述。只有做到这一点，才能达到阿克顿所说的浅显、平实、清晰。

第二方面是科学性，用我们现在的话来说，就是客观实证，史实要经得起推敲。

第三方面是价值中立，所谓的"不能冒犯他人"，其实就是把所有的历史人物不要当作卡通片中的坏人，要用同情的心态来理解任何历史人物。只要设身处地，每个人都是可以理解的。你会觉得他之所以这样做或那样做，是在特定的文化背景下，在特定思潮的价值观、时代困境的条件下，在各种内因外缘的作用下做出的——有主观的因素，也有客观上不得已的原因，他只能如此这般，换了别人，也可能是这样。

正因为如此，一部好的通史，要求作者深入到历史人物的内心世界中去，去"抚摸"他的心理，设身处地去想象他。这种同情心会使读者进入历史人物的内心世界。一部好的中国史，也应该具有阿克顿对通史提出的这样的标准。例如，武昌起义发生后，被派往武汉前线攻打辛亥革命起义军的冯国璋，有说客劝他，让他劝袁世凯实行南北合作，袁可通过逼清室退位，以此作为交换条件，当中华民国总统。冯国璋对此建议，内心充满了矛盾。他受传统忠君伦理的影响，不相信如此拼凑的共和会给国家与民族带来好处。他于是对说客说，决不出卖清室，"宁要做史可法"，但谈到最后，说客临离开时，他又对说客说，"如果你们要搞共和，我也不反对，但不会主动搞"。后来大势所趋，他不得不参与南北合作，但他内心是纠结的，他的内疚心结是他支持张勋复辟的原因。这样的解释就比较有说服力了。

相反，段祺瑞在审时度势上，就比冯国璋要通达得多，也开明得多，他听到劝说者提出的通过南北合作让清室退位的建议后，心里早就同意了。

再例如，袁世凯想通过南北合作，让清室退位，以此作为当民国总统的条件。对于南北合作促成共和这件事，袁氏当时内心也有矛盾，他对从清室的孤儿寡母手中夺取政权，作为一个大男人，也确有不忍心之情。《我的前半生》中溥仪回忆起他在小时候朦胧中记得的场景，那时正是太后与袁世凯商谈退位之事的时候，小皇帝看到太后面前跪着一个流着泪的老头。我想，这个场景很能说明袁世凯内心的矛盾与内疚之情。

当一个研究者这样进入这些历史人物的内心世界，笔下的历史人物就更鲜活，更复杂，内心也更丰富，这样就不再会有简单的动画片式的"好人"与"坏人"之分了。

当然，后辈应该超越前人。光有这些还不够，要从现代学者的视野看历史，要充分地运用现代社会科学的理论资源，来增加对复杂事物及历史演变过程的诠释力。只有这样，才能对历史的大趋势、大结果、大影响、大矛盾，有比较深刻的把握。停留在朴素的常识层面，是远远不够的。例如，研究者只有深入剖析孙中山内心深处的政治浪漫主义，才能理解他思维中的简单化与激情是如何结合起来的，才能理解激进革命家为什么具有强大的感召力与社会动员力。

当然，理论诠释要体现于历史叙述之中，而不是教条式的宣讲之中，也就是说，要综合地运用各种社会科学理论与思想，作为考察分析与解释历史的理论资源，但它们应该是内在于叙述中，而不是外在于叙述中。要恢复历史学的本身魅力，不要把生动的历史写成枯燥的学术论文。人文性本来就是历史学的长处。

《剑桥中国史》的不足

《剑桥中国史》这套书，名气很大，凡是中国史上的重大事件，这部书写得都比较客观而严谨，优点确实不少，主编者的做法，就是把西方各大学研究中国史的权威学者都请出来，各写自己熟悉的一章，这样确实能代表西方的中国史学术研究的高水平，然而，缺点是，《剑桥中国史》各章之间并没有有机联系，每个作者都是各讲各的，各自为政。更为严重的是，如果主编找不到某一段中国史的合适人选，这一部分就空缺了。例如，武昌起义、南北合作、《临时约法》引起的党争等如此重大的，甚至是划时代意义的历史事件，读者却在《剑桥中国史》中找不到专门的章节叙述。相关内容，无论是在《剑桥中国晚清史》还是在《剑桥中华民国史》中，都只是在各章节不显眼的段落中，由不同的作者根据自己主题的需要，一笔带过。

而且，每一卷都没有自己的历史叙事主线。通史，概而言之，就是讲故事，而这里缺的就是故事。此书更大的问题是，没有一以贯之的思想灵魂，也就是说，没有主线或问题意识贯穿其中。正因为如此，它在总体上缺乏生气。我的总体感觉是，这部《剑桥中国史》，与其说是通史，不如说更像一部按编年史体裁集合起来的论文集。

如何避免这一问题？我认为，关键在于必须从中国人的问题意识出发，去写作。如何找到中国人的问题意识？那就是从现代中国人的困境出发，采取困境逆向溯源的思路，把历史写出生命来。有了核心的问题意识，并以此为主线，就有了精气神，就会势如破竹，高屋建瓴。

你只有对当下现实具有洞察力，你的历史研究才有可能有生命力。这句话让我终生受用，也是我治学的座右铭。

严格说来，也许只有本国人才能写好本国史，因为只有本国人才能亲切地体会自己国家与社会的"要穴"所在，外国人往往是隔岸观火，或者仅怀着西方人反思西方自身问题时的问题意识，此时他们对中国兴趣的焦点，只是用来反思西方问题的异国文化参照系。他们不少人并没有对发生在中国的活生生的事物的体悟与感受经验，因此他们不能顺藤摸瓜地去追溯这一事物的起源，以及中国是如何一步一步发展到当下的。

如果说当下现实是历史之果，那么，历史学的功能就是追溯种子是如何生长为果实的，历史研究就是顺瓜摸藤。历史学就其本质而言，就是"种子发育学"。把握了这一点，就把握了历史学生命力的关键所在。

陈寅恪为什么没有写中国通史

有一位研究生来信说："最近一期的《读书》上有文章说，'陈寅恪如果写出了他的《中国通史》，也许轮不到黄仁宇提出大历史观了。'我以为不然。陈寅恪常年处于书斋，精于考据之学，想写出中国的大通史来，恐怕是困难的。我这样说不知道对不对，想听老师的看法。"

我回信说，十多年前，我读过一篇纪念法国年鉴派史学大师马克·布洛赫的回忆文章，许多内容都忘记了，但其中引用了这位史学家的一句名言，却让我终生受用："对于历史学家来说，最重要的才能就是对活着的事物（living thing）的理解能力。"

这句话足以成为历史学研究者的座右铭。在我看来，一个能写通史的学者，必须有强烈的现实关怀，以及对现实人生的观察力与判断力。如果不能在对现实的关怀中，产生以思想为基础的洞察力，是无法完成一部真正意义上的中国通史的，至少写不出"通古今之变"意义上的解释性的通史。

陈寅恪先生是一位博学型的学院派大师，也是近代以来中国最杰出的学者之一，这是无可否认的，但他富于学术而缺乏思想，只有思想才能具有那种对历史的解释力与统摄力，以及对历史大势的洞察力，而博学型的学者，学问再多，知识再广博，如果缺乏思想的统摄，就无法把他观察到的东西予以宏观解释。

有人说，陈先生晚年以十年宝贵时间，花那么大的精力，为一个明末烟花女子立传，写出皇皇八十万言的《柳如是别传》，实在是小题大做，有点可惜了，包括钱穆、钱钟书这些大学者在内的许多人都持有这样的看法。在我看来，以陈先生的学术气质，再衡之以当时的历史条件，也只能如此。老一辈的中国学者，在形格势禁的特殊历史下，通过考证学派的思维方式，来表达自己的人生价值，实在也是适应环境的一种学术生活方式，但这种学术考据的路径，也使他无法用宏观的角度去通观中国历史的大格局、大演变。

最近读陈寅恪1948年的《魏晋南北朝史讲演录》（万绳楠整理的记录稿），读后的第一感觉确实是失望。陈寅恪的作品确实很精致，但他的中国问题关怀，他的宏观通识，似乎很难从他现有的著作中体现出来。这种想法我从不敢公开说，一则担心自己学力不够，以至于我还没有真正读懂他；二则也无资格讲这些对艰困处境中的大师不敬的话。我们多么需要先贤这种特立独行的自由人格，来鼓舞精神上贫乏的我们，怎么可以对大师说三道四？

其实，早在20世纪30年代，蒋廷黻就用平白如话的常识语言，写出了充满现实精神的、高屋建瓴的《中国近代史》。实际上，在现代学者中，我觉得顾准倒是属于那种"有以独断于一心"、具有能写大通史的史家气质的前辈，他在《历史笔记》中，时时会透露出力透纸背的深刻识见与判断力。从《顾准日记》来看，顾准虽然以经济学与西洋史为主，但他的思想力度与统摄力，确实是超越时人的。可惜他死得太早，而且他并不是历史学专业出身，在史才、史学、史识的三才中，顾准有史才与史识，本国史的学术准备却相对不足。他的《历史笔记》大多是批驳吕振羽、李亚农食洋不化的教条主义。20世纪50年代那些古史分期问题，现在看来对推进史学发展没有什么意义。

钱穆当然是有通史之才的大家，只是他对中国文化过于美化与浪漫化，缺乏对本国传统的批判精神。他在《国史大纲》卷首指出，对于中国的历史传统，学者要有"温情与敬意"，这主要是针对五四以来知识界中盛行的激进的全盘反传统主义思潮而言。但怀着"温情与敬意"研究历史，就难免带有主观感情色彩，这又会陷入"求善高于求真"的陷阱，不利于客观认识历史现象。

为了求"善"，往往会牺牲历史之真，这就会犯史家的大忌。

当然这也难怪，钱穆写《国史大纲》时提出"温情与敬意"，正是抗战时期，那时正是国难当头，国人需要从自己的文化与历史传统中，吸取民族救亡所需要的精神力量。历史学有其独特的功能，中国人历来具有把历史当作道德教化资源的传统，这样做也是自然而然的了。

读陈寅恪的《魏晋南北朝史讲演录》后，我觉得陈先生治学中有两个特点值得注意。一是他用的主要是归纳法，似乎无一字无来处，学问根底很深，但归纳法还是会出错的，例如他根据《晋书·苏峻传》等中的两条史料得出结论，凡坞堡的首领都是由众人推举产生的。这就与事实并不相合了。至少我在《元史》中的汉人世侯列传中发现，蒙古大军南下，引发贞祐之乱，此后，金末中原大地上的大多数坞堡，都是地方强人利用自己的武装，独占一方，大批流离失所的农民为了人身安全与躲避盗贼而投靠他们，这种强宗依附型的坞堡，在中国自秦汉以来的两千年历史上，应该不是少数。金末与晋末情况相似，都是大乱后出现无政府状态。此类强人无须推举，他有足够的资源来提供安全，缺乏安全的弱势乡民投奔他犹恐不及。

事实上，归纳法是无法产生严格意义上的真知的，尤其是只根据少量资料来进行的归纳。正如逻辑学上著名的例子：由于人们看到的全是白天鹅，于是自然而然地归纳出世界上所有的天鹅都是白色的。事实上，澳洲确实有黑天鹅，只不过澳洲以外的人们没有看见而已。

通史写作者靠归纳法来统摄资料是写不好的，这是因为，要归纳的东西实在太多，你归纳什么是好？再说，在一般情况下，归纳者心目中其实早有定见，所谓的归纳，只不过是主体把自己原来的定见，用材料来加以证实而已，归纳法往往成为观察者主体通过逻辑来印证自己自圆其说的手段。那么主体靠什么来判断真假？关键要有大见识。

另外，陈寅恪先生说桃花源里的"避秦"就是"避前秦"，似乎也有些附会。这种思维方式与当下的红学家们一样，于是全国各地都冒出多个曹雪芹故居与大观园原址。一个记忆力特强的人，很容易从自己的知识信息库里找到与自己见到的被考证物相似的地方，这就会产生一种强烈的引证冲动，于是附会就产生了。其实，无数史料中总可以找到与桃花源描写的某一具体细节相似之处。但这里像，那里就不像。

在我们这个学界里，考证派是很沾光的。思想者则未必，而中国最需要的还是思想。

当然我们不能苛求前人，尤其是在20世纪50年代的文化气氛中，陈先生能执着于自己的学术事业，更何况在双目失明的情况下，执着于自己的学术事业，用超强的记忆力，通过口述来完成自己数十万字的大作品，这在人类文化史上也是罕见的奇迹。陈先生是近世以来少有的博学大家，在一个过度世俗化的时代，他的人格力量在中国知识分子中的影响力有着重要的积极意义。

从太原战役轶事想到的：历史中的偶然与必然

早上看纪实频道，电视里说的是，在1949年太原战役前夕，一位上街办事的解放军战士遇到街上一个换到假银币的小贩，小贩正在失声痛哭，这位战士出于同情心，回营房把自己的一块真银元，换了小贩做生意时收到的假银元。在他看来，反正就要打仗了，部队又是供给制，留着银元也没有什么用，能帮助这位可怜的老乡，也能解人家一家之难。

没有料到的是，战斗打响以后，当这位解放军怀揣着假币向敌阵冲锋时，他突然感到胸前有重重的一击，差一点跌倒，他胸前顿时有滚烫的感觉。后来一看才发现，原来敌人有一颗重机枪子弹，不偏不倚，正击中他胸前口袋里的这块假银元。这块不值钱的假币，居然救了这个战士一条命。如果不是它挡在胸前，子弹就直接射进他的心脏了。这位当年的老战士在电视里向观众展示这块救了他性命的假银元。假银元币面的中央，还可以清晰地看到机枪子弹打出的一个小坑。我相信所有的观众都会为他感到庆幸。这块假银元对于这位老兵来说具有特殊价值，应该在他家世世代代传下去。这是一块与生命等值的珍贵之物。这是个人命运中最奇特的、最具偶然性的一次体现，其实，每个人的一生都充满了太多的偶然性。

我联想到自己的命运。我姑姑作为一个上海中央银行的旧职员，解放初集中学习结束后，将重新分配，到新疆去工作，在宣布去新疆名单的前几天，正巧一位隔壁同事到她宿舍来聊天，她得知姑姑虽然患上了肺病，却因为老实，并没有向组织报告。这位同事说："你不说，我来帮你说。"她自告奋勇地去向组织反映了姑姑的病情。这才让我姑姑没有被派往新疆，而是继续留在上海银行工作。后来，她在上海开了刀，并极为幸运地被根治了（姑姑后来告诉我，由于当时手术水平太差，她前面动同样的肺切除手术的六个人，全都死在了手术台上）。她的命运就这样改变了。她后来对我说，以她的病，如果分配到医疗条件很差的新疆，肯定活不过两年。

她留在上海后，就把我从河北邢台志愿军第十二军部队托儿所接到上海家中，与她一起生活。七岁的我从此就成了她的养子。这才有了我在上海生活的一切。如果当年姑姑去了新疆，我也不可能来上海生活。可以说，我的人生经历完全是由这位我根本不知其名的热心银行女同事改变了的。我至今不知道这位恩人后来的情况如何。只知道她本人也去了新疆，从此与姑姑失去了联系。

这样的偶然性，在我一生中还经历了许多，其实，每个人的命运都是不断地被别人不经意地改变着，而生活中的每个人，也不经意地改变着别人的命运。

不止个人是如此，放大到一个民族的历史，难道不也是如此？既然生活中充满如此多的偶然性，那么对于一个社会、一个民族来说，历史的必然性又体现在什么地方？例如，第二次世界大战盟军的胜利是必然的吗？我的看法是，一种历史大趋势还是存在的。所谓的大趋势，就是大概率，诸多有利于历史向某一方向发展，而不是向另一方向发展的事件，由此不断地叠加，就会形成大趋势。越到战争后期，有利于盟军胜利的因素就越来越多，那时，盟军胜利的概率就越来越大，相反方向的偶然性发生的概率就越来越低。

那么个人在历史大潮流中会是怎样的命运？我想，如同数学中的大数定律中的具体分子一样，历史中的个人，在面对巨大的潮流时，他的命运是被种种偶然性决定的，但无数个体生活中的偶然性，在总体上，却显现出另一种更高层面的大概率性（而不是必然性），即大数的概率性。例如，对每一个家族来说，降生到这个家庭的孩子是男是女，确实是偶然的，这完全取决于哪个精子与卵子最早相遇。但在通常的情况下，总体上显现出男女之比为100∶104，则是恒常的。从个体看是偶然的，从整体看是大概率的，对于我们民族的历史来说，也同样如此。不过，这个看法还值得进一步思考。

尼赫鲁人生哲学的启示

今天我作为研究生班主任，给全系刚入学的研究生新生讲了一席话。以下是谈的内容。

我今天要与各位谈几点人生的感悟。前几天我看了有关尼赫鲁的电视传记片，其中有一句尼赫鲁关于人生的话，可以给我们很深的启示。他说：人生如同打扑克，一个人不能决定自己会发到什么牌，但如何玩这些牌，却取决于一个人的自由意志。

这句话有两层意思。第一层意思是，每个人在自己的生活中拥有什么可以运用的资源，这并不完全取决于自己，也不能由自己决定。许多客观条件限制了你的活动舞台。第二层意思是，如何运用这些资源，则完全靠自己。中国人有句古话，谋事在人，成事在天。不过，尼赫鲁的这句话并不是同样的意思，而是说，一个人的主观能力可以把自己客观上拥有的资源与条件，发挥到最大程度，甚至可以在很大程度上改变自己的命运。

接着，我就谈了自己的人生体会。在20世纪60年代中期，我在高中毕业时，我的志愿是北京大学历史系，但由于社会关系与出身，虽然高考取得高分，但仍然无缘进入大学，我被分在上海郊区的一家机械工厂里做机械工人，一做就是十二年。可以说，出身不佳，这是我人生最大的坏牌，但我却有另外一些好牌，我在中学养成了读书求知的毅力，还有对知识由衷的热爱，这种热爱强烈到可以从求知中获得陶醉感的地步。

另外，我还有偶尔得到的另一张好牌，那就是我被分配在电镀间，那里只有我一个人。放进电镀池的镀件往往要八小时后才可以取出，这样，我每天上班时就有相当充足的时间，去自由地读书。在工厂生活十二年期间，我用活页纸记下了近百万字的读书笔记，无形中得到了综合性的学术自我训练。在"文革"那个暴风骤雨的特殊时代，郊区的工厂却如同一个相对宁静的港湾，我自信那些年中我所看过的书，要比大多数正规大学的学生多得多，因为他们在"文革"中被剥夺了读书的权利。他们很少有机会读书，而我则属于"领导阶级"中的一员，没有人限制我在业余时间读书。

我还有一个优点，就是喜欢广交朋友，凡是有学问的，我都会上门请教。后来，在1978年投考研究生的关键时刻，我的朋友与老师都为我提供了机会与帮助：复旦大学经济系的老教授伍丹戈先生让我读到他的许多藏书，南开大学的著名历史学家郑天挺教授鼓励我去投考他的研究生，上海师大历史系的一位中年教师为我提供了模拟考题，复旦大学历史系资料室的一位青年管理员把萧一山的《清代通史》借出来供我复习用。

后来，命运开始向我微笑：1978年，我考上了南京大学历史系元史专业的研究生，虽然我没有读过大学本科，连大学课本是什么样子都没有见过。入校后，我才发现自己是南大历史系十名研究生新生中，唯一的自学者。我的经历可以说明，每个人的一生都可能会发到一些坏牌，也会有一些发到你手中的好牌，但如何玩这些牌，却取决于我们自己。我们的自由意志可以尽最大可能发挥作用。

我还要举另外一个例子，不久前，我看过这样一部纪实片，说的是一家普通渔民，父亲炸鱼时失去了一只手臂。家里的老二当了家，天天出外打鱼，不但养活了全家，而且还在经济上资助哥哥读到中专毕业，让他在北海城里找到工作。这个老二又购了一个旧的大船，打的鱼多了，于是讨了老婆，生了女儿。三岁的女儿还报上了城里的户口。后来他还从别人把活鱼放养在自己的大船里得到启发，于是做起了在海上购鱼后拿到北海去卖的生意。于是，这个家越来越兴旺。

在纪录片结束时，他的哥哥请一些同事来到自己的老家，说自己的弟弟把那么大一个家撑起来，让自己读书，自己心里很是内疚，今后自己一定要报答弟弟。他的话是那么朴素，我也很感动，这是一个再普通不过的中国渔民故事。我之所以特别感动，是因为我们许多人也有过类似的人生奋斗经历。

让我再回到尼赫鲁的那句话上来。说实在话，这个渔民的牌并不算太好，但他却能最充分地运用自己的已有资源，使自己比别人过得好些。从旧的小渔船换成大一点的海船，从自己打鱼到收购别人的鱼，再到用海水放养。所有的资源都是现成的，但都被充分利用了起来。

其实，每个人一生都是这样。上天对每个人的赐予，都差不多是平衡的，上天让你有一个聪明的头脑的同时，很可能让你的身体不那么健壮，让你出生在一个贫穷的家庭；让你有一个好嗓子，让你天生精力充沛，却同时有一个坏脾气；让你出生在一个富裕的家庭，却让你处于家族的重重矛盾之中，等等。成功者就是善于利用自己分到手中的牌，并运用自己的自由意志，来组合手中的牌，并在决定时刻出合适的牌。

（**附记**　有一次，我看电视主持人对一位八十八岁的老格格的访谈。这位老人在监牢里度过了十五年，但出狱后仍然那么乐观，她说的一句话很好，大意是一个人的命运只能决定他人生的一半，另一半由他自己来决定。她的意思是，让她进监狱，这是她所不能决定的，是命运决定的，她违抗不了，但在监狱里如何生活，却决定于她自己。她在访谈时，很欣赏同牢一位聪明的狱友，说到这位狱友如何聪明时，她自己都情不自禁地笑了起来。这种状态真好。）

罗易笔下的列宁形象为什么栩栩如生

我从北京潘家园书摊上只花了三元钱，就淘来了上下两册的《罗易回忆录》。虽然纸张发黄，在众多旧书中显得不那么起眼，但可以说，我捡到了一个大漏。罗易是印度共产党中的左派，中国的大革命时期，被第三国际派到中国来推行激进的土地革命政策。

初读几段，有一点引起我的注意，应该说，这位革命者还是相当有才气的，文字工夫了得。他在回忆录中用短短数语，就把自己在克里姆林宫受列宁接见的场景，以及他对列宁的印象，描绘得栩栩如生，使列宁的形象跃然纸上。文笔如此传神而鲜活，实在令人钦佩：

> 他（列宁）几乎比我矮一头，他把他那撇红色的山羊胡子，翘到几乎达到水平线的位置，好奇地端详着我的面孔。我感到局促不安，不知道说什么好。他说了一句开玩笑的话，使我摆脱了窘境：
>
> "你很年轻嘛，我还以为是个长白胡子的东方贤人呢。"
>
> 我初来的紧张情绪消除了，我找到几句话来抗议他瞧不起我二十又七的年龄。列宁笑了，显然是想让一个怀着敬畏

心情的崇拜者安心。

如果换上我们驾轻就熟的路数来写，一定是先要赞颂一下列宁这位革命家的伟大形象，再是写自己高兴得说不出话来，心跳得像蹦出来一样，再写伟人如何勉励自己把青春献给革命，最后写一段缅怀伟人、保证继续革命到底的话。

我觉得，在历史写作中，作者应该充分展示自己的主体性思考，把自己的主观感受融入对事物的描述中，就如同罗易写自己是如何见到列宁，列宁给人的印象如何。

自古希腊历史学家以来，西方人写史的传统就是"有我"，即字里行间充满着作者的主体感受，从吉本的《罗马帝国衰亡史》到夏依勒的《第三帝国的兴亡》，都是如此，而中国人写史则强调"无我"，甚至刻意追求"无一字无来处"，尽可能地摒弃作者主体感受、情感与判断的参与。只有这样，才能保持"文以载道"的大原则。

其实，避免历史学程式化的最好办法，就是引入观察者对问题的主体性思考。例如，当你要写大革命史时，要解剖左右两派历史人物的内心世界。要在写作时让当时的情景在头脑中活跃起来，形成形象图景，并用主体的感受来描述这一图景。这一点中国人最难做到。中国人写历史，写出来的东西就如同京戏里的脸谱人物一样。但写作，要把第一感觉写出来。

"人没有本质，只有历史"

马德普的《普遍主义的贫困：自由主义政治哲学批判》，是一本写得很到位的书，它对启蒙运动的肤浅理性主义作了很好的分析批评。读后我掩卷思索，这样的好书，为什么在学界影响不大？有些学者并无思想深度，红得发紫，追随的粉丝却多得如过江之鲫；有些学者书写得很精彩，却曲高和寡，知音甚少。这本书引用了英国哲学家柯林伍德的一段话来说明历史主义的意义："历史学家一定永远不要做启蒙运动历史学家所经常做着的事，那就是以鄙视和厌恶的态度去看待以往的时代，历史学家必须以同情的态度看待他们，并在其中发现真正的而又可贵的人类成功的表现。"

这一段话是否可以运用于对董卓之乱以后的大乱世时代的分析？从董卓之乱到西晋八王之乱，再到六镇之乱，长达数百年，这是一个谁也不愿意生活于其中的中古黑暗世界，梁启超就曾说过，中国人即使在三国时代存活下来的，也只有东汉后期人口的十分之一。但问题是，如果你已经出生下来，你又根本无法选择离开它，不能回到娘胎里去，你只有在其中生活下去，并力求运用你的心智去找到适应环境的办法，否则你连有没有活路都成问题。如果历史学者能用这种态度来研究八王之乱，不同的人们如何选择不同的方法，来面对自己的生存困局，这样的角度是不是更合理些，更少一些苍白的道德教条主义？

马德普的这本书还引用了赫尔德的话：

"人生来都归属于某个基本群体，民族或种族，这些群体又由其生存的环境塑造出独特的体质与生活理想。每个种族的幸福观与生活理想是不同的。这些思想使人们能以更同情的态度去看待过去的时代。而这些时代过去只是被启蒙运动思想家作为未启蒙的或野蛮的时代来看待的。……要理解各种文化现象，只有进入其独特的生活条件，只有进入约旦丘陵并见过那些原始游牧民的人才能真正理解《圣经》。"

以上这些思想观念，从另一个角度强调了文化就是某一群体在适应环境过程中的集体经验。你可以从道德上批判这种集体经验，但如果你生活于那个时代，那种批判是苍白无力的。赫尔德这段话对于我的意义是，历史研究的主旨，不是简单地用某种现成的道德价值作坐标，去把历史上的人判定为好人恶人，而是要从环境与由此衍生出来的文化规则的互动关联中，来找到理解历史演变的线索。

关于这一点，英国保守主义哲学家奥克索特有一句让我永远不会忘的名言，那就是："人并没有本质，人只有历史。"（The man has no nature, but history.）我们可以补充说，是的，人没有本质，只有历史，还有文化。这里的文化，是文化人类学意义上的文化，那就是人类不同民族在应对自身环境的挑战时形成的主观观念与习惯系统。

简单地用道德主义立场谴责某一时代，是再容易不过的事了，而理解一个时代却困难得多。理解一个时代如何变成另一个时代，那就更不容易了。文化规则是环境的产物，这一文化规则（包括制度、习俗、思想本身产生的结果），又改变了环境本身，接下来，文化规则又会发生相应的变化。最后，新的文化规则逐渐产生，新的文明时代来临了。

战争片中的诗意与民族性格

——我的思想手记

《钢琴师》：纳粹军官身上复苏的人性

今天是周日，上午，我、小叶与潞子，全家三口乘出租车去上海影城，看波兰与英国合拍的奥斯卡大奖影片《钢琴师》。电影说的是一位二战时期的犹太钢琴家，经历了九死一生的苦难，躲在废墟中最后还是被一个德国军官（中尉）发现。后者听了他弹的钢琴曲之后，受到感染，他的眼神中隐约可以感觉到一种久违的人性在复苏，这位钢琴家终于受到德国军官的保护而生存了下来。在战争结束后，那位德国军官在俘虏人群中恳求过路人带信给那个受过他保护的钢琴家，希望钢琴家能帮助他获得自由。当钢琴家赶到俘虏营时，那儿已经是人去楼空。影片最后的字幕说，此中尉在1952年死于西伯利亚战俘营。

这部片子除了表现犹太人的苦难这一常见主题之外，还第一次涉及到一些德国纳粹军人也有人性的一面，而且表演得恰到好处——自然、真实而不过分。这是它深深打动观众的原因。为什么人们会油然产生对这个纳粹军人的同情？因为他作为一个人的正常感情在钢琴的音乐声中复苏了，人们透过纳粹军官的军服，看到了一个与自己同样的人，因而这个军人不再是抽象的符号，他也就享有了人们对他同情的机会与权利。

另外，电影中钢琴家的姿态动作是如此笨拙，如此弱不禁风，他在与军官对话时又是那样的胆怯，声音轻得如蚊子一样，几乎听不见似的。这个被残酷的战争压垮的人，与战前这位在鲜花与掌声中受人们崇拜的成功青年音乐家的形象，形成如此鲜明的对比，使人们感受到战争的残酷感与人生的沧桑感。

很久没有看过如此冲击到观众心灵深处的好影片了，难怪我一出影院大门，就立刻感受到《手机》海报的强烈反差。以《手机》为代表的中国电影商业化、世俗化潮流，实际上已经使国人陷入了群体性的文化精神颓废之中，而整个中国社会舆论对此潮流似乎都失语了。我们在不知不觉中，似乎丧失了对世风日下、物欲横流的群体性精神麻痹状态的批判反省能力。这种现状反过来使人们见怪不怪，习惯成自然，当下中国的商业化传媒，"天网恢恢，疏而不漏"，覆盖着我们芸芸众生，处于其中的人们"如入鲍鱼之肆，久而不闻其臭"。中国本来就缺乏崇尚彼岸世界的宗教，来缓冲这一世俗化潮流，正是在这个意义上，中国在过度世俗化过程中的后果将是严重的。

看这样的电影，人的心灵也会得到升华。这才是艺术的真实生命。

从《士兵之歌》想俄罗斯民族的苦难

今天早上在家看苏联20世纪50年代的老电影《士兵之歌》（DVD），又一次得到心灵的净化。电影中最使我感动的是，从前线回家探亲而误了时间的士兵阿廖沙对过路的汽车司机说："让我搭上车吧，我只想到家与母亲拥抱一次。"就这句朴素的话语感动了司机，他决定即使被关禁闭，也要满足阿廖沙的心愿，就让他上了车。

母亲在大地上狂奔着向他跑来。他与母亲见面只有十分钟，充满了朴素的爱。母亲说："我一定能等到你回来，因为我没有等到你的父亲回来。"

看到这里，我忍不住自己的眼泪。珍贵的几分钟马上就要过去了，汽车喇叭响了，在观众眼里，那是一种近乎残酷的声音。后来，阿廖沙乘坐的卡车消失在田野大地的远方。……他永远没有回来，他在异国的一条陌生公路边永远长眠着，虽然陌生人有时会献上一些鲜花。

近代以来，俄罗斯始终是一个不幸的民族。俄罗斯人多灾多难，情感世界却又丰富而深沉。看了电影以后，我头脑中突然浮现的一个想法是，为什么这样一个精神世界丰富细腻、充满人性敏锐感受能力的民族，这个产生过《三套车》的民歌，产生过普希金、托尔斯泰与妥思陀耶夫斯基的伟大民族，整整一个世纪却承受着巨大的悲剧命运？而美国人在精神方面如同它的西部牛仔一样，什么《黑客帝国Ⅲ》之类的大片，无非是西部牛仔文化的现代翻版。相比而言，美国人尽管充满活力，然而在精神世界里却粗犷并略显肤浅，远没有俄罗斯人那么深沉而细腻的内在感情世界，然而，正是这样的民族，却在经济上与国力上以及文化上成为佼佼者。

这里面有没有某种必然的关联？我想，是不是可以理解为，感情丰富、思想深刻的民族常常会为某种不切实际的理念而牺牲，占据他们思维的是"主义"与献身精神，而"主义"的大话语所具有的吸引力，最容易经由理性的畸变而发展为集权的乌托邦。

我总会想到屠格涅夫的散文诗《门槛》：阴沉的大门前，站着一个俄罗斯女孩，黑洞洞的大门里传出一个低沉的声音，那声音问女孩，你知不知道进来就意味着什么，饥饿、寒冷、黑暗、不理解、屈辱、不幸、死亡，还有……女孩回答，知道。那个声音说，那就进来吧。于是，女孩踏进了那黑沉沉的大门，大门闭上了……

这个俄罗斯少女形象，多少年来一直深深地刻在我的记忆中，挥之不去。屠格涅夫《门槛》中的少女，实际上就是为理想而献身的俄罗斯民族精神的符号。相反，美国人尽管世俗而肤浅，热衷于享受个人主义的世俗乐趣，然而恰恰是这一点，使他们具有了对建构主义意识形态与乌托邦的本能免疫力。这使他们在务实的世俗竞争中，充分地发展多元文化与经济（当然还有其他天时、地利、人和的条件）。而多元文化、经济的活力与竞争力，却又成为美国人安身立命的关键。

在某种意义上，一个多世纪以前中国知识分子的那种看来过于简单的比喻：东方讲精神，西方讲物质，一个世纪后再反思一下，或许还能读出前人没有体悟过的新意。

俄罗斯战争电影中的诗意美

晚上看凤凰卫视苏联胜利日庆典节目。总能感觉到，俄罗斯人无论经过多少年，总能对他们第二次世界大战的历史有一种挥之不去的神圣庄严感。我特别难忘的是这样一个镜头：在莫斯科战役最关键的时刻，一队年轻的坦克兵在雪地上列好队，在悲壮的音乐声中即将奔赴前线，一位老人在寒风中脱下帽子，走到每一个士兵跟前，向他们每个人深深地弯腰鞠躬。此时此刻每个出征者心里都很清楚，他们生还的机会是很小的。事实上也是如此，后来影片中的所有人没有一个活着回来……

电视里有一句二战中的俄罗斯诗歌很是感人，我连忙把它记了下来，大意是：

> 天边列队飞翔的仙鹤，
> 是一队飞向天国的战士，
> 队列中有空位的地方，
> 那就是留给我的位置。

那是多么美的意境：对于一个苏联士兵来说，远方的一队仙鹤正静静地飞向天国，那么高贵，优雅。这就是他的战友们，烈士们，他们也在那边等待着他。他最终也会融合在他们之中……天国，悠远的天际，逝去的仙鹤，无声无息的牺牲精神与美的意境，在这首短诗里汇为一体。

几年前与已故老朋友陈文乔聊天，我们谈到苏联电影《这里的黎明静悄悄》的感染力。他先说了一句通俗而又意味深长的话。他说，这些女兵就处于那个特别的矛盾之中，她们"放又放不来"。我立即捕捉到这句话的分量，于是进一步追问此话怎讲？陈说，此时此地，就只有这样几个与大部队脱离开的女兵，另外就只有一个上了岁数的男兵。她们本来是女人，是弱者，战争本来就是男人的事，她们本来是与战争无缘的，但她们却不得不背负不可推卸的责任与义务。国家、民族、和平、斯大林，统统沉重地压在她们脆弱的臂膀上。她们不得不与身强力壮的男性敌人作战。正是这种张力，体现了人性，体现了战争残酷的一面。

我们都很喜欢这部电影，它的片名都那么富有诗意，"这里的黎明静悄悄"……富有诗意的画面与残酷的战争张力，在电影中奇特地结合到一起了。

也许从小受俄罗斯文学潜移默化的影响，我总觉得俄罗斯是一个充满诗意的民族，我总觉得我们国人缺乏对历史中神圣事物的诗意理解。近代以来各个时期都是如此，为什么这么说？或许，这是因为我们民族缺乏崇高的宗教情愫。中国人的求神烧香拜佛，与其说是宗教信仰，不如说是功利心的投射，当然这只是一个方面。另一个原因是，把此前的神圣性的事物都以政治大话语的标尺来解读。高歌猛进与"让天地也要抖三抖"的豪言壮语，代替了对人生的诗意理解。其实，这也与我们自南宋以来的儒家文化越来越强的"文以载道"传统有关。泛道德主义排斥了、也扼杀了主体个人的美感体验，并把美感体验挤压到"义理"之中去审判与阉割。其实，我们在小时候已经过早地失去了对美感的滋育体验。多少年，我们就这样生活过来了。

看日本电影《野火》所想到的

花两个晚上，分两次把1959年出品的日本黑白宽银幕影片《野火》看完了。这部电影说的是太平洋战争期间，莱特岛上的日军散兵游勇，如何在极度困难的生存环境中，越来越丧失人性，并退化为类似野兽的"野人"。影片结尾时，主人公见到他的同伴把长期欺侮自己的长官杀了，并生食其肉，弄得满脸满胡须上都是血。主人公再也无法忍受这种人变成"野兽"的状态，于是向正在烧着山火的当地村民投降，但他最后仍然倒在山民射向他的仇恨的弹雨中。

意味深长的是，20世纪50年代的这部左翼电影却并没有任何宣扬左的意识形态色彩，作者不露痕迹地表达了日本人对战争的深刻反省。这种批判精神在20世纪70年代以后的日本人中似乎已经很少见到了，而在20世纪50年代，日本的左翼力量还是很强有力的。

我永远忘记不了主人公那迟钝、多疑却又敏感的眼神，由于营养不良而苍白、长满胡须的面庞，因为饥饿而摇摇晃晃的步态，那有气无力的、如同舞姿般的举手投降的背影，实在令人回味无穷。

不知为什么，我第一次发现了黑白宽银幕影片特有的魅力，也许是它色调单纯更显得朴素无华，因而给人以历史风格的真实感，也许是它把人们注意的视线从色彩转向电影所记述的生活内容本身，也许是艺术家刻意暗示那是一个没有色彩的战争时代，也许是想请观众以观察纪录片的感觉，去观赏这部艺术片。当然，最大的原因可能是1959年日本还没有商业彩色片。

我过去在想，为什么日本已经出了好几个诺贝尔文学奖获得者，而中国那时一个都没有。

看了这部电影，我对国人没有得诺奖这个问题似乎略有所悟。其实，总的说来，日本艺术家比中国同行更能领悟艺术与文学的真谛，而中国的"文以载道"的义理传统实在太强大了，太深入我们国人的骨髓了。自古以来，中国就是一个最讲求高调的"政治正确"的民族，在这样的文化中，人总是某种义理的符号，从"饿死事小，失节事大"，到"向前冲啊"，其中的人都是彼时彼地"大道理"的代码或诠释物，或是大道理的教化书的插图。而真正的文学就是写人，写活生生的人，国人总做不到这一点。

我常常在想，中国人的雕塑水平在所有造型艺术领域中，其水平是较低下的，中国人老是缺乏雕塑艺术细胞。看看中国人的雕塑作品，那永远改变不了的概念化。例如，我在秦始皇陵兵马俑参观时，见到那大门前的秦皇塑像，实在是丑陋粗糙至极。又如那个黄道婆纪念馆前的黄道婆像，是如此的"高大全"，几乎可以与样板戏的人物造型媲美，更不用说是神似了。所有这些都不过是人们心中已经固化了的政治概念或文化概念的符号，而且从技艺上看，也只能是练习生的水平。

不要不服气，这些塑像，现在就站在那些地方，谁去了都可以看到，看了后就知道了，它们才是中国道统至上的艺术思维最直接的写照。看了这些塑像之生硬粗糙，你就能理解为什么我们离诺贝尔文学奖还那么遥远了。

日本封闭的民族性

昨天晚上购得三张一套的日本战争片DVD，一共有十八部大型电影，这正是我研究抗战史需要的，得来全不费工夫。每天看一集，可以对日本人的战争观有更为感性的认识。

今天看了《神风特攻队》，影片中的主角野村是一个非常可爱的小伙子，长官如此欺侮他，他都忍了下去，不动气。他在学校里热爱哲学，喜欢德国音乐，在和平年代肯定是个好公民。当美军飞机炸死了他的女友后，他发疯了似的要冲上去拼。当时他说了一句发人深思的话，大意是"战争时代的人与和平时代的人想问题是两样的"。这也就是说，现在是战争时代，所以他只能以这样的方式思考问题。我觉得这句话有助于中国人理解，为什么同样一个受邻人尊敬的、循规蹈矩的日本人，一旦到了战争时代，会做出禽兽般的暴行。这位飞行员后来飞上天，去执行自杀式的特攻任务。

通过看日本战争大片来理解历史，这是一个新的角度。我可以把看电影时的感想点滴记录下来。至少我的初步感觉有这些：

第一，日本法西斯军队文化的严格性，上下等级的无条件服从，尊上而不爱下，讲秩序与纪律。电影中有一个情节很有意思，当这个飞行员的上司见到他与女友在雨中打伞，走上前去就打他耳光，说军人不许在雨中打伞，由此可以想象日本严酷的法西斯式的军队文化。

第二，整个日本是一个封闭的环境，人处于其中就会自然而然地在这种文化的价值约束下，形成特定的立场，他们以特定的视角看外部世界，在我们看来荒诞不经，他们却会认为是天经地义。这种封闭性思维也许是岛国文化的特点，大海对日本人来说，起到对外封闭、对内聚合的作用。日本人感觉不到这一点，其实，日本人彼此之间很相像，缺乏其他民族的多元性。这种同质性的文化把人塑造得差异性很少。例如，传统日本妇女，连笑起来都一样，几乎是一个模子里刻出来的，这种角色固化在电影里就更是明显。

第三，战争会扭曲人性，这是通过闭合的文化思维方式与价值来起作用。这种文化闭合性，在日本文化上表现得更为严重。野村说的那句话"战争时代的人与和平时代的人想问题是两样的"，很能说明封闭的战争环境与气氛里，人们思维的同质性与封闭性。

电影给人印象最深的一句话，是一个热恋中的女孩在美军飞机轰炸时说的大白话："别这样打下去了，谁认输了都行，只要别打了。"她是野村的恋人。在极度残酷的战争里，只有热恋中的女性，才会朴素地从军国主义体制内部，发出常理性的呼唤。在这个荒唐的、扭曲的封闭性世界里，人们对和平的向往，已经超越了战争胜负的重要性。也许这是真实的人性对军国主义文化的一种反叛，是常识对占统治地位的极端民族主义话语权的颠覆。

《啊！江田岛》的多义性

花两天把日本战争片《啊！江田岛》看完了。电影说的是一个日本青年人，由于对家庭生活的不满而去报考海军军校，然后在军校生活中变成了一个狂热的军人。这部电影使我想到两点。

一是日本自明治维新以来的传统军队文化的严酷性，把活生生的人放到一个模子里制出来，虽然它能锻造出勇敢的战士，但却完全没有真正的主体性与独立的思考能力。主人公村濑一开始难以忍受这种生活。他看到那些新同学只不过由于回答长官问话的声音无法响到大喊的程度，就被高一级的同学狠打一顿，他仅仅因为上楼梯时手没有放在胸前，就被教官打得口唇出血……他实在无法忍受这样的生活，然而久而久之，恰恰是这样的训练改变了他的正常人格。在这个畸形的环境中，他完全适应了，此后他觉得自己居然是"最幸福、最充实"的人。我想，这确实是真实的，是忠于历史事实的。通过这部片子以及前面已经看过的几部战争片——同样的细节反映出来的共同性，可以理解日本军国主义战斗力强大的精神因素。罗马打败希腊，希特勒打败法国，靠的就是这种不讲理只认规矩、带血腥味的"斯巴达精神"。

其次，这部片子隐含着生活的多义性。一方面，是这种"斯巴达精神"的培养，另一方面，是它的僵硬性，使主人公在美军飞机轰炸军校时，出于对学校强烈的情感，完全被激情所左右，不顾一切地冲出防空洞去开高射机枪，白白送死。他的精神导师小野中尉回到学校听到这个消息，只说了句"愚蠢"。然而，村濑正是他教育出来的。这样故事就具有了更复杂的内涵，可以说具有了多义性，正是这种多义性使电影具有了更丰富的内涵。

山西访古纪行

不久前，我赴山西陵川，参加当地举办的一个有关元代历史的学术讨论会。这就让我有了一个宝贵的机会，考察当地的一些古迹。于是就有了以下这些随感录。

白陉古道的"荒古美"

白陉古道是连接山西陵川与河南辉县的一条山道，这条位于南太行山区的古道，从春秋战国到如今，已经有2600多年的历史。那是山西自古以来通往外省的八条古道之一。春秋争霸时，齐晋相争，齐国就是从这一古道进入晋国。这条白陉古道一直使用到20世纪60年代。

也就是说，直到最近五十年前，自古以来，被太行山隔绝的山西与河南之间的中国人，走的就是这条古道。他们从山西挑担子把煤运到河南辉县，又从河南把那里出产的板栗挑回山西。就这样来回挑担子，挑了千百年。到了20世纪60年代初，附近地区修建了贯通河南与山西两省的省际公路，从此以后，这条白陉小路就废弃不用，至今已经有五十年了。

然而，正因为白陉道上人烟稀少，风景壮美，对于发怀古之幽情的游客来说，则别有趣味。这里的古道景观，保持得还算完整。我们还可以看到石板上那些已经磨成凹坑的马蹄印子。那是千百年来无数马蹄踩出的。这种历史感让人肃然起敬。这一古道，其中有一处"七十二拐"的下山路，风景奇特。从这里出发，能从太行山之西越到太行山之东，再过五十里就能进入河南辉县。

对于旅游者来说，这条白陉古道还有一个优点，那就是，除了山腰处偶然依稀可见的、延绵的小红旗，四周连电线也没有。由于四周没有任何现代化的东西，你站在古道上，就仿佛置身于宋元时代的环境之中。在白陉的山壁上，我们还能看到清嘉庆年间立的省界碑，这是我第一次见到真正的古代界碑。黑乎乎的石刻字迹，仿佛无言地叙说着无数的、大大小小的、有关人生悲欢离合的故事。我内心中油然产生出一种苍凉的历史感。

我想，正是这种历史感，才是历史旅游者追求的最佳境界。可惜的是，现在各地的旅游大开发，很多都变成了历史古迹的大破坏。人们用推土机把真正的古迹推掉，再用老百姓的纳税钱堆出一个个现代的假古董，在那些假古董面前，我们是无法产生此刻的历史感的。

过了"七十二拐"，离河南就不远了。我在白陉上走了全程。我在山下进了一户农民家的院子里，主人赤着臂膀，邀请我进屋去。房间很大，家具也很新，还有电视。夫妇以采药为生，由于药材涨价，加上其他一些生意，日子比过去好。他们的两个女儿都在外地打工。听他们说日子过得好，我比什么都高兴。山里人就是热情质朴，他们一定要留我吃饭，当然我们婉拒了，我们要赶路回去乘车。临走前，他们夫妇在屋子里与我留了张合影。

北吉祥寺的命运

下午去几处金元古建筑参观。先是去北吉祥寺，说起来，这是一座破庙而已，然而却有一种强烈的历史苍凉感，中殿与前殿均为七百年前的金代建筑，由于这些建筑与南方古建筑相比，没有油漆修饰过，所以显得特别古朴自然。我可以用"荒古美"来表达这种感受。一进入院子，荒凉的一切会使人油然而生一种历史的联想，这是历史苍凉感在起作用。如果一旦把它油漆一新，这种感觉就没有了，剩下的就是一所普通的旧房子而已。当然，要有相当的文化修养与熏陶，才会在这种"荒古美"场景中产生一种体悟。这种审美享受并非所有的人都能有幸获得。

这种"荒古美"在南方已经无法体会到了。例如，你在灵隐寺，就绝没这种感悟。杭州太现代了，游人如织，来去如过江之鲫，古迹被不断地翻新。对于古迹来说，这其实是一种更为可怕的"建设性破坏"，人们只要去参观一下杭州那座用水泥筑起来的岳坟，就知道我所言不虚。

当地人告诉我北吉祥寺的命运。虽然北吉祥寺是金代原汁原味的古建筑，虽然它七百年来没有遭受虫蚀与火灾的命运，它一直就坐落在这僻远的山间，一代一代的和尚安分守己地、默默无闻地在这里过日子，直到1946年，这里把和尚打发走了，把寺院变成了乡村小学。到了十年动荡时期，此处内部已经没有什么作为"四旧"要加以破坏的了。造反派就把一些房顶上的古代文饰砸了。好在原汁原味的建筑本身仍然存在。

幸运的是，此地穷困，十多年来，政府没有什么钱来翻新改造，从而使这座古庙得以苟全性命于商品大潮中。最近，本地开始有经费来整修古庙了，所幸的是，国家文物局及时提出了古建筑修复原则——"不塌不漏，修旧如旧"。这八个字的提法真好，也算是中国的文物政策走向成熟的一个标志。看来，这座古庙历经沧桑之后，有可能以这种古代风貌存活下去。

接着，我们要去的是崔府君庙。该庙只有山门是金代建筑，其余都是明清建筑，院内郁郁葱葱。最后去的是西溪二仙庙。二仙庙保存得最为完整，格局甚大，但大多是明清建筑了。

相对其他地方而言，山西的地上文物，由于种种原因保留得比较丰富，其中最重要的原因是山西长期以来处于"边远地区"，再加上地方经济不甚发达，上级政府为保护文物遗址而拨下来的经费不多，这反而有利于遗址免受人为的大破坏。我们现在许多地方官员在对待古迹的态度上可以说是一种"建设性破坏"，上面拨下一笔古迹保护专用款之际，就是该古迹灾难来临之时。这种情况应该引起重视，并发生改变。

我记得当年（20世纪70年代）在上海郊区工厂当工人时，工厂附近那座有九百年历史的孔庙殿前是长满青苔的青砖，但现在已统统被换成了水泥。我还记得，1973年我独自去绍兴旅行，那里的鲁迅故居、三味书屋正在整修，鲁迅用过的旧屋木料、旧门窗已经堆在一边，全部被全新的木料更换，鲁迅走过的小石路被换成了水泥平板路，真是脱胎又换骨了。诸君现在去参观三味书屋，实际上是1973年翻新后的。

长平古战场的随想

今天上午我在大会上的发言结束以后，立即乘车去高平市。那里有著名的先秦古战场，秦国大将白起与赵国那个口若悬河的纸上谈兵将军赵括之间的长平之战，就发生在那里。这是几天来最吸引我的旅程。小车开了近两个小时。

长平之战葬坑遗址馆，从外表看上去像一个由简易预制板搭起来的大车间，约四千平方米。我过去一直不相信坑杀四十万俘虏之事，今天终于看到了真实的杀俘坑，它离地表其实很浅，只有一米不到，难怪史书记载，到了唐玄宗时，这里的葬坑骨头时有被河水冲刷出来。尸骨被堆积埋葬。四十万人骨，就散布在游人脚下一米的泥层里。这也许就是人类战争史上最残酷的事件。秦国的白起大将从此永远在世人心中留下了自己冷酷的名字。

馆中墙壁上有一张放大的彩色相片，尸骨主人的齿龄大多在二十岁到三十岁之间。头颅上有被锐器打破的洞。骨骸堆积得很密集。还出土了战国的刀币，那些可是可怜的士兵们藏在身上的军饷钱，准备以后回家养家小的，此时却永远埋葬在远离家乡的长平泥层里了。此馆一般不对外开放，由于我们并非重要的客人，能让我们参观已属大幸了。为了保护骨骸不受电灯光线照射而氧化，馆方没有为我们开水银灯，我们只能远远地望着那坑中依稀可辨的密密麻麻的尸骨。

在参观葬坑时，我就特别注意了解，为什么要如此残酷地对待俘虏。得到的解答是，第一，秦兵也死伤惨重，无法安排整编数量几乎与自己兵力相当的几十万俘虏。其次，如果把赵国俘虏押送回秦国的咸阳，路程又实在太远，数十万人的伙食供应根本不可能提供，而且一路上容易遭袭，在异国土地上，押送那么多心有异志的俘虏，显然很不安全。第三，把几十万人放回去如何？从军事理性角度来考虑，那更不行，因为这是放虎归山，又会增加赵国在未来与秦国打仗的有生力量。第四，即使留在原地整编成秦国的军队，那也根本行不通，这是异国的地盘，秦也没有那么强大的感化教育能力，秦军的人数也有限，根本无法消化那么大数量的敌国士兵。长久拖下去也不是办法，因为能为战俘提供的食品供应已经严重不足。当时可能连秦兵自己的给养也成了问题。简单地说，整编不起，押送不起，养不起，放不起。看来大将白起当时大概也陷入了一种两难选择，估计他也经历了几个不眠之夜，才最后做出这个残忍无比的决定。

我们可以想象一下，就在脚下这个地方，在两千两百年前的那个深夜，四十万人发出震动山野的绝望的哭喊声，而那一刻，他们的妻女与母亲还在睡梦中，做着与征战归来的丈夫或儿子返家相聚的甜美的梦……当两千两百年以后，我站在这块再普通不过的晋东南丘陵上，望着那片山野，想象着当年惨绝人寰的悲景，想象着那数十万青壮年的生命就这样消失，一种沉重的历史感压在心头。

这使我想到我历来的历史学主张，一定要以同情的态度来理解历史，要懂得"抚摸历史"，而不是用我们习惯的道德价值去硬套历史。正如我常对学生说的，历史中没有纯粹的"好人"与"坏人"，人总是针对自己所处的特殊环境的压力，在历史的约束条件下，去做出自己的选择。当然，这并不意味着没有道德品质上的好坏之分，在同样的情况下，有人会如此选择，有人会不那么干，良知约束力在不同人的身上起着不同的作用。我的意思是，我们要以同情态度，即设身处地的态度，通过"换位思考"的方式，去了解环境条件对人的选择的制约作用，只有如此，历史才能被理解，才会呈现其复杂性、自然性，才不会具有那种神秘性。针对这样的复杂客体对象进行考察与思考时，你的思想才能变得不那么简单化。深刻的思想也只有在这时才会产生出来。

出门后，意犹未尽，很想去看那古战场遗址，但时间已经不允许了，我们必须在下午一点前赶回陵川县城。小车开到了村头，正好遇到一位七十多岁的老人，我们原想向他打听古战场发生地的石碑在什么地方。然而，世间居然有这样巧的事，他正是发现万人坑的老农民。此地叫永录村，老人名叫李珠孩（海），七十四岁，1995年4月12日，上午十点多，李老汉在自己家的自留地锄地时，发现了一些人头骨与锈蚀的刀币，越挖越多，于是报告给县文化馆。后来专家考证出来，这里就是埋葬当年赵军俘虏的万人坑。

皇城相府之游

从长平乘车顺利返回陵川，正赶上用餐时间，下午全体参会者乘大巴去阳城县，在那里参观皇城相府。按会上那位发言学者的分类，阳城是晋东南耕读文化的中心地区。

我们谁都没有想到，晋城的皇城相府，其规模之大、气势之雄伟，真可以比得上皇城。这是一个数百间房间组成的庞大家族城堡，总面积3.6万平方米，是清前期吏部尚书、文渊阁大学士陈廷敬的故宅。20世纪以来经历过战争、革命、土改、"大跃进"、"文化大革命"，至今整个建筑群保存得如此完好，真可算得上是奇迹，也只有在山西这个相对封闭安静的环境气氛下，才可能产生这样的奇迹。

陈廷敬在中国传统社会，无疑是两千年来少有的有福之人——身处于太平盛世，享有高官显爵，封妻荫子，当上了《康熙字典》的总阅官，也算是士林之冠，做康熙皇帝经筵讲师长达三十五年，又有帝师之荣。可以说，两千年来极少有人达到这样的人生高度。据记载，从明孝宗到清乾隆（1501—1760）间的二百六十年中，陈氏家族共出现了四十一位贡生，十九位举人，九个进士，其中六人入翰林，享有"德积一门九进士，恩荣三世六翰林"之美誉。陈廷敬在世时是陈氏家族的鼎盛期，居官者达十六人之多，以至陈氏家族出现了"父翰林、子翰林、父子翰林；兄翰林、弟翰林、兄弟翰林"这样的对联。

　　我最感觉兴趣的是，为什么陈廷敬会如此适应官场环境，在朝当官达五十年，康熙是如此赏识他，把他称之为"完人"，其尊荣已经达到登峰造极。当然，从心理学上说，他一定与康熙达到了高度心理相容的地步，从文化学上说，原因是什么？他做官做到这个地步，只能说，他的个性与人生态度，肯定高度适应了专制王朝的文化生态环境。据《陈氏家谱》记载，这个家族在全国各地任官者有四十七人之多，遍及十四个省。陈氏家族这个家族与陈本人，以及这个家族形成的文化，是研究中国官场学的最好样本。我在小卖部花十四元购了一本《陈廷敬传》，回家后想研究一下。

第四辑

生活随感录

瑞典女王为什么羡慕笛卡尔

高中时，我想做一个坐拥书城的灯塔守夜人，现在看来，虽然那只是一个未经世故的中学生不着边际的遐想，但其中却有一种在阅读中追求精神生活的朴素愿望。最近，读叔本华的《哲学散文集》，我才意识到，高中时那些似乎很天真的想法，恰恰是一种内源型的幸福观，即相信依靠人的内在资源就可以无需外求而获得幸福。

叔本华是这样说的："只有内心富有的人，才像圣诞节明亮温暖的房子，而外面则是十二月的数九寒天。"他还说："幸福的所有外部源泉，其本性上都是不可靠的，是短暂的，不确定的，到了老年，爱情，才智，马背上的乐趣，社交的能力，都会远离我们而去，我们的亲人都会被死神夺走，只有内在的东西才是终生相倚的幸福来源。"

叔本华还在书中说了一件轶事，瑞典女王得知笛卡儿在荷兰，在极其孤独的环境中，自得其乐地生活了二十年之久，她说："笛卡儿先生是最幸福的人，他的处境真是让我太妒忌了。"

其实，中国文化先哲也有同样的认识，宋代大儒张栻在《癸巳论语解》中就提到了，人生的"自得之乐"，用他的话来说，儒家强调的就是"贵在自得"。一方面，一个人有着内在的幸福资源；另一方面，又能把对现实与历史的思考转变为社会价值，在社会生活中体会自己的人生意义，这是一种双重幸福的人生。

有时看一场乏味的电影，我就在想，电影快点结束吧，让我回到自己的书房，那里的乐趣要大得多。

生活的美中不足

每个人多少有一些长期纠缠的烦心事。有的人经济拮据，有的人住房窄小，有的人在单位里关系紧张，有的人事业不顺，有的人成天忙碌自己不想干的事，有的人久病缠身，有的人家庭不和，有的人自家的熊孩子不争气，等等。总之，在这个世界上，上天总要让一个人缺一点什么——十全十美在现实生活中是不存在的。

相比之下，我应该是幸运的，在人生道路上，我已经度过了最困难的时期，我有过困顿、紧张、挑战与压力，有过应对烦心事的不眠之夜，但我现在已经没有这些人生困境了。最重要的是，我能在事业中实现个人价值，获得精神上的乐趣，还有什么比从事一种自己热爱的事业更令人幸福的事呢？

人生的缺陷或不足，可以磨砺一个人的意志与能力。好在我对什么事都能很快想开，有朋友说："你是世界上最容易满足的人。"

我在现实生活中的不如意，可以在另一个与世无争的领域中得到补偿。这让我想起了美国的畅销小说《海鸥乔纳森·利文斯顿》中的一句话："什么是天堂？天堂就是越飞越高。"

当你把写作、思考与对历史的探求，当作自我实现、自我超越的手段时，当你如同高空飞翔的海鸥一样，把飞得越来越高当作人生目标与人生乐趣时，在这个领域，是没有人与你竞争的，因此，你是最自由的。这种超越功利的自由境界，是人生美好的精神状态。一个容易满足的人，一个随遇而安的人，如果他是一个自强不息的理想追求者与战斗者，他就会有一种良好的心理结构。这是因为，随遇而安，能让他对不顺心的事处于麻木或无感状态，以此来抵御困难与挫折，这是一种精神上的免疫作用；而自强不息，则可以让一个人在自我陶醉的领域，源源不断地获得活力与内在的幸福。在精神领域，别人是不会与他争夺资源的，这样的人，要他不幸福也难。

要学会制怒

早上看谈话节目，其中嘉宾谈到一个人如何制怒。他从心理学角度，介绍了如下办法：先是深呼吸，从1数到10，这样可以转移注意力，虽然气愤一时消不了，但可以减少冲动；其次是换位思考，为对方想想理由，可以在一定程度上谅解对方，经由这种理智的平衡作用，气也会消除一些。

我想到前些日子与一个文具店的女店员吵起来的事。我发现刚购来的彩色水笔中的墨汁已经干了，第二天去商店，要求换一支。那店员当时说："谁知道是不是你把笔中的彩色墨水用完了，再拿来换的！"于是我与那人争执了起来，事后想想，其实我完全可以淡然一些，心平气和一些。

脾气大也许与萧家的遗传基因有关，也许还有地缘因素，或许湖南人中脾气大的比例甚高。一些著名的知识分子都是坏脾气，如老舍、熊十力、傅雷，都是例子。除了个性之外，可能还与知识分子的气质有关，那就是道德感太强，看待现实世界过于理想主义，容不得人间有不完美，总以自己心目中的理想主义标准来看待活生生的现实事物。如果这样的人精力充足，又自负清高，他就会油然而生一种"世人皆醉，我独醒"的感觉。但这并不好，一则伤神，二则不利于社会交流。愤怒者甚至可能做出使自己一辈子后悔的事来。

每个人都困难时期

今天偶然读到1991年至1996年的日记，总的感觉是1991年至1993年是我最困难的日子——经济上清贫。其中有一段日记，记述了我向读小学的女儿"借"了十块钱购书。这十块钱是我不久前给她的压岁钱。由于在日常生活中诸事不顺，从1991年以后的几年里，我一直在设法调整。从日记上看，我在生活中居然还有那么多不顺利的事。日记中还常有一种找不到学术主攻方向的感觉。尽管如此，我在生活中始终是那么达观。

与当年相比，现在的我可以说是处于较好的状态。事业顺利，上课受到学生欢迎，出了不少书，学术影响还在不断扩大，经常有出国或到外地讲学与开会的机会。每次都能结识新朋友，每次聚会都能激发自己的新思考。更重要的是，我对中国史与当代中国的研究，时时有所心得。希望下一个十年，我会更好。这一对比，使我意识到人必须常常"忆苦思甜"——要相信命运会变的。

有人说，禀赋、毅力、机遇这三个要素，是一个人成功的关键。在我看来，这三者一旦有了结合的机缘，事物就会向好的方向变化，而在这三个要素中，毅力是最重要的。只要坚持，就会有希望，纪伯伦说过，"希望是半个生命，淡漠是半个死亡"。从中学时代，我就记住了这条人生格言。只要坚持，人生的机会之窗就会处于开放状态，就会迎来机遇。

从历史上看，一个人的思想与学术，在相当一个时期内，不被人们理解与认同也是很正常的事。但时代风气在发生变化，温和的理性会越来越受到社会重视，超越极端思维，坚持中道理性的学者，会有越来越多的机缘。

对有志学术的青年人说几点建议

今天晚上，是本学期第一次给研究生上课，我对几位研究生谈自己的求知心得。我说，要成为一个独立思考的学者，必须有四个方面的条件。

首先，必须培养超越功利的好奇心与对知识的陶醉感。这种朴素的、对新鲜事物的好奇心，是人皆有之的。当一个孩子总想把收音机拆开来——想看看这个小玩意儿里谁在唱歌，孩子并不指望从这件事中获得什么实际利益，这种好奇心是超越功利的。所以，爱因斯坦说，一个人在颠沛流离的岁月中，如果始终保持这种超越功利的好奇心，他就会是诗人，哲学家，科学家，艺术家。

其次，是治学的毅力，治学一开始往往是很枯燥的。枯燥感，仿佛是坚硬的壳，只有以顽强的毅力来突破这个硬壳，才能登堂入室，才能在学术殿堂里发现无数的宝藏，并从那里发现源源不断的乐趣。要在苦读中，磨砺出这种毅力。

我举自己学习俄文的例子来说明毅力的重要性。我在工厂十二年，把一本厚达五百页的俄文版《世界艺术史》硬着头皮啃了下来。这本珍贵的厚书，印有许多精美的油画，它是我嫂嫂送给我的。十年动荡初期，她在兰州的外文书店工作，领导交给她的

任务，居然是把这些精美的彩印图书，一张一张撕毁并投入火中，她实在于心不忍，于是私自留下了这一本，又把它寄给了我。为了看懂其中的油画，我不得不硬着头皮去阅读书中的俄文，这让我的俄语水平有了很大的提升。再后来，入学南京大学不久，我从学校图书馆里借到一本《什么是历史》的俄文版小册子，居然花几天时间就读完了。

第三，要尽早培养自己的抽象思辨能力。我在高中一年级时，受一位"忘年交"大学生的影响，开始阅读欧洲古典哲学著作，当时对这些哲学书中的内容我似懂非懂，也没有老师点拨或指导，引导我的只是一颗好奇心。

然而，正如恩格斯所说过的那样，读西方哲学史，确实是锻炼一个人思辨能力的好学校。尤其是，在一个人的青年时代，有这样一种思维上的自我训练经历，可以使自己在思维方法上有潜移默化的长进。如果要我对有志的青年学子提什么建议，我的建议就是，抽时间去读西方哲学史，越早越好。尤其是，要趁你的思维能力还没有定型、还没有固化的时候。

第四，认识你自己。按自己的个性，走自己的路。只有符合自己个性的东西，才会发挥自己的个性特长。

我谈了自己如何进入学术前沿。我谈到当年自己读严复的著作与书信。严复当时肯定袁世凯快刀斩乱麻的解散国会之举，严复还说，中国处于追求富强的初期，首先需要的是克伦威尔，是拿破仑，而不是华盛顿。严复特立独行的思想，引发我的深思，并由此产生了新权威主义的观念。我认为，对于一个学者来说，最重要的是现实关怀与问题意识，以此出发，寻找学理与现实的结合点。以现实关怀为基础的问题意识，将使研究获得真正的生命力。

我还提到一个学者要有自觉的"自我边缘化"意识。所谓"自我边缘化"，就是要与世俗社会的各种诱惑，保持适当的距离，主动地使自己处于"边缘地位"，避免为了交换世俗利益与稀缺资源，而与世俗合流的命运。要有意识地学会拒绝，拒绝那些看上去很好、但与你所确定的目标无关的机会。要甘于在"自我边缘状态"中自得其乐，没有这种自得其乐的精神状态，是不能做出大学问的。这就意味着要敢于拒绝"机会的诱惑"。

一个有志于终身献身于学术事业的人，如果具备超越功利的好奇心、毅力、抽象思辨能力，并尊重自己的学术个性，发挥自己的学术特长，为心灵自由而保持"自我边缘状态"，就能应对人生的各种挑战，并实现自己的学术理想。

叔本华说精神劳动能享受更多幸福

早上醒来太早，偶尔翻到《叔本华论说文集》中的一页。叔本华说，"一个人倘若致力于外部世界的活动，将会分散他的注意力，使他不能专心从事理智研究，而且还将使他失去心灵的宁静，而这种宁静正是脑力工作所必须的。"他还说，"纯粹的脑力工作，主要是精神自身能力的发挥那种意义上的工作，要比其他任何形式的生活享受得到更多的幸福。因为它较少受成功失败的无休止的种种不安宁与痛苦的折磨。"

这话说得很好。在我看来，对历史思考与研究是让我的精神能力得以发挥的最好场所。在这个领域，没有失败与成功的世俗苦恼来困扰我。在我的小书屋里，充满了宁静与内心的充实，这

1973年，摄于余杭路家中

些都是阅读与研究本身赋予我的。

也许正是由于精神劳动的这种特殊性，康德一生都没有离开家乡，并能得到如此持久的精神愉悦。他墓碑上的两句话——"我头顶有繁星闪烁，我心中有真理永在"，表达的就是这种超越性的境界。

我在高一时曾喜欢契诃夫中篇小说《打赌》。小说中的那个主人公相信，只要给他一个图书馆，他可以生活在一个与世隔绝的地方达十五年之久。我那时就觉得这样的生活真不错，我也愿意做一个坐拥书城的灯塔守夜人。那时的我，曾经有过一种享受纯粹知识生活者的诗情与梦想。

当然，在现代世俗生活中，任何人已经不可能像古代先贤哲人那样，完全沉浸在精神生活中而不食人间烟火。现代人拥有了古人无法享受的种种乐趣。我们固然不应该放弃这些乐趣，但坐拥书城，在读书中自得其乐，有意识地把握自己，不要让太多的世俗事务来干扰自己，让自己分心，这应该是可以做到的，至少是可以争取的。

主体是如何作出行动选择的

今天购得一架激光打印机，每分钟可打印二十页，字迹清晰得很，比原来使用的喷墨打印机强多了。如果不是前几天家里的喷墨打印机出现故障，我也想不到去购这个更先进的机子。这件事给我的启示是，在日常生活中，原来固化的生活习惯一旦遇到了"路径障碍"而被中断或打破，这就为人们克服习以为常的生活惰性，提供了改变的机会。其实，小到个人生活，大到人类历史，也都是如此。

当出现"路径障碍"之后，到底走哪一条新路，作出何种选择？其中并不存在某种神秘的必然性，而是取决于此时此地发生的一系列偶然事件。这些偶然事件会改变事物的大概走向。就以这一事情为例，前几天，我无意中看到家里订的报纸上，有一则某牌子的激光打印机广告。当时只是瞄了一眼广告，留下了一些印象，并没有想真要去购它。当真想换机子时，此时我就想起了那个广告。于是我在网络上查阅了它的品牌信息与相关价格，觉得价格还能接受，且实体店就离家不远，于是决定去购下它。

换言之，如果我没有偶然看到那则广告，我选购的方向可能不是这样。我之所以选择这一机型，并不是必然的，而是受到偶然看到那则广告这一偶然事件的影响。这个偶然事件，在事情需要变化时，在关键时刻，影响了我的选择方向。

事实上，人类的历史中经历的各种事件也是这样，许多事件并不是必然发生的，而是或然的。历史人物在某一时刻作出的个人选择，就如同我偶然看到家里报纸上的一则广告一样。

其实，个人日常生活中的决定，与历史大人物的决定，都具有相似的逻辑。一，原有的生活惯性发生"路径障碍"。二，思考并选择克服"路径障碍"的办法。三，偶然性的参与。四，各种选择方案之间进行成本、效益、风险的比较。当事人会从各种方案中，选择相对而言被认为最合适的。

当然，研究大事件时，问题会更复杂一些，因为，历史行动者所具有的文化观念、价值观与意识形态，也会对主体最终作出什么选择产生影响，甚至是决定性的影响。观念、思想对人类行动选择的影响决不可低估。

理解了这些，历史上发生的事件，也就变得比较容易理解了。

人类的历史，与其说是由某种神秘的宿命论或必然性决定，不如说，受大趋势下的或然性的巨大影响。大趋势与或然性的结合，将使历史解释的空间，比简单的规律论解释要丰富得多。

幸福取决于一种主观的心理结构

学生来家，大家谈到社会上一些人寻短见的事，这让我想起了古希腊哲学家第欧根尼讲的一个故事：当暴风雨来临时，海船上所有的人都在为可能出现的海难而恐惧，并在惊慌失措中祈求上天保佑，这时船舱里的一头猪却在呼呼大睡，当它醒来时，已经风平浪静。我说，我希望自己也像这头猪那样，简单地看待生活。

我对这个古希腊的哲学故事有自己的解读，我的看法是，它告诉人们，不要去考虑那些自己完全无法支配与决定的事，尽可能地屏蔽那些自己无法改变且又影响情绪的消极信息，把自己要做想做的事做好，选择一个最能发挥自己潜能的领域，在追求自己选定的事业中自我完善。

马克思曾对女儿说过，他最喜欢的人生格言，是"目标简单"。这句格言也包含着类似的哲理。其实一个人是否幸福，往往取决于一种主观的心理结构。

第欧根尼故事里的那只快乐的猪，虽然没有多愁善感的人类聪明，但却有着一种简单明了的、能起到自我保护作用的心理结构。从这个意义上说，面对过于复杂的世界，人生最需要的就是大智若愚。珍惜生命的每一分钟，最后让大自然来决定我们什么时候、以什么方式离开这个美好的世界。让自己沉浸在自己的追求过程中，这样的人生会变得简单而快乐。

我想起了青年时自己喜欢的一句话：红尘是美丽的，我热爱红尘。这就是我的人生观。多年来我就是这样生活过来的。

参观雕塑纪念馆随感

前不久，我参观了上海市郊一位雕塑家的纪念馆。这位雕塑家是美术界老前辈，他在比利时学绘画，20世纪30年代回国，是中国现代雕塑艺术的先行者。他在现在国人中的知名度似乎并不怎么高——据说现在许多艺术系的大学生都不知道他的名字，而他在欧洲的影响力比在国内要大得多。法国艺术收藏馆永久收藏了他雕塑的自己的一只手。他享受了与罗丹、毕加索同样的殊荣。他曾为法国总统密特朗做雕像，相当逼真且传神。他一生平和谦冲，与世无争，也不参与政治。这一生中，他似乎也没有什么大的作品为人所知，虽然雕塑技法炉火纯青。

然而，看了纪念馆里的作品后，我总觉得其中缺乏一点什么东西，也许是缺乏艺术家最重要的主体性吧。更具体地说，所谓主体性，就是艺术家对人生的独特理解。雕塑作品不应该是照相机，不应该是对纯客体对象的忠实复制。它同样需要渗透艺术家的自我。这方面，罗丹之所以伟大，文学家鲁迅之所以伟大，就在于他们对世界的观察，有自己独到的眼光与感悟，所以主体性是艺术的灵魂。

我想，其实历史学者也是如此。历史不仅仅是求真，而且要通过史学家本人对历史的主观理解，给世人以启示。

据说，这位雕塑家在小学三年级时，绘画比赛得了全校第一名，颁发奖状时，操场上的大风把奖状上的纸条吹落，校长错颁给他第二名奖状。他一生对此记忆深刻。他说自己冥冥中得到启示："虽然自己是第一名，但实际上只能是第二名。"或许我对他的上述看法，可以对为什么他总是第二名，提供一种解释。

不过，在那样一个非常年代，他能好好地活下来，也是少数的幸运者。我想，在乱世，作为一个不问政治的艺术家，也许对他个人来说是比较幸运的。他的艺术作品虽然没有太多的张力，也没有太多的内心矛盾与痛苦，但他可以沉浸在自己的艺术之中。这种感觉大概也不错。

我是怎样带研究生的

今年我带的研究生有四个，两个博士生，两个硕士生，创历年之最。也许因为我能够带研究生的时间不多了，希望能多带出几个，做出成绩。

记得不久前，与某大学任教的老朋友网上通话，他说他们大学近年来研究生素质不高，他带研究生得不到什么乐趣，也不想带。相比之下，我的情况决不是如此，一个重要的原因是，我的研究生确实都不错。其次，风气是带出来的。我总结一下带研究生的心得：

——我对他们说，这三年中，我对你们的要求很低，我不希望你们一开始就为自己确立一个研究课题，而是要求你们广泛阅读历史人物的回忆录与一些对历史事件提供解释的理论，你们的努力我会看在眼里，我不会给你们太低的令你们担心的分数。

——三年里，我要求你们的只是三点。第一，学会运用学理对现实生活予以考察的能力。第二，形成自己的研究方法，探究学术领域，使自己未来的研究有可持续性。第三，尽量享受治学的乐趣（正因如此，刘明明对新来的黄文治说，跟萧老师是很有幸的。记得彭景涛也说，跟萧老师学习，内心很平静）。其实，这三点要求，也是对我自己的要求。

——我每两周要找你们集体聚谈一次，使你们在自由交流中，产生"思的快乐"。我让博士生与硕士生在一起上课，不管是硕士生，还是博士生，都可以在这种师生对谈中，提出一些有价值的问题，这样就可以把整个气氛带起来，让大家都有所提高。每个研究生都要坚持三年上这样的课，三年下来学到的东西就相当多了。

——我对研究生们说，真正的思想训练，要采用亚里士多德式的"林荫学派"的方法——他总是带着学生一边在林荫道上散步，一边随兴所至，不断从一个话题转向另一个话题，从天上的星辰到路上的行人，以天地万物为思考对象。兴之所至，随意发挥，"万物皆备于我"的心志，从对身边各种事物的辨析中，学习思考方法。这种即兴式的讨论，最能激发人们的思维活力。激发与培育治学者独立思考的能力与批判性的思维能力，在这方面，不存在博士生与硕士生的区别。

——我不预先规定你们的研究课题，而是在观察你们一年之后，根据你们的特长与兴趣，由你们自己找合适的题目。在第一年里，你们要广泛涉及更多的领域，去研究自己可能感兴趣的问题。我特别强调，一定要从自己的兴趣与特长出发找题目。

——我要求你们谈谈自己两周来的学习心得体会，以便进一步打开你们的思路，引出新的思想与观念，其他同学也

2019年，作者与学生合影

一起参与讨论。

　　——每次聚谈后，我借一些藏书给你们。我的书房也成了你们的图书馆。

　　这样的训练对于提高研究生的学习能力十分有益。我能感觉到听过我课的学生，对我怀有感激之情，感觉到他们对我出自内心的敬重。谁能说这不是人生一大乐事？

　　其实我也获得了教学相长之乐，每次与学生谈话后，我都会在电脑日记中把刚才谈过的一些新思想、一些受学生刺激而产生的新观点写下来。我的日记很像是一部思想日记。

读书之乐是可以培养的。思想活跃的学生，会把整个气氛带出来。带研究生最重要的，是激发学生的潜力。可以说，多年来我很少给学生压力，但他们的毕业论文都做得不错，答辩都能得到高分。不过做我的学生可能要作出一些牺牲，我确实不能为他们提供就业的好机会，我在这方面是个无能的人。这些都要靠他们自己了。

用我的话来说，好奇心、陶醉感、思想力是学术知识分子的三大宝。这些每个人身上都有，只不过没有得到培养或被激活罢了。

再谈我带研究生的方法

一般导师带研究生，先让学生沿导师自己发现的一个空白点做下去，再给一批书单，然后做论文。而我的方法比较特别，每两周的一个晚上，让所有的研究生来我家里，满满地坐在我的小书房。每次聚谈都要超过三小时，从七点到十点多。每次都是由我先谈自己这两周来在学术上的一些读书心得与社会见闻。然后，介绍我所运用的学术理论与方法，对自己发现的问题与学术心得予以解释，再谈谈这种方法如何运用，适应范围，谁最先提出，哪一本书中有对这种方法与理论的介绍。接下来，我会让学生依次谈谈自己两周来的读史心得。当然，也并不要求每个人都谈，有人这次谈，有人下次谈，大家可以就其中某个问题提出来讨论。就这样，师生聚谈就变成了一种特殊的课堂教学。

这个办法有点像英国的导师制（Tutorial System），强调学生与导师的面谈，在面谈中找问题，让学生自己去发现问题，研究问题，并与导师讨论。其实，我们可以从《论语》中发现，孔子与他的学生颜回、子路也是这样上课的。

每个学生都要参加两周一次的讨论，这种讨论十分生活化，很自然，想到哪里就谈到哪里，这就无形中训练了学生思维的发散能力。这样的学习方式，对于刚入学的学生，特别有帮助，还可以让高年级研究生发挥较大的引导作用。

三年下来，我的学生彼此间的关系特别密切，他们既是同学，也是朋友，就是因为三年中他们一直在我家里交流，互动机会很多。讨论效果都还不错，只要有一两个思想活跃的，他就会激发大家的思维，让讨论步步深入。

对于学生来说，关键在于你自己要好好利用与导师见面交流的机会，要有高质量的问题提出来，作为讨论的基础。这种方法，对于学生表面上很轻松，轻松到作业很简单，没有什么要求，但关键在论文。不过我想，并不是每个导师都能采取这种交流式的办法带研究生。有一点很重要，导师必须在文史哲各方面都能打通，能从容地从一个学术领域切换到另一个领域，才能左右逢源。

克制廉价的好奇心

偶然读到《社会科学家茶座》上的一篇文章，说的是：网络及信息爆炸过多地吸引了我们的注意力，网络上许多虚假的、富有刺激性的信息污染了我们无比珍贵的注意力，我们越来越失去对自己注意力的控制，我们对信息的选择力不断丧失，这是最大的精神浪费。

这段话提出了一个十分重要但始终被我们所忽视的问题，即注意力被污染或浪费的问题。每天都有太多的信息在网上发布，在日常生活中，各种会议邀请、社会活动、报纸广告、电子信箱中的各类奇闻逸事层出不穷，它们都会占据我们宝贵的注意力，于是我们会习惯成自然地，每天都生活在肤浅的阅读之中，让本来可以进入你大脑的更深刻的信息与你无缘，久而久之，你的思想会退化，审美水准会下降，你却不知道。

如何解决这个问题？至少在阅读信息时，要有意识地想一下，读下去是不是值得，要克制廉价的好奇心——不要放任自己被这种廉价的猎奇心所左右。

孔子论边缘知识分子

最近我经常一个人在傍晚时沿着校园操场散步，散步时就带一本袖珍本《论语》，信手翻到一页，就对这一页的格言，在散步时加以咀嚼玩味。今天读到《论语》中的一句话："子云，吾不试，故艺。"这句话的意思是，孔子没有参加录用官吏的考试（故始终处于"边缘状态"），这反而使他成为多才多艺者。我突然意识到这段话所包含的微言大义。

在传统时代，处于"边缘状态"的读书人，没有朝廷垄断的稀缺资源，如权力、地位、名望、资格、财富等对他的引诱，也没有官僚角色，所以，他可以保留更多的自由发展空间，以及向不同目标进行追求与尝试的多元性，因此能自由地发展，能多才多艺——这些才艺未必是朝廷要求的，但却是读书人根据自己的兴趣、爱好与自身需要进行的自由选择。这种"边缘人士"所具有的多样性特长，在客观上也是整个社会发展所需要的，它也有助于一种文化具有更多元的试错机制，这是先秦时代士人文化的多元性表现。

其实，除了孔子之外，先秦诸子大多是自由的、特立独行的艺者，正是这种才智、技艺的多元性、丰富性，使先秦时代的中国人迎来了百家争鸣、思想繁荣的黄金时代。到了科举时代，只有一道任官的独木桥了。

在传统中国，庙堂的力量太强大了，体制可支配的各种稀缺资源太丰富了，功利主义会转移人们对真正大问题的思考力。在这种情况下，处于"自我边缘状态"下的自由思考者，反而可以摆脱种种诱惑，反而会有更大的创造空间。

"惟怜一灯影，万里眼中明"

我总是想到一些宏大的研究计划，不知是不是好事。我的长远计划就是完成多卷本的中国历史。这是一个庞大的计划，是任何一个历史学者都难以实现的目标。

回想起来，我这个人也是天生的好高骛远，记得在20世纪70年代中期，各单位组织职工自愿报名参加黄浦江横渡，我其实只会最简单的仰泳，从来没有游过二十米以上的距离，更不用说横渡一条江，当时竟也报名参加。到了黄浦江畔，刚一下水，由于浪大，水又凉，很是害怕，于是第一个逃到船上，那些在黄浦江中游泳的同事都笑话我。这件事过去四十年了，我还不能忘怀。我确实太缺乏自知之明了。

这说明我有很强的愿望，却心有余，力不足，总是过高地估计自己的能力，过低地估计客观条件与可能。不过，话说回来，为自己确定一个大的学术研究计划也有好处，唐人钱起有一首《送僧归日本》的五律，其中有一句"惟怜一灯影，万里眼中明"。当一个人确立一个理想目标时，它就是人生漫漫旅途中的一盏明灯。它会让人内心充实，有望梅止渴的作用。它能让自己处于精神集中的状态，在追求目标的过程中精力充沛，自强不息。古人说，取法乎上，仅得其中，大目标能让人在积极进取中，始终处于振奋充实的精神状态。

我也有一系列实现这一目标的优势。让我开列一下有利因素的清单，以此来鼓励自己：一电脑打字对研究与写作的效率，与以往时代不可同日而语；二"孔夫子旧书网"有数以千计的资料供我任意挑选，这等于让我有了一家随时可供使用的私人图书馆——史料已经不是问题，而且自己的藏书已经多到这辈子也看不完。

一个人有目标感是很重要的，想一想吧，这一百年中国走过的历史，从来还没有人认真地作出整体性系统反思，把中国近代史的前因后果、背景与逻辑讲得清清楚楚，这是多么重要的事。让我们在考察历史中，展示常识理性的批判力量，让未来的中国人知道自己的过去并从中获得启示，让中国先人所经历的一切，能成为下一代人的集体经验和资源。

看任微音与陈逸飞画展

今天去上海美术馆看任微音画展。那里原来是南京西路的上海图书馆旧址，当年写《儒家的文化困境》一书，我曾每天从虹口区的家中骑自行车来这儿，日复一日，整整看了一年的线装书。每天中午就在附近的小店里吃一碗阳春面，然后就在附近的南京路人民公园散步，下午继续在上海图书馆古籍部苦读——在大学青年教师的清贫生活中，别有一种自得之乐。现在此地已改建为上海美术馆。很多年没有来过此地了。

我和任微音先生认识已经是三十多年前的事了。20世纪70年代初，我还是齿轮厂的工人，通过朋友认识了他们一家人，又成为他们家三个孩子的好朋友。那时，他们全家五口人就一直挤在延庆路一个弄堂仅九平方米的斗室里。我曾向他们讲述自己在大西北漫游数千里的经历，激起了这位老艺术家对自己年轻时代漂泊生活的记忆。我带女友（现在的太太）小叶到他们家去，他还当场为小叶画了一幅油画像并送给了她，可惜现在找不到了，任先生的肖像画极少，保留下来一定是艺术稀品，小叶直到现在还很惋惜。

任先生的绘画风格可以用酸、涩、郁、寂四个字来形容，这是一种很独特的美学风格——画家并不追求形似，而是在景物中融入自己孤寂、苦寒的心境，这有点像唐代苦吟诗人贾岛，当然这种画风与任先生的坎坷经历有关。我们家还有一张他送给我的画作。那是三十多年前，任先生的女儿任广慈送到我余杭路新房里来的，当时的情景我还历历在目。那是一张公园风景画。画的是池塘，一潭绿水被四周的枯木包围，苦寒的沉闷气氛与绿水，形成鲜明的对照，这是任先生最典型的油画风格。我一直挂在墙上。我总说任先生是中国油画界的贾岛。

任微音先生，人生经历十分坎坷，20世纪60年代他们全家被送到甘肃的夹边沟，如果不是他夫人当机立断，下定决心从那里迁回上海，很难说以后的事情。回上海后，他在上海淮海路大楼底层设摊，做起了给人修鞋的钉鞋匠，以此来养活全家。这一做就是十七年。多年来，他的画作几乎全是画在广告与包装用的硬纸板上，包括赠给我的那张油画。

近代以来，国内油画界具有独创性的画家并不多，建国以后能形成自己独特风格的极为少见，任先生则是其中的一个。与美术界的主流画家不同，始终处于边缘状态的任先生，保留着一种

任微音先生赠画《公园即景》

创作的自由，正是这种"边缘"的状态，让他极具个性的画风，没有受到种种运动的左右与干扰。他始终是特立独行者，他的画作也是当年心境与人生哲学的真实写照。他的画风独树一帜，在共和国美术史上留下了印记。

但说句实在话，我对这种贾岛式的"苦寒美"的感悟力并不是很强。这可能与我内心强烈的热情、浪漫的个性有关。但这种"贾岛风格"确实让我的一位朋友十分喜欢，多年以前，这位从河南回上海探亲的老朋友到我余杭路家中，一眼看到墙上挂着的任先生当年送给我的那张有着一潭死水寓意的风景画，就情不自禁地赞叹起来。他的那种赞美之情，至今我印象很深。

看完任先生的画展后，我在签名册上写下了"永远怀念微音伯伯"的感言。

上海美术馆的底层正在举办的是另一位画家陈逸飞的画展，他以画神情忧郁的仕女与恬静的周庄出名。他的画技确实是高超的，很合白领女士的口味。改革开放三十年来，陈的画作很符合上海小资的口味，也许这正是他的作品在社会上洛阳纸贵、大受欢迎的原因。但他的仕女图有一种凄美感。

我突然发现，看多了这些风格雷同的画作，就会有一些审美疲劳。因为它们"太甜了"，而且陈的画作也缺乏深刻的人文性、反思性的东西，处于这样一个大时代，居然没有一点反思，仅满足于小资式的怀旧，实在称不上大师——只能说是一个技巧不错的画家，尤其是画作中商品化的追求隐约可见。

儒家强调人的内在精神资源

今天读到《子罕》中的这一句：

> 子曰："可与共学，未可与适道；可与适道，未可与立；可与立，未可与权。"

这段话的意思是，可以一起学习的人，未必可以走共同的道，可以走共同的道的人，未必可以坚持道，立于道而不变、可以共同坚守道的人，未必有通达变通的能力。权就是平衡，引伸为权衡，在孔子思想中是一个十分重要的概念，由此可见，儒家理念不单单是一种修身养性的道德学说，它也强调务实的政治智慧、治国的灵活变通与适应能力。儒家学说，作为一种政治哲学，它也反对教条化，讲究在权衡利弊的基础上务实地作出合理选择。所以，"原生态的儒家"也是讲功效主义的。正是在这个意义上，不能简单地像任继愈先生那样，把儒学简单地归结为一种宗教。宗教讲的是"经"（原则）而不讲"权"（权衡或灵活），政客们讲"权"而不讲"经"。但通过这一段话，人们可以感受到儒家思想的灵活性、复杂性与多面性。

今天读到的《论语》的另一段语录是：

> 颜回喟然叹曰，仰之弥高，钻之弥坚，瞻之在前，忽焉在后，夫子循循然善诱人，博我以文，约我以礼，欲罢不能……虽欲从之，末由也已。

颜回在这里发出自己内心的赞叹，颜渊体味到什么？体味到儒家理想的崇高性，儒学意涵的丰富性、复杂性——欲罢不能，这四个字，表达了儒学对具有公共关怀的知识人的感召力。但黑格尔并不能理解这一点，他认为儒家思想不过是一些格言集锦而已。如果儒学仅仅如此，它对颜回不会有如此强大的吸引力。

为什么我们要乐观

昨天下午寄快递时，把袖珍圆珠笔落在快递房的写字台上了。今天想去把它找回来，一开始总觉得希望不大，那里人来人往，而且今天当班的是另一批人，再说区区一支小圆珠笔，谁也不会放在眼里。现在要找到它，几乎是不可能的。不过我还是要碰一下运气，于是到了柜台边。

到柜台时，我再一次觉得实在是不可能找到这支笔了，于是连问都不想再问，就准备回去。这时，令人想不到的事发生了，当我在柜台前轻声地喃喃自语，说到"圆珠笔"三个字时，离我两米远的那位背朝着我、正在打字的小女生，突然回过头了，手里拿着一个小东西，说："你是不是要找这支圆珠笔？就在这里。"我一看，正是我要找的圆珠笔。

日常生活中发生的这件事说明了什么问题？这说明，人们总是根据自己掌握的信息，通过个人的理解来作出判断，但个人的信息是有限的，因为许多有利的信息虽然实际存在，但你却根本不知道。如果你不得不根据自己掌握的不利信息进行判断，那只能得出悲观的结论——由于觉得没有希望，于是也不再努力。由于你没有努力，也没有采取行动，因而也不可能让事情向有利于你的方向转化。这就是为什么仅根据已经掌握的有限信息作出的判断与决定，往往会发生错误。

其实，那支笔已经被前班收下来，并交给了现在当班的人员，这是对我有利的因素，但这一点我并不知道。我只能根据自己的消极判断，得出结论，认定找笔是没有意义的。

这是一件小事，小事是如此，对于大形势的判断也应是如此。许多有利因素是生活中存在的，并在不断发展，只是你并不知道。

小提琴与我

中学时我就开始学习拉小提琴，高中一年级时，我节衣缩食，花了二十元钱，在中百一店乐器柜台购了一架小提琴。但拉到《霍曼练习曲》第三册就再也上不去了，主要是换把学不会。变调的难度对我来说也太大，如今已经有四十几年不拉小提琴了，原因是如果拉起来，声音一定很难听，我不愿意承受这种挫折感。

现在，我只能把中学时代就伴随我的小提琴，挂在客厅的正墙——与一套音箱器材作伴，也算是对青春时代的美好怀念。

几年前，自从成为音响发烧友后，家里的碟片几乎90%是世界各国名家演奏的小提琴曲。我对于听音乐，可以说是极端偏食。古典乐器，只喜欢小提琴，尤其喜欢听小提琴无伴奏的独奏曲。为了听小提琴，我特别购置了法国劲浪的小乌托邦书架音箱，因为它的铍高音喇叭用来听小提琴里发出的飘逸激昂的高音，让人心旷神逸。

不久前，和多年失去联系的小学老同学老林终于联系上了。他正好在上海田子坊参加一个画展活动，恰恰我也去了，于是我们在三十多年后相遇。当年老林还教过我小提琴。十年动荡时期，他就以教授小提琴谋生。我读研究生后，他去了香港，有了自己的企业。他是一个特立独行、具有艺术气质的人，对音乐有独特的感悟，当年说过的一句话，我始终记得，他说："我喜欢有色彩的生活。"

我约他来家，听我家的高保真音响。他对小提琴学派的概括相当独到且精准，他说：

——俄罗斯学派的特点是追求声音饱满强大，有力度，感情丰富，有激情，但有时会牺牲音准，有时粗犷会变成粗糙，如文格罗夫（Vegerov）最能代表俄国学派的优点与缺点。

——法国学派的特点是精致，典雅，通透，纯净，让小提琴的音色自然地从琴腔里流出，音色干净到了极致。没有压迫感，格罗米欧（Grumiaux）是其中的佼佼者，谢林（Szeryng）虽然是波兰人，但在德国学琴，在法国深造，他的风格具有很明显的法国派特点，音准极好，高雅、纯净到了极致。

老林说，如果他是一架小提琴，他会更喜欢法比学派，因为小提琴手自然地对待一架琴。这是他最喜欢的小提琴风格。

欣赏小提琴，开始注意风格流派，可以说是进入了欣赏的更高阶段。我说，法国—比利时学派我也很喜欢，如格鲁米欧是比利时人，是法比学派后期的集大成者，他拉的莫扎特《小提琴协奏曲》就是典型的法比风格。小提琴与乐队的响应可以说天衣无缝。

老林还说，德奥学派讲究严谨，精确，有板有眼，中规中矩，但有时失之于冷脆、刻板，以施耐德汉为代表。就我自己而言，在所有学派中，我最不喜欢的就是德国学派。穆特（Mutter）虽然是德国人，但她的风格与正统的德国派仍然有所不同。她可以划归为折中派之列。

我觉得，美国学派重技法，有炫技的强烈冲动，典型的是海菲兹、里奇，有时过于炫技而失之于缺乏灵性，例如里奇就比较典型。不过，美国学派也有争议，因为美国学派的多数人都是从世界各地移民到美国过去的。意大利学派是个笼统的提法，很难说是一个派别，大体上可以说介乎于法比学派与俄罗斯学派之间，比法比学派更豪放、更浪漫，又没有俄国学派的粗放与力度美。阿卡多可以说是意大利学派的集大成者。另外，希腊的卡瓦科斯、匈牙利的拉卡多斯、意大利的卡米诺拉大体上接近于此种风格。

老林还说了一点，特别精彩，他说标题音乐只能按标题去想象，主体不能有更大的创造性参与。无标题音乐提供的是原始的音乐元素，这些元素可以激活听音乐者对人生的经验，调动起他的想像力，给主体以更大的想象空间，让主体运用这种想象力在音乐中遨游。